소세키 선생의 사건일지

소세키 선생의 사건일지

© 들녘 2009

초판 1쇄 발행일   2009년 8월 24일
초판 2쇄 발행일   2009년 9월 24일
지은이 야나기 코지
옮긴이 안소현
펴낸이 이정원
책임편집 김인혜
펴낸곳 도서출판 들녘
등록일자 1987년 12월 12일
등록번호 10-156
주소 경기도 파주시 교하읍 문발리 파주출판단지 513-9
전화 (마케팅) 031-955-7374 (편집) 031-955-7382
팩시밀리 031-955-7393
홈페이지 www.ddd21.co.kr
ISBN 978-89-7527-905-8 (04830)
      978-89-7527-900-3 (세트)

값은 뒤표지에 있습니다.
잘못된 책은 구입하신 곳에서 바꿔드립니다.

MYSTERY
YA!

소세키 선생의 사건일지

야나기 코지 지음
안소현 옮김

들녘

100년이 지나도
사랑받는 국민작가
나쓰메 소세키!

일본의 1000엔 지폐에는 일본의 소설가이자 평론가, 영문학자로 알려진 나쓰메 소세키의 초상이 담겨 있다. 화폐의 도안은 정치, 경제, 사회, 문화 등 분야별로 국가와 민족을 대표하는 인물 또는 상징물을 채택한다. 그만큼 소세키가 100년이 지난 지금까지도 일본인에게 끊임없이 사랑받고 있는 국민작가라는 사실은 의심할 여지가 없다.

나쓰메 소세키는 『나는 고양이로소이다』, 『마음』 등의 작품으로 널리 알려졌으며, 메이지 시대의 대작가로 꼽힌다. 인간 내면의 고독과 불안 등 근원적인 문제를 탐구하는 내용의 다양한 작품을 남겼다. 수많은 그의 작품은 오늘날까지 일본인들에게 사랑받고 있으며, 일본 근대 문학사에 중대한 지표가 되고 있다.

"나는 고양이다. 이름은 아직 없다. 인간들이란 자기 자
신만 믿기 때문에 너무 오만하다. 인간보다 좀더 잘난
내가 세상을 바로 잡아 주어야 한다."

『나는 고양이로소이다』는 나쓰메 소세키의 데뷔작인 동시
에 출세작이다. 1905년, 하이쿠 잡지 〈호토토기스〉에 제1회
분이 실린 것이 연재의 발단이 되었다. 처음에는 제1장으로
끝낼 예정이었으나 호평을 받아 1906년 8월까지 10회에 걸
쳐 연재되었다.

이 작품의 화자는 무례하고 건방진 한 마리의 고양이다.
고양이는 이름도 없이 길에 버려졌다가 오로지 살아보겠다
고 병약한 선생 집에 얹혀살기 시작한다. 그런 주제에 각종

5

책의 구절을 인용하며 인간에 대한 불평불만을 쏟아낸다.

풍자와 해학이 넘쳐나는 문체는 고양이를 고상한 존재로, 인간을 한심한 족속으로 그려내고 있다. 세상을 등진 채 살아가는 근대 지식인들의 우울하고 고독한 세계를 비평한 이 작품은 1905년 일본 문학계에 충격적인 반향을 불러일으켰다. 소세키는 외형적인 가치보다 내면적인 가치에 깊숙이 접근했으며, 인간의 위선과 허위의식을 냉소적으로 풍자하고 비판했다.

나쓰메 소세키의 소설은 대중적이면서도 진지한 순수 문학으로 평가받는다. 고양이의 눈으로 인간과 사회를 예리하게 관찰한 『나는 고양이로소이다』는 100년이 지난 지금까지도 일본 독자들에게 끊임없는 사랑을 받고 있다. 일본 문단사의 정점을 차지하는 걸작이자, 나쓰메 소세키가 작가로서의 역량과 가능성을 모두 보여준 작품이라고 할 수 있다.

『나는 고양이로소이다』에 나오는 등장 인물에 대해 알아보자!

『나는 고양이로소이다』의 주요 인물은 구샤미, 메이테이, 간게쓰 이렇게 세 사람이다. 물론 화자인 고양이는 제외한다. 이들은 『소세키 선생의 사건일지』에서도 중요한 역할을 수행하고 있으며 캐릭터 또한 흡사한 면모를 보인다.

구샤미   고양이의 주인이자 중학교 영어교사. 하이쿠, 신체시, 가면 극, 바이올린 등 여러 분야에 흥미를 가지고 도전한다. 하지 만 제대로 하는 것은 하나도 없다. 고지식하고 냉소적인 성 격을 지니고 있으며 태평하면서도 고집불통이다.

메이테이   자칭 미학자. 남의 집 드나들기를 자기 집 드나들듯 하고 밥 먹듯이 거짓말을 한다. 지나칠 정도로 다른 사람 일에 관심 이 많으며 낯 두꺼운 뻔뻔한 인물이다.

간게쓰   물리학자. '목을 매어 자살하는 역학'이라는 이상한 강의를 하고, 「개구리 눈알의 전동 작용에 대한 자외선의 영향」이 라는 박사 논문을 준비 중이나 전혀 진전이 없다.

이 세 사람은 모두 일본 메이지 시대 지식인들의 모습을 반영하고 있다. 세상을 달관한 척하며 살아가고 정신적인 자유를 중시한다. 스 스로를 명예나 재물 등 현실 생활에 집착하지 않는 삶을 살아가는 자유로운 지식인이라고 생각하지만, 왠지 모를 서글픔과 초조함, 고 독감에 휩싸여 안정을 찾지 못한다.

『나는 고양이로소이다』의
배경이 된 메이지 시대

　나쓰메 소세키가 살았던 메이지 시대는 신분제의 철폐와
새로운 교육 제도의 실시, 태양력의 채택 등 근대화 체제의
확립을 서두른 시대였다. 에도 막부의 오랜 쇄국정책으로 뒤
떨어진 근대화를 만회하기 위해 메이지 신정부는 급속히 서
구 문물을 받아들였다.

　그 가운데 일본은 청일전쟁과 러일전쟁에서 승리함으로써
자본주의의 성장을 가져오게 되었다. 하지만 이 승리는 한편
으로 새로운 사회 문제의 원인이 되기도 했다.

　급속한 자본주의의 발전은 빈부의 격차를 심화시켰고 입
신출세주의과 물질만능주의를 퍼뜨렸다. 러일전쟁 이후에는
생필품 부족에 따른 물가상승으로 서민 생활은 어려워졌고,
불경기로 인해 실업이 본격적인 사회 문제가 되었다.

일찍이 일본 역사상 메이지 시대만큼 동양과 서양의 문명이 첨예하게 대립한 때는 없었다. 일본 사회를 지탱하던 전통적인 가치관은 새롭게 받아들인 서구의 가치관에 의해 흔들리기 시작했다.

나쓰메 소세키를 비롯한 당대의 지식인들은 동양과 서양의 가치관 혼란으로 인한 정체성의 문제를 해결하기 위해 노력했다. 소세키는 자신의 문학 세계를 통해 성급한 서구화의 문제점을 비판하기도 했다. 그의 소설에는 근대 화폐 경제의 산물인 은행 계좌나 보험에 관한 이야기, 당시 일본 서민의 금고 역할을 한 전당포 이야기, 재산을 늘리는 수단으로써의 주식 투자 이야기가 자주 등장한다.

· 그 첫 번째 이야기 ·

나는 고양이가 아니다?

1.

"어서 나와라, 이 도적놈아!"

바깥에서 쩌렁쩌렁한 목소리가 들려 부랴부랴 나가자 선생님이 현관 앞에 버티고 서 있었다. 그런데 선생님은 어떤 손님이 오든 제 발로 걸어 나가는 사람이 아니다. 그 앞을 지나가다가 우연히 손님과 마주친 것이리라.

아니나 다를까 현관 앞에 있던 선생님은 기모노 소매 안에 두 손을 찔러 넣고 우두커니 서 있을 뿐 손님에게는 아무 말도 걸지 않았다. 선생님의 어깨 너머로 슬쩍 엿보니 커다란 목소리의 주인공은 옆집에 사는 인력거꾼이었다.

"이 도적놈아!"

인력거꾼은 다시 한 번 소리를 질렀다. 평소 볼품없던 붉은 얼굴은 한층 더 붉게 물들었고 걷어 올린 소맷부리 밑으로 통나무처럼 굵은 팔뚝이 고스란히 드러났다. 떠들썩한 소리에 문밖으로 허겁지겁 모여든 이웃들의 얼굴이 드문드문 보였다.

선생님은 태평스러운 말투로 인력거꾼에게 물었다.

"도적놈이라니 무슨 소리야?"

"중학교 교사씩이나 되어서 도적놈을 모르나. 이런 엉터리. 도적놈이란 도둑을 말하는 거잖아."

"도적놈이 도둑이라는 것 정도는 알고 있어."

"그래? 그렇다면 빨랑빨랑 고양이를 내놔!"

"고양이?"

"시치미 떼지 마. 이름은 뭐지?"

"이름? 무슨?"

"답답하네. 고양이 이름말이야."

"이름은 아직 없어."

"이 사람 대체 무슨 소리를 하는 거야. 기르는 고양이한테 이름도 안 붙여줬다고?"

"기르고 있는 게 아냐. 멋대로 눌어붙어 있는 거지."

"마찬가지 아닌가." 인력거꾼은 기막히다는 듯 말했다. "저리로 가면 우리 고양이 깜장이가 있어. 이름이 있는 만큼 굉장히 훌륭한 고양이지."

"고양이에게 이름을 붙이든 말든 쓸데없이 참견하지 마. 다른 집 현관 앞에서 밑도 끝도 없이 도적놈이라고 고래고래 소리를 지르는 녀석이 과연 훌륭하다는 개념을……."

이야기가 또 이상한 방향으로 흘러가기 시작했기 때문에 나는 가만있지 못하고 옆에서 끼어들었다.

"그래서 이 집 고양이가 그 댁에서 뭐를 훔쳐갔나요?"

"아무렴. 1엔 50전이나 훔쳐갔어."

"1엔 50전이나 훔쳤다고요? 고양이가요?"

"그래. 대충 그 정도는 되는 거 같은데. 어쨌든 집에서 쥐가 모조리 사라졌어."

인력거꾼의 콧바람이 상당히 거칠다. 선생님은 변함없이 양손을 소매 안에 찔러 넣은 채로 내 귓가에 속삭였다.

"이봐, 자네. 고양이 다음에 쥐 이야기가 나오는데…… 도대체 어떻게 된 거지?"

이런, 나에게 묻다니 곤란하다.

"그게……."

고개를 갸웃거리자 선생님은 갑작스레 거들먹거리며 헛기침을 했다.

"에헴, 에헴. 오오, 맞아. 중요한 일을 잊었어. 뒷이야기는 자네가 들어두게."

선생님은 나에게 그렇게 당부하고 허둥지둥 집안으로 들어가 버렸다. 인력거꾼은 현관 앞에 홀로 남은 나를 머리 꼭대기부터 발끝까지 유심히 살펴보더니 미심쩍다는 듯 물었다.

"너 말이지. 못 보던 얼굴인데 이 집에 새로 온 사환인가?"

집에 사환을 두는 영어 선생님이 세상에 어디 있단 말인가. 나는 상대가 새로운 인식을 갖도록 가슴을 약간 뒤로 젖힌 채 대답했다.

"사환이 아닙니다. 이번에 선생님 댁에 서생으로 들어왔습니다."

"그래, 서생이군. 그런데 마찬가지 아닌가?"

중얼거리는 인력거꾼의 얼굴에는 아쉽게도 감탄하는 빛이 손톱만큼도 없었다.

2

내가 처음으로 선생님 댁을 찾은 건 중학교 2학년 기말고사가 끝난 후였다. 단순히 놀러간 것이 아니다.

우리 학교는 기말고사가 끝나면 시험을 망쳤을 것 같은 학생을 위해 해당 과목 선생님 댁에 찾아가 낙제를 면하게 해달라고 부탁하는 이른바 구명운동위원을 뽑았다. 나는 다행인지 불행인지 영어 선생님 댁에 찾아가는 위원으로 뽑혔다.

하지만 솔직히 말해 그 무렵 나는 다른 학생이 시험을 망치든 낙제를 하든 전혀 관심이 없었다. 아무러면 어떤가 하는 심정이었다. 그럴 만한 상황이 아니었다고 말하는 편이 옳을지도 모른다.

2학년을 마칠 무렵 홋카이도에 있던 아버지가 사업에 실패했다. 그 결과 남들처럼 받던 학비는 갑자기 뚝 끊겼고 내 생활은 확 달라졌다. 쉽게 말해 내가 먹을 양식은 스스로 벌어야 했다. 사방팔방 수소문해서 신문과 출판사에서 교정 일감을 받아왔지만 학비를 대기에도 벅차서 하숙비는 차곡차곡 빚으로 쌓였다. 게다가 교정 일을 지나치게 많이 한 탓에 오른손이 저려 수업시간에 필기도 제대로 못하게 되면서, 결국 공부까지 소홀히 했다.

그렇지만 시험을 망치고 싶은 마음은 조금도 없었다. 우수하지는 못해도 낙제하지 않을 정도의 답안은 제출했다. 그런데 놀다가 시험을 망친 녀석들을 위해 시시한 구명운동을 벌인다니 도무지 이해하기 어려운 이야기였다. 마음이 영 내키지는 않았지만 위원으로 뽑혔기에 도살장에 끌려가듯 선생님 댁으로 향했다…… 이렇게 된 것이다.

교사 중에는 낙제를 면하게 해달라고 부탁하는 학생을 현관에서 단호히 내쫓는 사람도 있는 것 같은데 선생님은 바로 만나주었다.

내가 위원으로서 임무를 수행하는 사이에 선생님은 팔짱

을 끼고 묵묵히 내 이야기를 들었다. 내심 다행이라고 생각했지만 아무리 열심히 설득해도 선생님은 입도 뻥끗하지 않았다.

'너무 약했나?' 마음속으로 고민하기 시작할 무렵 선생님이 뜬금없이 물었다.

"자네는 중학교 4학년이지?"

"아뇨."

나는 선생님이 어떤 의도로 질문했는지 짐작조차 못한 채고개를 가로저었다.

"그럼 3학년인가?"

"아닙니다. 2학년이에요."

"갑반인가?"

"을반입니다."

"그렇군. 2학년 을반이라면 내가 시험 감독이었어. 맞나?"

······질렸다. 나는 선생님 댁에 들어서자마자 바로 학년과 반, 방문 목적을 분명하게 말했다. 게다가 반에서 꾸며낸 여러 가지 사정들, 이를테면 이번에 선생님 과목을 망친 K군은 집이 찢어지게 가난해서 다른 사람에게 학비를 지원받고 있는데 만약에 낙제하면 지급이 중단될 위험에 처했다고까지 말했다.

아무래도 선생님은 내 이야기를 전혀 듣지 않았던 모양이다. 선생님이 이야기를 귀담아 듣지 않은 건 비단 이때뿐만이 아니다. 이후에도 선생님이 다른 사람 이야기를 주의 깊게 듣는 모습은 본 적이 없다. 한심한 생각도 들고 그다지 마음이 내키지 않던 임무였기에 시험 이야기는 그즈음에서 집어치웠다. 이런저런 잡다한 이야기를 나누다가 어느 순간이었는지 잘 기억나지는 않지만 나는 대뜸 선생님에게 물었다.

"도대체 하이쿠가 뭔가요?"

지금 생각해보면 참으로 어리석기 짝이 없는 질문이었다. 선생님은 영어를 가르치기 때문이다. 그런데 선생님은 그때까지 보였던 무심한 태도를 거짓말처럼 싹 접어버리고 눈을 반짝거리더니 무릎을 치며 대답했다.

"하이쿠는 수사법의 요약이다. 하이쿠는 쥘부채의 사북 같이 집중점을 묘사하고 거기서 흩어지는 연상 세계를 암시하는 거지."

그러더니 "꽃잎이 눈송이처럼 흩날린다는 상투적인 묘사는 너무 진부해"라며 기운이 펄펄 나서 목소리를 드높이는 게 아닌가. 교실에서의 무뚝뚝하고 마음에 없는 듯한 영어 수업과는 천지 차이였다. 나는 반농담조로 말했다.

"선생님은 마치 영어보다 하이쿠를 더 좋아하시는 것 같은데요."

선생님은 깜짝 놀란 표정을 지었다.

"당연하지 않아? 설마 자네는 내가 좋아서 영어를 가르친다고 생각하나? 이 세상에서 자네들한테 영어를 가르치는 것만큼 싫은 일은 없어. 농담이 아니네. 휴일이 끝나고 학교에 가서 수업을 해야 한다는 걸 생각할 때마다 죽고 싶은 기분이 드는 걸."

농담……이 아닌 듯하다.

어이쿠, 정말로 대단한 선생님에게 영어를 배우고 있구나. 놀랍고도 어이가 없었지만 그와 더불어 어쩐지 묘하게 기쁜 마음도 들었다. 아마도 나만 불우한 건 아니라는 안도감과 연대감 같은 걸 느꼈기 때문이리라. 그 무렵 나는 쌓이고 쌓인 빚을 도무지 청산할 길이 없어서 하숙집에서 쫓겨날 처지였다. 순간적으로 결심을 굳히고 과감히 선생님께 부탁했다.

"저를 서생으로 쓰지 않으시겠어요?"

선생님은 그 말을 듣고 조금도 놀라지 않았으며 방을 보여주기 위해 자리에서 바로 일어섰다. 훗날 생각해보면 참으로 이상한 일이었다.

"틀림없이 뒷방이 비어 있을 텐데. 보러 갈까?"

하지만 안내된 방은 끔찍했다. 다다미 표면은 너덜너덜 해어져서 속이 비어져 나왔고, 구석구석은 먼지투성이로 진짜 헛간이었다. 나는 몹시 실망했지만 달리 어쩔 도리가 없었다.

"내일 이사 오겠습니다. 잘 부탁드려요."

그 자리에서 고개를 꾸벅 숙이고 나는 내일부터 선생님의 서생이 되기로 마음먹었다.

만일 내가 선생님이라는 사람을 미리 알고 있었다면 설령 그날 하숙집에서 쫓겨나는 처지였다 해도, 절대로 선생님 댁에 있게 해달라는 부탁은 하지 않았을 것이다.

분명히 말해두겠다. 선생님은 내가 지금까지 만난 그 어떤 인물보다도 심각한 괴짜다.

우선, 선생님은 화를 잘 낸다. 물론 화를 잘 내는 사람은 세상에 수없이 있다. 하지만 선생님의 경우에는 대개 무엇에 화가 나 있는지 아무도 모른다. 때로는 이 사람 저 사람 가리지 않고 무작정 붙잡아 새빨개진 얼굴로 수염을 부르르 떨며 호통을 친다. 그리고 선생님은 위가 약하다. 적어도 스스로 그렇게 주장하고 있다.

"그 증거를 보여주겠네. 얼굴빛이 다른 사람보다 누리끼리하고 피부에 탄력이 없는 등 혈액순환이 잘 되지 않는 징후를 보이고 있지. 게다가 위가 쓰린 걸 보니 틀림없어."

그런데 위가 약하다던 선생님은 깜짝 놀랄 만큼 밥을 많이 먹는다. 집에 좋아하는 떡이 있으면 있는 대로 죄다 꺼내 먹는다. 어떤 때는 한 달에 잼을 8통이나 할짝거렸다고 한다. 어린아이나 마찬가지다. 밥을 배불리 먹은 뒤 선생님은 어김없이 다카디아스타아제라는 위장약을 먹는다. 그러고는 약이 듣지 않는다며 버럭 화를 낸다.

선생님이 본업인 영어보다 하이쿠를 좋아한다는 건 이미 언급한 바 있다. 그 밖에도 선생님은 신체시를 짓거나 바이올린을 켜거나 가면극 가사를 배우면서 굉장히 바쁘게 지낸다. 가만 보니 영어 수업을 준비하는 것 빼고는 무엇이든 열심히 하는 듯하다.

그중에서도 특히 가면극 가사에 심취한 듯 화장실에 들어가면 반드시 흥얼거린다.

"이번에는 다이라노 무네모리(1147~1185, 권력자 다이라노 기요모리의 셋째아들로 우둔하고 오만하며 무능한 인물—옮긴이) 옵니다."

선생님은 매일 아침 껄렁껄렁한 목소리로 가면극 가사를 되뇐다. 그러면 이웃들은 그때마다 "저런, 또 무네모리군" 하며 웃음을 터뜨린다. 하기야 선생님이 아주 태연하게 지치지도 않고 가면극 가사를 자꾸 흥얼거려서 이웃들이 먼저 질려버린 상태다. 심지어는 '화장실 선생님'이라는 별명까지 붙었다.

선생님은 누구에게든 가릴 것 없이 가면극 가사에 대해 물어보고 싶어 한다. 내가 서생으로 온 날 가면극 가사를 들은 소감을 물어서 곤란하기 이를 데 없었다. 가면극 가사가 좋은지 나쁜지도 알 수 없는데 말이다. 마지못해 나는 이렇게 대꾸했다.

"선생님의 가면극 가사는 혀 꼬부라지는 소리가 납니다. 아무래도 영어를 섞어 쓰시는 거 같은데요?"

"지독한 말을 하는군. 이런 녀석은 집에 둘 수 없어."

선생님은 길길이 날뛰었고 사모님이 수습해주지 않았다면 나는 오자마자 쫓겨날 뻔했다.

선생님 댁에는 선생님과 사모님 그리고 딸만 줄줄이 셋이 있다. 여섯 살짜리 큰딸을 시작으로 막내는 돌도 채 되지 않았다. 또 하녀 식순이와 고양이 한 마리가 함께 산다.

나는 선생님 댁 사람들이 이 고양이를 귀여워하는 모습을 본 적이 없다. 특히 하녀 식순이는 고양이를 마치 천하의 원수처럼 생각하는 경향이 있다. 아무래도 고양이가 그녀의 꽁치를 훔쳐간 사건이 원인인 듯하다.

사모님은 고양이를 무시하고, 아이들은 제멋대로 짓궂은 장난을 친다. 고양이 머리에 봉지를 씌우고, 바닥에 내동댕이치고, 불 꺼진 아궁이 안에 쓱 밀어 넣는다.

선생님은 때때로 고양이를 상대로 혼잣말을 하거나 빙그레 웃거나 주먹을 꽉 쥐거나 치아를 드러내 보이다가, 무엇이 잘못되었는지 자신의 머리카락을 마구 쥐어뜯는다. 그 밖에도 선생님은 여러 가지 기묘한 버릇이 있다. 점차 익숙해졌지만 솔직히 처음에는 은근히 무서웠다.

"바보 자식!"

밖에서 돌아온 순간 느닷없이 집안에서 고함치는 소리가 들렸다. 나는 엉겁결에 그 자리에서 폴짝 뛰어올랐다. 쭈뼛쭈뼛 안쪽을 살펴보니 서재에 있는 줄 알았던 선생님이 툇마루를 향해 떡 하니 버티고 서서 한 손을 치켜들고 화를 내고 있었다.

"이 바보 자식!"

선생님은 또 툇마루를 향해 호통을 쳤다. 선생님은 남을 욕할 때는 반드시 '바보 자식'이라고 말하는 버릇이 있다. 도무지 융통성이라고는 눈곱만큼도 없다……. 아니, 성실하게 한우물만 파는 걸까. 어쨌든 인력거꾼이 말하던 '도적놈'과 큰 차이는 없다.

그러나…… 나는 고개를 갸웃갸웃 움직였다.

어쩐지 묘하다. 아까 사모님이 아이 셋을 데리고 외출했고 식순이도 따라갔기 때문에 집안에는 분명 아무도 없다. 손님이 왔나 생각했지만 상대의 모습은 보이지 않았다. 선생님은 도대체 누구에게 화를 내고 있는 걸까?

나는 선생님의 등 뒤에 대고 말을 건넸다.

"뭐하고 계세요?"

선생님은 엉거주춤하게 버틴 자세로 고개만 휘익 돌려 말했다.

"아니, 자네? 있었나?"

슬며시 불쾌해졌다. 있었나가 뭔가. 나는 선생님이 지시한 대로 인력거꾼의 영문 모를 이야기를 지금까지 듣고 있었다. 내가 그 설명을 하자 선생님은 간신히 생각이 난 모양이었다.

"미안 미안, 그만 사생화에 정신이 팔려서 말이지."

그러고 보니 선생님은 정말 붓처럼 보이는 걸 오른손에 쥐고 있었다.

선생님은 '버티고 서 있는 자세'를 포기하고 손을 힘없이 축 내려뜨렸다.

"어제 금테 안경을 쓴 손님이 찾아왔지. 그 친구는 전부터 미학을 연구하고 있는데 지금은 자칭 미학자라고 떠벌리고 다닌다네."

"아앗. 그분이 미학자세요?"

"스스로 그렇게 떠벌리는 거지. 뭐든지 멋대로 이름을 갖다 붙이는 걸 좋아하거든."

선생님은 호들갑스럽게 손을 휘휘 내저었다.

"그건 그렇고 이탈리아의 위대한 화가 안드레아 델 사르토가 일찍이 이런 말을 했다고 그 친구가 그러더군. '그림을 그린다면 자연 그 자체를 담아라. 하늘에는 별이 있다. 땅에는 반짝거리는 이슬이 있다. 날아다니는 새가 있다. 달리는 짐승이 있다. 연못에는 금붕어가 있다. 고목에는 겨울 까마귀

가 있다. 자연은 이런 것들이 살아 숨 쉬는 한 폭의 그림이다.'
과연 안드레아 델 사르토야. 그럴싸한 이야기지. 자네, 어쩐
지 눈앞의 세계가 걷잡을 수 없이 확 트이는 기분이 들지 않
나? 어쨌든 이제 사생화 하나에만 전념해야겠어."

아하, 하고 나는 잘 알지도 못하는 상태에서 맞장구를 쳤다.
"그래서 선생님은 무엇을 그리고 있으세요?"

선생님은 다다미 위에 내버려두었던 그림을 들어 내게 보
여주었다. 나는 그림을 지그시 바라보다가 포기하고 물었다.
"뭐죠? 이건?"

"이런, 봐도 모르겠나? 고양이야."

"고양이라고요!" 나는 놀라서 되물었다. "어디 사는 고양
이죠?"

"어디 사는 고양이라니. 고양이는 말이지. 당연히 우리 집
바보 고양이지. 저 바보 자식. 조금만 더 있으면 그림이 완성
되려는 찰나에 꾸물꾸물 움직이더니 오줌을 누러 슬슬……."

선생님은 다시 기분이 나빠진 모양이다.

그러니까 방금 전에 집안에서 들렸던 "바보 자식!"이란 거
친 욕설은 고양이를 향한 거다. '자식'이라고 불렸으니 고양
이도 출세한 셈이다. 그런데 실제로 선생님은 인간을 고양이
처럼 생각하고 있는지도 모르겠다…….

"눈은 어디에 있어요?" 나는 그림에서 눈길을 돌리며 물었다.

"눈?" 선생님은 어리둥절한 모양이다.

"이 그림 속의 고양이는 눈이 없어요."

"자고 있는 고양이를 그린 거야. 당연히 눈이 있을 리 없지."
선생님은 가슴을 쭉 펴고 말했다.

"그럼 눈은 그렇다고 하고요."

"왜? 다른 게 또 뭐가 있나?" 선생님은 자못 걱정스럽다는
말투로 물었다.

"색깔이 달라요."

"뭐가?"

"우리 고양이는 노르스름하고 엷은 잿빛 줄무늬에 검정 반
점이 있을 텐데요."

"물론 그렇지."

"그런데 이 그림 속의 고양이는……."

"무슨 색깔로 보이는데?"

나는 그림을 다시금 바라보았다. 선생님이 그림에 칠한 건
참으로 이상야릇한 빛깔이었다. 그건 노란색도 아니고 검정
색도 아니고 잿빛도 아니고 갈색도 아니다. 그렇다고 이것들
을 모두 섞은 색깔도 아니다. 도무지 한 가지 색이라고 평가
할 수 없는 그런 색깔이었다.

내가 대꾸를 못하자 선생님은 흥, 하고 콧방귀를 뀌더니
붓과 도화지를 아무렇게나 내팽개쳤다.

"그래서 그 바보는 뭐라고 하든?"

"뭐라고 하냐고요? 고양이가 말입니까?"

"바보인가, 자네도?" 선생님은 기막히다는 듯 말했다. "고양이가 말을 할 리가 없잖나. 자네, 인력거꾼의 이야기를 들어보고 왔지?"

"아아, 그 일이라면……."

보고하려는 내 눈앞에서 선생님은 마구 손사래를 쳤다.

"아니, 아무래도 바깥에서 산책하면서 들어야겠어. '귀찮은 이야기는 산책하면서 들어야 한다'고 안드레아 델 사르토가 말했다는군."

3.

골목을 빙 돌아 거리로 나서자 엄청난 인파가 모여 있었다.

정류장으로 향하는 길 한가운데를 약 4미터 정도 비워둔 채, 좌우로 비집고 들어가기 어려울 정도로 긴 행렬이 있었다.

"이게 도대체 무슨 난리지?" 선생님은 나를 돌아보고 불쾌한 듯 눈썹을 찌푸리며 말했다.

"이래서는 이야기를 할 수가 없잖아. 안드레아 델 사르토도 체면이 말이 아닌 걸."

그게, 하고 나는 고개를 약간 갸웃했지만 바로 깨달았다.

"알아냈어요. 저기, 저건가 본데요."

나는 선생님의 관심을 사람들이 손에 들고 있는 깃발로 돌렸다. 행렬 앞으로 쭉 내밀어진 깃발은 대부분 글자만 하얗게 남겨두고 자주색으로 염색했다. 개중에는 흰 바탕에 까만색으로 멋들어지게 휘갈겨 쓴 글자도 있었다. 가장 가까이에 있는 깃발에는 '정벌 러시아'라고 커다랗게 쓰여 있고 그 밑에는 이런 말이 있었다.

기무라 로쿠노스케 군의 무운장구를 빈다
- 우유판매조합 유지 -

선생님은 잠시 그 깃발의 문자를 찬찬히 살펴보다가 다시 뒤를 돌아봤다.

"그런데 무슨 난리지?" 멍한 표정으로 선생님이 물었다.

"그러니까 말이죠……."

그때 돌연 함성과 함께 "만세! 만세!" 하는 외침이 울려 퍼졌다. 무슨 일인가 싶어 앞을 바라보니 새 군복으로 몸을 감싼 한 무리의 젊은이가 바로 행렬 안쪽으로 지나가고 있는 참이었다.

만세, 만세 소리가 귀를 먹먹하게 할 정도로 울려 퍼지다가 간신히 조용해졌다고 생각한 순간 군인들의 모습은 모퉁이를 돌아 더 이상 보이지 않게 되었다. 행렬이 무너지고 모여 있던 사람들이 삼삼오오 제각각 다른 방향으로 뿔뿔이 흩어졌다.

거참, 하며 옆을 바라보니 선생님의 모습이 온데간데없었다. 그 대신 60세가량의 시골에서 갓 올라온 듯한 할머니가 길가에 쭈그리고 앉아 앞치마로 얼굴을 가리고 울고 있었다.

"할머니, 무슨 일이세요?"

나는 선생님이 어디 갔는지 꽤나 신경이 쓰였지만 일단 할머니에게 다가가서 말을 걸었다. 할머니는 고개를 살짝 들어 내 얼굴을 쳐다보더니 또 훌쩍훌쩍 눈물을 흘렸다. 난감한 마음에 머리를 긁적이자 할머니는 앞치마로 얼굴을 가린 채 물었다.

"우리 아들은 가버렸나? 이제 안 보이지?"

할머니의 아들이 아까 지나간 군인 행렬 속에 있었나 보다.

"군인들은 이미 모퉁이를 돌아갔습니다." 나는 할머니 옆에 웅크리고 앉아 말했다. "그런데요, 머지않아 몸성히 꼭 돌아올 거예요."

할머니는 앞치마 사이로 미심쩍다는 듯이 나를 바라보았다.

"너는 학생이지?"

"네, 그렇습니다."

"그럼 뤼순이 어떤 곳인지 알고 있니?"

"뤼순이요? 자세히는 모르겠지만 뤼순은 지금 러시아와의 전쟁에서 서로 차지하려고 혈안이 된 장소가 아닌가요? 일본 사람이라면 누구나 알고 있는 곳이죠."

"그렇구나. 그 뤼순이구나. 우리 아들은 분명 뤼순으로 가겠네."

할머니는 그렇게 말하고 흑흑 흐느껴 울었다.

"만약에 그렇다고 해도." 나는 최대한 밝은 목소리로 말했다. "뤼순 전투는 노기 장군이 지휘하고 있습니다. 듣기로는 대단한 인격자라고 하는데 그런 사람이 부하를 개죽음 당하게 하는 일은……."

내가 그렇게 말하는 순간 머리 위에서 선생님의 목소리가 들렸다.

"양기 때문에 신의 머리가 이상해졌어!"

"선생님!"

나는 황급히 일어나서 선생님의 모습을 넋 놓고 바라보았다.

입고 있는 옷은 구깃구깃하고 얼굴과 손은 마른 흙인지 진흙인지로 더러워져 있다. 아무래도 아까 인파 속에 휩쓸려 이리저리 호되게 시달리다가 결국 몇 번인가 쓰러진 듯하다. 선생님의 눈동자가 텅 비어보였다.

'낭패다.'

나는 얼떨결에 혀를 끌끌 찼다.

선생님은 두 손을 쫙 펼치고 아무한테나 대고 마구 소리치기 시작했다.

"……사람은 내버려두고 굶주린 개를 구하라! 구름 속에서 외치는 소리가 거슬러 올라가 동해를 움직이고 만주 끝까지 울려 퍼질 때 러시아인과 일본인은 네! 하고 대답하며 백리나 되는 전장인 북방의 들판으로 뿔뿔이 흩어졌다.

……피를 빨아마셔라! 신호와 함께 툭툭 내뱉어지는 불꽃의 혀에 어두운 대지가 비치고, 목구멍을 넘는 뜨거운 피가 들끓는 소리를 들었다.

……살을 뜯어먹어라! 신이 외치자 개들이 한꺼번에 짖어댄다. 우적우적 팔을 먹어치우고 몸통을 덥석 베어 문다. 뼈 하나를 물고 좌우에서 서로 잡아당긴다…….

수많은 사람의 뼈가 말라비틀어져 마침내 장군 하나가 탄생한다. 아아, 무참히 밟힌 뤼순의 땅이여! 애처로운 무명의 군인들이여!"

이런 무시무시한 외침을 듣고 할머니는 길바닥에 와락 엎드려 엉엉, 하고 목 놓아 울기 시작했다. 지나가는 사람이 발걸음을 멈추고 금세 선생님을 빙 둘러쌌다.

구경꾼들이 통곡하는 할머니한테 사정을 듣는 사이에 나는 선생님을 억지로 잡아끌었다. 흠씬 뭇매를 두들겨 맞기 전에 그 자리에서 벗어나야 한다.

"무슨 소리를 하는 겁니까!"

사람들의 비난하는 목소리가 겨우 들리지 않게 되자 나는 선생님에게 투덜거렸다. 어느새 선생님의 눈길은 흔들림이 잦아들어 평소의 모습으로 돌아와 있었다.

"내가 무슨 말을 했다는 거지?" 선생님은 힘없이 말했다. "내가 아까 무슨 말을 했던 간에 그건 무의식적으로 한 말이야. 내 죄가 아니라고."

"다른 사람들도 그렇게 생각해주면 좋겠네요." 나는 어깨를 움츠렸다. "그럼 선생님이 아니라 무의식에 뭇매를 가할지도 모르죠. 이런 이런. 이렇게 되었으니 선생님도 센닌바리를 받아두는 편이 좋을 것 같네요."

"센닌바리? 그게 뭐냐?"

"모르세요? 요즘 일본에서 유행하는 센닌바리를요?"

아하, 하고 선생님은 얼빠진 표정으로 턱을 어루만졌다.

"하리센본, 복어의 일종이지. 가시복에는 독이 있을 텐데, 유행하는지는 몰랐어. 그거 맛있나?"

"센닌바리는 복어의 일종도 먹을 것도 아닙니다." 나는 한숨을 푹 쉬며 말했다. "센닌바리는 여자 천 명이 한 땀씩 수놓아 만든 하얀 무명천을 말합니다. 이 센닌바리를 지니고 전쟁터에 나가면 '눈앞의 사선을 넘어 고전을 피할 수 있다'고 해요."

"흠, 쓸모없는 미신이야." 선생님은 한 마디로 딱 잘라 말했다. 하리센본으로 착각한 게 어지간히 화가 났던 모양이다.

"위험한 지역에 있는 동료를 위해 많은 사람이 힘을 모아 위기에서 무사히 벗어나기를 바라는 주술은 원래 미개사회에서 흔히 볼 수 있는 풍속이야. 하지만 그렇게 한다고 근본적으로 위기에서 벗어날 수는 없지."

선생님은 별안간 내 쪽으로 몸을 돌렸다.

"그런데 자네는 얼마 전 〈명성〉에 실렸던 요사노 아키코 여사의 신체시를 읽은 적이 있나?"

"요사노 아키코 여사의 「너는 절대로 죽지 않기를」 말이죠."

정신을 차리고 보니 선생님은 내 대답을 끝까지 듣지 않고 두 손을 소매 속에 끼워 넣은 채 앞으로 성큼성큼 걸어갔다. 그리고는 평소의 여릿한 목소리로 시를 읊었다.

아아, 남동생이여 너는 우는가

너는 절대로 죽지 않기를

막내로 태어난 너는

부모의 지극한 사랑을 받았거늘

부모가 칼자루를 쥐어주며

사람을 죽이라고 했느냐

스물넷까지 키워주었는데

뤼순의 성이 허물어지든

허물어지지 않든 무슨 상관이더냐

너는 절대로 죽지 않기를

덴노는 전쟁터에

몸소 나서지 않았다

사람의 피가 유품에 흐르고

짐승의 길에서 죽어가는 구나

죽음이 사람의 명예인가

덴노는 그 깊은 마음으로

이를 어찌 생각할까

포렴의 그늘에서 엎드려 우는

가냘프고 앳된 새댁을

너는 잊지 않았겠지

아아, 남동생이여 전쟁터에서

너는 절대로 죽지 않기를

입을 다물고 눈까지 지그시 감은 선생님은 시의 여운에 아직 젖어 있는 듯하다. 나는 조심스레 말을 건넸다.

"중간에 시구가 간간이 빠진 듯합니다만……."

선생님은 눈을 부릅뜨더니 입술을 삐죽거렸다.

"대강만 알면 되는 거라고."

여전히 입술을 삐죽 내밀고 말했다.

"그렇다면 자네는 뭐냐. 세상에 태어나 여태까지 들었던 말을 전부 기억하고 있나? 기억 안 나지?"

'꼭 어린아이 같다.'

"죄송합니다."

나는 무심코 사과했다.

"처음부터 자네가 나빴어." 그러더니 선생님은 더욱더 다그쳤다. "일이 이렇게 된 건 모조리 자네 탓이야. 조금은 반성을 해보게."

이 말을 듣고 나는 고개를 갸웃거릴 수밖에 없었다.

뭐가 내 탓이라는 걸까? 전쟁터로 가는 군인들의 행렬에 부딪친 일이? 하지만 나에게 산책을 권한 사람은 선생님이다. 그렇다면 선생님이 인파 속에서 몹시 시달렸던 일이? 아니면 선생님이 할머니에게 무시무시한 말을 내뱉은 게 내 탓인가? 선생님이 시구를 중간에 빼먹고 읊은 걸 설마 지금 내 책임이라고 하는 건가?

"저의 어떤 점이 나쁘다는 거죠?" 나는 신기하다는 듯 물었다.

"뭐?" 선생님은 깜짝 놀란 얼굴로 나를 응시했다. "뭐라고…… 그런 건…… 새삼스레 말할 필요도 없고…… 흐음…… 그래!"

눈을 희번덕거리던 선생님은 갑자기 의기양양한 웃음을 만면에 머금고 나를 바라보았다.

"자네는 인력거꾼의 이야기를 나에게 보고해야 하지?"

"그렇습니다."

"봐라. 자네가 멍청하게 구는 사이에 일이 이렇게 되어버렸어. 자, 어서 이야기를 해보게."

여전히 '일이 이렇게' 된 것이 어떻게 된 건지 이해할 수 없었다. 하지만 일일이 신경을 쓰다 보면 도저히 선생님과 함께 지낼 수 없다. 겨우 내 이야기를 들어주고 싶은 기분이 된 선생님의 마음이 바뀌기 전에 나는 서둘러 보고를 마치기로 했다.

"그럼 그 남자는 '집에 쥐가 없어져서' 불평을 하러 왔단 말인가?"

이야기를 들은 선생님은 어이가 없다는 듯 내게 물었다.

"대략 뭐 그렇죠."

"수상쩍진 않나? 집에서 쥐가 없어졌는데 왜 불평을 하지? 잘됐잖아."

"그게 안 좋은 겁니다." 나는 말했다.

"선생님은 잘 모르실 수도 있는데요. 요즘에는 쥐를 잡아서 파출소에 가져가면 한 마리당 5전씩에 사준다고 합니다. 쥐는 페스트균을 옮기기 때문에 예방 차원에서 도쿄 시에서 포상금을 준다고 해요."

흐음, 하며 선생님은 자꾸 수염을 쓰다듬었다.

"인력거꾼이 말하기를 얼마 전까지만 해도 그 집에 사는 '검은' 고양이가, 저도 본 적이 있는데요. 온몸은 새카맣고 노란 눈망울에 덩치가 커다란 수고양이 말입니다. 쥐를 뻔질나게 잡아왔다고 해요. 그런데 최근 1, 2주일 사이에 쥐를 전혀 잡아오지 않더랍니다. 그래서 인력거꾼은 '너희 고양이가 우리 쥐를 훔쳐간 게 분명하다. 도둑고양이를 내놓아라'라고 말했던 거죠. 뭐, 그렇게 된 겁니다. ……더구나 제가 들은 말은 뭐랄까. 꽤나 고상하지 않은 소리였답니다."

내가 상대를 해주는 틈틈이 인력거꾼은 문밖에서 엿보고 있는 사람들까지 '쥐 도둑' 패거리로 간주하고 서슬이 시퍼런 눈초리로 쏘아보았다. 이웃집 개구쟁이 중에는 얼굴에서 핏기가 싹 가시더니 두 손을 등 뒤에 감춘 우스꽝스러운 모습으로 비틀거리며 도망친 아이도 있을 정도였다.

선생님은 잠시 무언가를 생각하는 듯했다.

"그럼 인력거꾼은 고양이가 잡아온 쥐로 돈을 벌었다는 건가? 쥐 한 마리에 5전인데 1엔 50전이나?

"그런 거죠."

"우리 고양이는 쥐를 잡아온 적이 있나?"

"설마요. 쥐는커녕 벌레 한 마리도 잡은 적이 없어요. 얼마 전인가 자고 있는 얼굴 바로 앞을 메뚜기가 폴짝폴짝 뛰어가도 실눈을 뜨며 그냥 보내버리던 걸요."

"……그래?"

선생님은 어쩐지 애석하기 그지없다는 듯 어깨를 축 늘어뜨렸다.

"이런 이야기가 있지."

잠시 뒤에 선생님은 뭔가 떠올랐는지 입술을 달싹거렸다.

"무로마치 시대(1336~1573)에 셋슈라는 선종 스님이 있었네. 이 남자는 동자승이었을 때부터 그림 그리는 걸 좋아해서 절에서 하는 자질구레한 일을 내팽개치고 그림만 그렸지. 어느 날 주지스님이 게으름만 피우는 셋슈에게 벌을 주려고 하룻밤 동안 기둥에 묶어두기로 했어. 훗날 큰스님이 된 셋슈지만 당시에는 그저 보잘것없는 어린 중이었으니까. 셋슈는 용서해달라고 애원하며 울부짖었지만 아무도 도와주러 오지 않았네. 그러다가 포기했는지 울음소리가 더는 들리지 않게 되었지. 이윽고 날이 밝자 몰래 동정을 살피러 간 주지스님은 손에 들고 있는 촛대로 비춰보고 앗, 하고 소리를 질렀어. 동자승 셋슈는 기둥에 묶인 채 잠들어 있었는데 그 발밑에 있는 쥐떼가 우글우글 당장이라도 기어오를 것만 같았기 때문이지. 당황한 주지스님은 휘이 휘이, 하고 쥐를 쫓는 한편 서둘러 셋슈를 묶은 밧줄을 풀어주었지. 셋슈는 어리둥절해하며 잠에 취한 흐리멍덩한 눈을 비벼댔어. 그때 가서야 주지스님은 이상한 점을 발견했어. 어쩐지 쥐의 행동이 심상치가 않았거든. 쥐는 지금도 기어오르려는 자세를 취하고 있기는 하지만 꼼짝도 하지 않았어. 촛대를 다시 가까이 대고 유심히 살펴보니 쥐떼는 복도에 그려진 그림이었던 거지. ……셋슈는 기둥에 묶여 있으면서도 발가락을 이용해서 복도의 먼지 위에 쥐를 그렸던 거네."

"그렇군요." 나는 감탄해서 맞장구를 쳤다. "셋슈는 그 정도로 그림 솜씨가 뛰어났군요. 요컨대 셋슈야말로 동양의 안드레아 델 사르토라는 겁니까?"

"동양의 안드레아 델 사르토?" 선생님은 묘한 표정으로 고개를 갸우뚱거렸다. "아니. 나는 그저 셋슈가 평소에 청소를 소홀히 한 탓에 복도에 먼지가 쌓여 쥐를 그릴 수 있었다. 뭐가 이익인지는 당장은 알 수 없다는 말을 하고 싶었던 것뿐이네. 셋슈는 단지 발가락으로 그림을 그렸던 건데 그림 솜씨가 뛰어나다는 말은 조금 이상하지 않은가."

선생님은 그렇게 말하더니 금세 화제를 돌렸다.

"이 주변에 얼마 전 배우자가 죽어서 혼자 사는 할머니 집이 있네. 음, 다 쓰러져가는 집인데 어느 날 여행 중인 스님이 하룻밤 묵어가도 되겠냐고 청했지. 할머니는 묵어가는 대신에 죽은 할아버지를 위해 불경을 읊어달라고 부탁했네. 그런데 엉터리 중이라서 실은 불경을 하나도 몰랐지. 이 스님은 부처상 앞에 앉아서 큰일 났군, 하면서 난처해했지 뭔가. 그런데 불단 뒤쪽에서 생쥐들이 얼굴을 비쭉 내미는 게 아니겠나. 스님은 옳거니 하며 생쥐의 행동을 불경처럼 외우기 시작했지.

조르르 조르르 기어 나오려고 합니다
조르르 조르르 구멍에서 엿보고 있사옵니다
조르르 조르르 무언가 중얼거리고 있사옵니다
조르르 조르르 나가려고 합니다

할머니는 뭣도 모르고 아주 고마워했고 이 불경을 밤마다 부처상 앞에서 외우기로 했네. 그러던 어느 날 밤, 이 집에 도둑떼가 침입한 걸세. 그런데 가만히 불경을 듣던 도둑떼는 깜짝 놀라서 도망쳐버렸지. 할머니가 등을 돌린 상태에서 아무래도 자신들의 움직임을 간파한 듯 중얼거리고 있었다는군."

나는 이번에는 잠자코 선생님의 기색을 살폈다. 선생님과 이야기할 때는 맞장구도 함부로 쳐서는 안 된다.

"왜 도둑떼는 굳이 다 쓰러져가는 가난한 집에 물건을 훔치러 들어왔을까?"

아니나 다를까 중얼중얼 알쏭달쏭한 소리를 했다.

"그런데 자네." 선생님은 불쑥 고개를 들었다. "'생쥐의 결혼'이란 이야기 알고 있나?"

"생쥐가 세상에서 가장 강한 신랑을 찾으러 다닌다는 이야기죠." 나는 신중하게 입을 열었다. "태양에게 가니까 구름, 구름에게 가니까 바람, 바람에게 가니까 담장, 결국 담장에게 가니까 생쥐가 최고라고 했죠."

아하, 하고 선생님은 무시하는 건지 감탄하는 건지 알 수 없는 소리를 냈다.

"그런데 어떻게 하실 건가요?" 내가 물었다.

"뭐를 말인가?"

"그러니까 인력거꾼의 불평 말이에요. 어떻게 대처하실 생각인가요?"

"아아, 인력거꾼. 그 문제는 자네한테 맡기지."

"저한테 맡긴다고요? 그건 곤란합니다. 저는 선생님 댁에 머무는 서생에 지나지 않습니다. 이웃집과의 교섭에는 아무래도 집주인인 선생님이 직접 나서시는 편이……."

"자네한테 맡기네. 한번 맡긴다면 맡긴다는 거니까."

선생님은 그렇게 말하고 딴청을 부리고 있다. ……완전히 제멋대로다.

내가 난처해하며 쩔쩔매니까 선생님은 이쪽을 힐끗 보더니 변명하듯 소곤소곤 속삭였다.

"나는 바빠서 말이지. 달리 해야 할 일이 있거든."

"할 일이 대체 뭡니까?"

선생님은 작게 신음소리를 내며 턱을 비스듬히 기울였다.

"아무튼 기다리게나. 고양이가 도움이 되지 않으면……."

그러더니 느닷없이 뭔가 떠오른 듯 히죽 웃으며 나를 보았다.

"자네가 도와주게."

4

"뭐라고요? 제가 이런 차림으로 있어야 한다고요?"

나는 부엌에 서서 선생님을 돌아보고 내 생각에도 조금 한심한 목소리로 말했다. 그때의 내 모습을 설명하자면 이렇다.

머리에는 수건을 동여매고 한 손에 커다란 빗자루를 들고 폭이 넓은 바지 끝자락을 걷어서 허리에 끼워놓고……. 절대 남에게 보일 만한 모습이 아니다.

선생님은 평소의 모습대로 늘 그렇듯 소매 안에 두 손을 깊숙이 찔러 넣은 채 부엌 귀퉁이에 서서 나를 내려다보고 있다.

"그러니까 자네는, 서생이지?" 선생님은 아무렇지도 않게 말했다. "서생은 대부분 그런 모습을 하고 있단 말이지."

나는 포기하고 고개를 끄덕거렸다. 아무래도 선생님은 서생과 심부름꾼이 같다고 생각하는 듯하다.

"괜찮겠나, 자네? 순서를 다시 한 번 확인해보자고." 선생님은 소매 안에 찔러 넣은 손을 꺼내 수염을 비비 꼬았다. "쥐를 발견하면 자네가 그 빗자루를 써서 쥐를 마룻바닥에 꽉 누르게. 그 다음은 내 차례야. 나는 먼저 부지깽이로 쥐의 대가리를 살짝 끌어당기겠네. 그리고 이 베실로 쥐의 모가지를 꽁꽁 묶을 걸세."

선생님은 그렇게 말하고 소매 안에 찔러 넣었던 왼손과 오른손으로 각각 부지깽이와 베실을 치켜들고 나에게 자랑스레 보여주었다.

"분업을 해야 해, 자네랑. 분업. 하하, 어때? 이 점이 어리석은 인력거꾼과 다르지."

나는 별로 감탄하지는 않았지만 일단은 억지웃음으로 답한 후에 아까부터 자꾸 신경 쓰이던 점을 물어보았다.

"선생님은 과거에 이런 방법으로 쥐를 잡아본 적이 있습니까?"

"없네."

선생님은 시원스레 대답했다.

"고양이도 아닌데 내가 무슨 쥐를 잡나?"

……음 그런가.

나는 슬그머니 어깨를 움츠렸다.

선생님이 자연의 섭리에 대해 무지한 건 혀를 끌끌 찰 정도다. 선생님은 일찍이 학창 시절에 친구와 시골을 여행하던 중 푸르디푸르게 펼쳐진 논 풍경을 보고 "이게 뭐야?" 하고 물었다고 한다. 그때까지 날마다 먹던 쌀이 벼에서 나온다는 사실을 몰랐다는 걸 보면 아무래도 평범한 사람은 아닌 것 같다.

고양이가 이리저리 떠돌다 집으로 기어들어왔을 때도 식구들은 매정하게 대했지만 선생님만은 고양이를 무릎 위에 앉혀놓고 어루만져 주었다. 거기까지는 좋았지만 고양이가 갸르릉 갸르릉 목구멍을 울리는 소리를 내자 재빨리 고양이를 내팽개치고 사모님에게 "이 고양이는 폐가 안 좋은가 봐?" 라며 진지한 표정으로 물었다고 한다.

이렇게 자연의 섭리에 대해 무지한데 용케도 하이쿠를 짓는구나 생각했다. 하긴, 선생님은 "그건 그거고, 이건 이거지" 하며 태연하게 답할 듯하다.

그런 선생님이 스스로 쥐를 잡겠다는 걸 보니 심상치가 않다.

아까 선생님이 인력거꾼 문제는 자네에게 맡기네. '나는 바쁘거든. 할 일이 있어'라고 말한 건 쥐를 잡기 위해서였다.

게다가 그 이유를 곰곰이 따져보니 쥐 한 마리당 5전이라는 보상금을 노리는 거라서 웃어야 할지 한심하다고 해야 할지 영 판단이 서지 않는 참이었다.

이유가 어찌 되었건 선생님은 한번 하기로 결심하면 어지간해서는 물러서지 않는다.

"그럼 자네. 일당이 돌아오면 성가실 테니. 빨랑빨랑 시작하게."

일당이란 이 집의 여성 동지…… 사모님, 식순이, 따님 셋을 말한다.

나는 각오를 단단히 하고 빗자루를 한 손에 쥔 채 부엌 구석구석을 헤집고 돌아다녔다. 그러자 저쪽에 쌓아둔 냄비와 솥 그 아래쪽에서 새끼 쥐가 얼굴을 비죽 내밀었다. 참으로 절묘한 등장이다.

"조르르 조르르 기어 나오려고 합니다."

나는 황급히 암호를 외어 선생님에게 신호를 보내고 탁, 하고 빗자루로 내려쳤다. 하지만 낌새를 알아차린 새끼 쥐는 쏜살같이 대가리를 움츠렸고 빗자루는 덧없이 허공 사이를 갈랐다.

'어디로 가버렸을까?'

나는 두리번두리번 사방을 살폈다.

"엇! 저기야. 놓치지 마라!"

선생님이 펄쩍펄쩍 뛰며 부엌 한 구석을 손으로 가리켰다.

정신없이 허둥지둥 휘두른 빗자루 끝에 뭔가가 닿았고 다음 순간 쌓아둔 냄비와 솥이 쩌렁쩌렁 요란한 소리를 내며 나동그라졌다.

'식순이가 돌아와서 이 광경을 보면 분명히 난리를 칠 거야.'

나는 등줄기가 서늘해졌다. 하지만 선생님은 주춤거리지도 않고 오로지 목적을 향해 힘껏 내달렸다.

"여기야, 자네!"

"에잇, 또 도망쳤군."

"뭐하고 있어!"

"바보 같으니라고, 젠장!"

이보다 더 시끄러울 수는 없다.

나 역시 그때마다 에잇, 얍, 소리를 지르며 빗자루를 휘둘렀다. 새끼 쥐는 돌연 방향을 바꿔 선생님의 발밑을 빠져나가 현관 옆에 있는 다다미가 석 장 깔린 좁다란 방 안으로 뛰어올라갔다.

"닫았다!"

선생님은 방문을 드르륵 닫고 의기양양하게 외쳤다.

"이런 일이 있을까 봐 방의 다른 출입구를 모두 닫아두었지. 우리의 적은 말 그대로 독안에 든 쥐야. 자네, 이리와 봐. 어서 이 싸움을 끝내자고."

나는 몰래 한숨을 내쉬고 우쭐대는 선생님의 뒤를 졸졸 따라갔다.

그런데 말이다.

방안을 아무리 뒤져봐도 새끼 쥐의 모습이 보이지 않았다. 애초에 아무것도 놔두지 않는 좁다란 방이라서 어딘가 숨어 있을 만한 공간조차 없다. 촛불을 켜고 기둥과 기둥 사이를 들여다보고 부지깽이로 여기저기 찔러보았지만 역시나 새끼 쥐의 모습은 보이지 않았다.

"이상하네."

선생님은 고개를 갸웃거렸다.

"자네, 샅샅이 뒤져봤나? 다시 한 번 잘 살펴보게."

선생님에게 건네받은 촛불로 기둥과 기둥 사이를 들여다보니 불빛이 안쪽까지는 미치지 않아 확실하지는 않지만 벽이 허물어진 구석에 구멍 비슷한 게 하나 보였다.

이 이야기를 듣고 선생님은 금세 떨떠름한 표정을 지었다.

"분명 그거다. 아무리 뛰어난 지휘관의 작전도 현장에서의 사소한 실수가 원인이 되어 망하지. 목수 탓이야. 이건 막대한 손해라고."

"그런데 묘하네요."

나는 곰곰이 살펴보다 고개를 갸우뚱거렸다.

"설령 그게 구멍이라고 해도 집 구조상 그 구멍을 통해 쥐가 어디론가 달아나지는 못할 텐데요……."

"그렇다면 자네는 쥐가 증발했다는 건가? 바보로군, 자네는 과학을 조금이라도 배우는 게 어떤가?"

선생님은 즉시 흐뭇한 표정을 지으며 나에게 설명하기 시작했다.

"알겠나. 자네, 과학이라는 건 일단 과학적인 태도를 말하지. 구체적으로 설명하면 쥐가 사라졌을 때 왜 쥐가 사라졌는가를 생각하는 태도가 중요하네. 문이 닫힌 방 안에서 쥐 한 마리가 사라졌다고 하자. 그렇다면 쥐는 분명 방에서 벗어나 다른 장소로 도망친 거지. 그리고 쥐가 도망쳤다면 그건 구멍으로 달아난 게 틀림없지. 이렇게 생각하는 게 과학적인 태도고 나아가서는 과학의 발전과 진리 추구로 이어져……."

설명을 하던 선생님은 거기서 갑자기 멈추더니 야릇한 표정을 지었다. 그리고 하앗, 호옷, 하며 손을 치켜들고 발을 동동 구르며 참으로 기묘한 춤을 추기 시작했다.

나는 기가 막혀서 멍하니 지켜볼 수밖에 없었다.

선생님은 그 사이에도 꺄, 쿄, 햐, 효, 하며 요상한 소리를 내더니 몸을 갖가지 각도로 비틀어 구부렸다. 그러다 결국에는 그 자리에서 빙글빙글 맴돌기 시작했다.

"도와줘!"

선생님의 비명을 듣고서야 나는 무슨 일이 일어났는지 깨

달았다. 서둘러 선생님의 짤막한 겉옷 소맷자락을 붙잡고 힘
껏 펄럭거렸다. 그 순간 조그마한 덩어리 하나가 바닥으로 툭
곤두박질쳤다. 그 덩어리는 바닥에 곤두박질하자마자 금세
새끼 쥐 모습을 되찾더니 문틈으로 도망쳐버렸다.

나는 새끼 쥐가 달아나는 모습을 지켜본 뒤 선생님을 돌
아보았다.

"없어졌다고 생각했는데 선생님의 겉옷 안에 찰싹 달라붙
어 있었네요. 과연 선생님이 말씀하셨던 대로예요. 쥐가 증
발할 리가 없죠. 앞으로 저도 과학적으로 생각하겠습니다."

선생님은 기운이 없는지 축 늘어져서 입도 뻥끗하지 못했다.

"작전을 바꾸자!" 잠시 뒤에 선생님이 말했다.

"아직도 계속할 건가요?"

"계속하냐고? 당연하지. 이 정도로 포기할 셈이었나? 한
마리에 5전이나 된단 말일세."

"고작 5전이에요."

"뭐야? 자네는 교사와 인력거꾼 가운데 어느 쪽이 더 훌륭
하다고 생각하나?"

"어느 쪽이라고 물으시면⋯⋯."

"인력거꾼은 쥐로 1엔 50전을 벌었어. 교사인 나 역시 못할
게 없단 말이지."

선생님은 이상한 논리를 들이대며 가슴을 쭉 폈다.

"하지만 우리는 아직 한 마리도 못 잡았습니다."

"그래서 작전을 바꾸자는 거지." 선생님은 나에게 좀더 가까이 다가오라고 손짓을 했다. 그리고 얼굴을 가까이 대고 소곤소곤 속삭였다.

"우리 작전 비밀은 처음부터 적에게 새어 들어갔네."

"설마요. 상대는 쥐입니다."

"쉿." 선생님은 입술에 손가락을 대고 주위를 둘러보았다. "자네는 쥐가 인간의 말을 이해하지 못한다는 걸 어떻게 알지? 아무래도 그것 말고는 새끼 쥐가 우리 작전을 눈치 챈 이유를 설명할 수가 없네. 거참, 쥐가 궁지에 몰리면 고양이를 문다는 이야기는 들었지만 설마 그런 식으로 사지에서 탈출할 줄은. 아니 자네는 뭐, 쥐가 사람의 말을 이해하지 못한다는 명백한 증거라도 갖고 있나?"

"그런 건 갖고 있지 않습니다……."

"그렇다면 쥐가 우리 말을 듣고 있을 가능성도 배제할 수 없네."

선생님은 무슨 생각이 떠올랐는지 얼굴빛이 걷잡을 수 없이 어두워졌다.

"새끼 쥐를 상대로 정한 게 처음부터 잘못이었어. 흠. 겉옷 속에 숨어 있고. 대개는 부엌 같은 곳에서 조르르 조르르 얼

굴을 내미는 게 새끼 쥐일 텐데. 새끼 쥐를 상대로 한 게 실수
였지. 작전을 바꾸자."

"어떻게 하시려고요?"

"장소를 바꿀 거다."

선생님은 그렇게 말하고 내 귓가에 속삭이듯 물었다.

"자네, 어미 쥐는 보통 어디에 숨어 있는지 아나?"

"그게 아마도 천장 안이나⋯⋯."

"천장 안은 맞네." 선생님은 떨떠름한 표정을 지었다. "전
에 한번 천장 안으로 쥐가 기어올라가 천장 널빤지에 구멍을
뚫은 적이 있었네. 그때 수리비가 터무니없이 많이 나왔지.
그래서 널빤지가 아주 약해졌어."

"그런데 어미 쥐는 마루 밑에도 있어요."

"오, 마루 밑이라고. 마루 밑에도 쥐가 있는 줄은 몰랐네.
음, 아무래도 그 편이 낫겠군. 천장의 널빤지에 구멍을 뚫을
염려는 없으니까 말이지."

선생님은 몇 번인가 고개를 끄덕이더니 나를 힐끔 보고 시
원스레 말했다.

"좋아, 결정했어! 자네가 마루 밑으로 기어들어가서 쥐를
몰아내게."

"네에? 저보고 마루 밑으로 기어들어가서 쥐를 몰아내라
고요⋯⋯."

하긴 말은 쉽다. 큰일 났다고 생각하며 선생님과 마찬가지로 속삭이듯 물었다.

"그럼 선생님은 어떻게 하실 건데요?"

"나? 나는 밖에서 기다리지. 밖으로 나온 녀석을 때려잡을 거라고."

선생님은 다시 부랴부랴 앞장서서 걸었다.

"이번에는 정말로 잘해보게."

등 뒤에서 선생님이 이렇게 말했다. 마치 부엌에서 쥐를 놓친 건 순전히 내 탓이라는 투였다.

나는 아무 말도 하지 않고 어깨를 움츠리며 빗자루를 한 손에 들고 먼지투성이인 캄캄한 마루 밑으로 기어들어갔다.

아무튼 마루 밑이다.

거미줄 정도는 진즉에 각오했지만 달리 어떤 게 나올지는 알 수 없다. 어느 정도 눈이 익숙해지니 아니나 다를까 이쪽에 둥근 돌멩이, 저쪽에 버려진 목재 등 이런저런 잡동사니가 굴러다니고 있었다. 집을 지은 뒤 목수가 귀찮아서 몽땅 쑤셔 박은 것이리라. 어차피 닌자도 아니고 마루 밑은 엔간해서 사람이 기어들어가지 않는 장소다.

손으로 더듬더듬하면서 안쪽으로 슬금슬금 들어갔더니 구석에 둔 석회 자루 비슷한 물건 뒤에서 무언가가 움직이는 게 언뜻 보였다.

······쥐인가?

나는 빗자루를 쭉 내밀어서 자루를 톡톡 찔러보았다.

금세 석회의 뽀얀 연기가 피어올랐다. 비좁은 마루 밑에서 엉겁결에 재채기를 하는데 연기 속에서 뭔가 커다란 그림자가 나를 향해 쏜살같이 달려들었다.

나는 아악 아악, 정신없이 소리를 질렀다. 기겁한 내 옆을 도망치듯 재빨리 그림자가 스쳐 지나갔다. 잠시 뒤 바깥에서 선생님의 괴상한 목소리가 들렸다.

"나왔다아앗!"

"오오! 녀석, 엄청 크네. 네가 두목 쥐냐. 15전은 따 놓은 당상이군."

희희낙락한 목소리에 이어서 빗자루로 마구 내리치는 소리가 들렸다.

"기다려. 도망치지 마! 바보야. 젠장!"

그리고 분주히 왔다 갔다 하는 선생님의 발소리가 들렸다.

나는 서둘러 마루 밑에서 기어 나와 얼굴에 착 들러붙은 거미줄과 먼지 등을 다 털어냈다.

힐끗 바라보니 고양이는 툇마루에 드러누워 낮잠을 자고 있었다.

"끼-야!"

선생님은 고래고래 괴성을 지르고 빗자루를 휘두르며 바

람 같이 고양이 앞을 지나갔다.

고양이는 실눈을 뜨고 흥, 하는 표정을 지었다.

어쩐지 백일몽이라도 꾸는 듯한 느낌이다.

"이쪽이야, 자네…… 뭐하고 있나. 이쪽!"

꿈에서 깨어나 뒤돌아보니 선생님이 하수구 쪽에서 빗자루를 치켜들고 있었다.

뺨을 꼬집어보니 아프다. 꿈을 꾸고 있는 건 아닌가 보다.

아무래도 선생님은 현실에서 쥐를 쫓는 모양이다.

"이제 놓치지 않을 거다! 15전."

선생님은 헐떡거리며 어깨를 들썩이더니 한 발 한 발 거리를 좁혀나갔다. 소름 끼칠 정도로 무서운 몰골은 평소의 굼뜨고 우둔한 행동거지와 전혀 딴판이다. 기괴한 선생님의 모습에 완전히 넋이 나간 나는 무심코 하수구로 눈길을 옮겼다.

'선생님에게 쫓기고 있는 불운한 쥐는 도대체 어떤 녀석일까?'

들여다보던 눈길 저편으로 쫓기던 쥐의 모습이 확 들어왔다.

"선생님, 안 됩니다! 저건……."

내가 황급히 소리를 지른 것과 동시에 선생님은 기세등등하게 사냥감에게 다가갔다.

다음 순간, 선생님은 빗자루를 내팽개치고 우웅, 하며 그 자리에서 벌렁 뒤로 자빠져버렸다. 뭐라고 표현할 수 없는 강렬하고 요상한 냄새가 사방에 떠돌았다.

"선생님…… 모르셨나요?"

나는 한 손으로 코를 감싸 쥐면서 선생님을 부축해 일으켰다.

"저건 두목 쥐가 아닙니다. 족제비예요. 족제비는 궁지에 몰리면 마지막에 저렇게 가스를 분사합니다."

힐끔 바라보니 분명 툇마루에서 자고 있어야 할 고양이는 일찌감치 모습을 감추어버렸다.

"그런 건 자네…… 좀더 빨리 알려주었어야지."

선생님은 눈을 반쯤 허옇게 뜨고 힘없는 목소리로 말했다.

"앞으로 15전이란 말을 들을 때마다 가슴이 쓰릴 듯하군."

5.

선생님을 집안으로 옮겨와서 요를 깔고 눕히자 잠시 끙끙, 하고 신음소리를 냈지만 어느새 드르렁드르렁 코를 골며 곯아떨어졌다. 평소에 운동 같은 건 아예 하지 않는 사람이라서 빗자루를 휘두르며 마구 뛰어다녔던 게 얼마나 피곤했을지 가히 짐작이 간다.

나는 짚이는 구석이 있어서 선생님을 그대로 놔두고 슬그머니 밖으로 나섰다.

동네를 한 바퀴 빙 돌고 우유보급소 앞을 지나다가 마침 가게 안에서 나오는 어린 점원과 마주쳤다. 우유보급소의 점원은 기껏해야 열 살 정도로 보이는 아직도 뺨이 발그레한 까까머리 소년이다.

"기무라 군, 맞지?"

말을 걸자 어린 점원은 아무 말도 없이 경계하는 기색으로 나를 쳐다보았다.

지극히 당연한 현상이다. 하기는 나 자신도 얼마 전까지는 점원의 존재를 전혀 알지 못했다. 뭔가 위험스러운 요즘 세상에 낯선 사람이 이름을 불러 세운다는 것처럼 기분 나쁜 일도 없으리라.

나는 쓴웃음을 지으며 자기소개를 했다.

"아아, 나는 영어 선생님 댁의……."

기무라 소년은 불안한 마음을 간신히 누그러뜨리더니 뭔가 떠오른 듯 풉, 하고 웃음을 터뜨렸다.

"뭐가 우습니?"

"그게" 하더니 소년은 성대모사를 했다. "'이번에는 다이라노 무네모리옵니다……' 우리 소장님이 늘 투덜거려요. '화장실 선생님 댁 근처에 있어서 장사가 안 돼. 팔아야 할 우유가 금세 썩어버려' 그거 어떻게 좀 안 될까요?"

"괜찮아." 나는 자신만만하게 대꾸했다.

"선생님은 한 가지를 오랫동안 계속한 선례가 없어. 이번에도 틀림없이 곧 그만둘 거야."

"아, 그런 겁니까?" 눈이 휘둥그레진 기타무라 군은 나에게 조심스레 물었다.

"그런데 무슨 일이죠? 제 이름은 어떻게 알아요?"

"으음, 그건 말이지……."

나는 잠시 하늘을 쳐다본 뒤 허리를 구부리고 상대와 같은 눈높이에서 말했다. 그리고 소년의 손목을 휙 낚아챈 뒤 손을 뒤집어 손바닥을 살펴보았다.

손바닥에 달라붙은 검정 털 몇 올을 손가락 끝으로 집어 올리며 소년에게 물었다.

"깜장이한테 쥐를 잡아오라고 한 건 너지?"

얼굴이 굳어진 우유보급소 점원에게 나는 손가락 끝으로 집어 올린 검정 털을 건네주며 최대한 너그러운 말투로 이야기했다.

"사실 내가 꺼낼 말은 아닌 것 같지만. 상상해 보건대 너는 그 검은고양이가 쥐를 잡아올 때마다 상을 주고 싶어서 팔아야 할 우유를 먹이지 않았니? 그렇다면 깜장이는 인력거꾼이 아니라 네가 있는 곳에 쥐를 가져왔겠지. 고양이로서는 자연스럽기 그지없는 행동이야. ……그런데 너."

나는 기무라 군의 얼굴을 똑바로 바라보았다.

"아쉽지만 깜장이에게 쥐를 잡아오라고 시키는 건 이제 그만두어야겠다. 나는 딱히 네가 그 욕심쟁이 인력거꾼의 쥐를 빼돌린 걸 나쁘다고 말하는 게 아냐. 페스트를 예방하기 위해서라면 누가 쥐를 파출소에 가져가든 마찬가지야. 내가 걱정하는 건 오히려 깜장이지."

"깜장이가 걱정이라고요? 왜 그렇죠?" 소년은 깜짝 놀란 기색으로 고개를 쳐들었다.

"만약에 깜장이가 말이지. 쥐가 아니라 다랑어 토막 같은 걸 가져왔다면 어떻게 하겠니? 너는 깜장이가 가져온 다랑어 토막을 가로채고 그 대신에 상으로 우유를 줬을까?"

"설마 그런 짓은……. 그럼 진짜 도둑고양이에요."

"아무렴. 그런데 고양이한테는 팔든 안 팔든 아무런 관계가 없지 않을까? 깜장이는 잡기 번거로운 쥐가 아니라 생선가게 처마 밑에서 파는 물건을 잽싸게 훔쳐서 너한테 가져올지도 몰라. 그렇다면…… 네 말대로 깜장이는 진짜 도둑고양이가 되는 거다. 난폭한 성격의 생선장수는 갖고 있는 나무방망이를 휘두르며 깜장이를 인정사정없이 두들겨 패겠지. 이 동네에서 생선장수의 방망이에 맞아서 다친 도둑고양이가 몇 마리나 된다는 건 너도 봐서 알고 있지?"

소년은 눈길을 아래쪽으로 떨어뜨리며 입술을 질끈 깨물더니, 이윽고 자그마한 목소리로 중얼거렸다.

"……알겠습니다. 앞으로 깜장이가 가져오는 쥐를 받지 않을게요."

"어. 그렇게 하는 편이 좋겠어."

"하지만 어째서죠? 어떻게 저라는 걸 알았어요?"

"과학적 사고의 결과야."

나는 일단 몸을 쭉 폈지만 소년이 의외로 진지한 모습이란 걸 깨닫고 다시 한 번 허리를 구부렸다.

"오늘 우리 선생님 댁에 인력거꾼이 와서 고래고래 소리를 질렀어. 이야기를 들어보니 인력거꾼이 자기 집에 쥐가 없어졌는데 선생님 댁에 있는 고양이가 자기네 쥐를 잡아가는 게 틀림없다며 도둑고양이를 내놓으라고 하더군. 음, 그런 이유로 노발대발 화를 냈어. 하지만 그럴 리가 없거든. 정말로 선생님 댁 고양이는 누구를 닮았는지 움직이는 걸 몹시 귀찮아해서 쥐는커녕 벌레조차 변변히 잡을 줄 몰라. 게다가 생각해보면 인력거꾼 이야기는 처음부터 수상했어. 그가 기르고 있다고 주장한 깜장이는 내가 아는 한 인력거꾼 집에서 제대로 얻어먹지도 못하고 있는데 말야. 요컨대 인력거꾼은 깜장이가 잡아온 쥐를 모조리 빼앗아 파출소에 가져가서 1엔 50전이나 벌어먹은 주제에 쥐를 가져온 그 고양이한테는 조그마한 상조차 주지 않았단 말이지. 그런 생각을 하는데 불현듯 어떤 모습이 떠올랐어. 인력거꾼이 고함을 쳤을 때문밖에 모인 사람들 가운데 네 얼굴이 있었던 거지."

어떻게 내가 여러 사람들 틈에 있던 소년의 얼굴을 특별히 기억하고 있었던 걸까?

물론 거기에는 이유가 있다.

인력거꾼은 나에게 사정을 설명한 뒤 문밖에서 엿보고 있는 이웃들을 마치 '쥐 도둑' 패거리라도 되는 양 매서운 눈초리로 쏘아보았다. 그 순간 갑자기 얼굴빛이 싹 바뀌고 두 손을 등 뒤로 감추며 이상한 모습으로 넘어질 듯 비틀비틀 도망치는 소년이 있었다. 그 아이가 지금 내 눈앞에 있는 기무라 군이다.

사실 당시에는 소년이 '쥐 증발사건'과 관련이 있다고 생각하지 못했다. 그런데 그 뒤에 선생님과 함께 동네를 산책하러 갔다가 러시아와 전쟁을 하러 떠나는 군인들과 그들을 배웅하는 인파와 맞닥뜨렸다. 그런데 그들이 들고 있는 깃발 가운데 이런 문구가 있었다.

기무라 로쿠노스케 군의 무운장구를 빈다
- 우유판매조합 유지 -

깃발을 보고 어떤 가능성을 짐작할 수 있었다.

"기무라 로쿠노스케 군은 혹시 너의 형이 아니니?" 나는 옆에 앉은 소년을 돌아보고 그렇게 물었다.

"저한테는 친형이 없습니다. 로쿠노스케는 어렸을 때부터 저를 보살펴준 사촌형입니다."

"그랬군." 나는 고개를 주억거리고 말을 이었다. "아무튼 그 깃발이야말로 눈앞에 제시된 두 가지 수수께끼, 즉 인력 거꾼의 쥐가 사라진 것과 그 이야기를 들은 소년이 기묘한 모습으로 도망친 사건을 연관 지을 수 있는 실마리였지. 두 가지 수수께끼는 한 가지 사실을 가리키고 있었어. 전쟁터로 향하는 군인들이 다들 센닌바리를 몸에 두르고 있었다는 사실."

나는 어안이 벙벙해진 기무라 군을 힐끗 바라보며 물었다. "너는 전쟁터로 향하는 사촌형에게 어떻게든 센닌바리를 선물해주고 싶었지?"

소년이 조그맣게 고개를 끄덕이는 모습을 확인하고 나서 석양이 지는 하늘로 눈길을 돌렸다.

"낮에 군인들을 환송하는 인파 속에서 할머니 한 분을 만났어. 그 할머니는 전쟁터로 떠나는 외아들을 배웅하기 위해 시골에서 올라왔지. 그때 조금 복잡한 일이 벌어져서 묘하게 헤어졌지만…… 혹시, 하는 생각에 여기 오기 전에 다시 한 번 가봤어. 그랬더니 할머니는 여전히 아들을 배웅한 그 장소에 쭈그리고 앉아 있더라. 나는 할머니 옆에 앉아서 잠깐 이야기를 나누었어. 할머니는 전혀 모르는 나에게 전쟁터로 간 아들이 얼마나 효자였는지 또 얼마나 다정했는지 이야기했지. 그리고 그 뒤에 할머니는 나에게 비밀을 알려줬어.

'아들이 지니고 있는 센닌바리는 단순한 센닌바리가 아니다. 바느질 한 땀 한 땀에 온 마음을 담은 건 물론 모아둔 5전, 10전 동전을 사람들에게 부탁해서 거기에 매달았다.'

이유는 새삼 물을 필요도 없었지.

"5전은 사선을 넘어라, 10전은 고전을 피할 수 있다는 주술 같은 거거든."

정답은 다름 아닌 내 말 가운데 있었다. 나는 선생님에게 "센닌바리는 여자 천 명이 한 땀씩 수놓아 매듭으로 만든 하얀 무명천을 말합니다…… 이 센닌바리를 지니고 전쟁터에 나가면 눈앞의 사선을 넘어 고전을 면할 수 있습니다"라고 설명했다. 그때 알아차렸어야 했다. '사선'과 '4전' '고전'과 '9전'은 발음이 같기 때문이다.

선생님은 센닌바리를 쓸모없는 미신이라고 했고 사실 그렇기는 하지만 가까운 사람을 전쟁터에 보내는 처지가 되면 미신이든 주술이든 일단 믿고 싶어지는 게 사람 마음이다. 남아 있는 사람은 믿고 기도하는 수밖에 없다.

"너는 전쟁터로 떠나는 로쿠노스케 군에게 센닌바리를 선물해주고 싶었던 거야. 더구나 단순한 센닌바리가 아닌 주술이 담긴 5전과 10전 동전까지 매달고 싶었겠지. 하지만 우유보급소 점원인 너는 하얀 무명천은 물론 거기에 매달기 위한 5전, 10전 동전까지 마련할 길이 없었어. 그래서 너는 이렇게 생각했지.

'쥐를 파출소에 가져가면 한 마리당 5전을 준다. 그런데 고양이는 우유를 좋아해. 내가 일하는 곳은 마침 우유보급소야. 우유로 고양이를 길들여 쥐를 잡아오도록 하면 되겠다.'

너는 인력거꾼의 깜장이를 길들여서 쥐를 잡아오게 하고 파출소에 가져가서 5전, 10전 동전을 받았어. 그리고 근처에 사는 아주머니에게 부탁해서 그걸로 센닌바리를 만들어 달라고 했고…….

이게 인력거꾼의 쥐가 없어지게 된 이유지. 지난번에 인력거꾼이 사람들을 노려보자 너는 순식간에 얼굴빛이 싹 달라지고 등에 손을 감추며 이상한 모습으로 도망친 거고. 손바닥에 붙어 있는 고양이 털을 인력거꾼에게 들키고 싶지 않던 거야."

나는 내 과학적 사고의 결과에 만족하며 우유보급소의 점원을 돌아다보았다. 소년은 양쪽 콧구멍에 길게 늘어진 콧물을 훌쩍이는 것도 아예 잊어버렸는지 눈을 동그랗게 뜬 채로 나를 바라보고 있었다.

"굉장해요. 서생은 모두 그런 식으로 생각하나요?"

"모두 그렇지는 않다고 생각해." 나는 살짝 부끄러웠다.

"하지만……."

"뭐가 잘못됐어?"

"저는 깜장이한테 한 번도 우유를 주지 않았어요. 그렇게 하다가는 소장님에게 호되게 두들겨 맞을 거예요."

"그게…… 그럴 리가 없을 텐데. 우유가 아니라면 너는 어떻게 깜장이를 길들였지?"

고개를 갸웃갸웃하는 나에게 기무라 소년은 싱긋 웃어보였다.

"저는 쥐를 잡아올 때마다 깜장이를 칭찬해줬어요. 그저 그 멋진 검정 털을 어루만져 주었답니다."

6

문으로 들어가니 내가 나가 있는 사이에 사모님과 아이들이 돌아왔는지 집안에서 와자지껄 떠드는 소리가 들렸다.

"저 왔습니다."

내가 현관에 흐트러진 신발을 정리하고 있는데 눈앞으로 머리에 종이봉지를 쓴 고양이가 쏜살같이 지나갔다. 그 뒤를 선생님의 큰딸과 작은딸이 까르르 웃으며 쫓아가고 있었다.

"늦었군, 자네."

서재에서 선생님의 목소리가 들렸다.

서재로 얼굴을 들이미니 선생님은 책상에서 부지런히 손을 놀리는 중이었다.

"또 사생화예요?"

"음, 사생화." 선생님은 나에게 등을 돌린 채 여전히 손을 멈추지 않고 말했다.

"그보다 자네, 아픈 사람을 내팽개치고 외출하다니 매정한 사람이군. 자네가 자리를 비운 사이에 제멋대로 손님들이 들이닥쳐서 고생했다고."

"죄송합니다."

"안드레아 델 사르토 일화는 엉터리였나 봐."

"네?"

"자네가 없는 사이에 그 미학자가 또 왔거든."

"저기 금테 안경을 쓴……."

"내가 그림을 보여주니까 그 친구가 별안간 웃음을 터뜨리며 이렇게 말하는 걸세. '안드레아 델 사르토의 그림 이야기는 거짓말이야. 내가 꾸며낸 거라고. 친구가 그렇게 진짜로 믿어버릴 줄은 몰랐네. 하하하하' 정말 무례한 녀석이지."

"아하, 역시 그랬군요."

"역시 그랬다니? 자네도 감탄하지 않았나." 선생님은 있지도 않은 일을 꾸며서 말한다. "하지만 뭐냐. 녀석이 돌아가는 길에 안드레아 델 사르토는 문하생에게 사원 벽에 얼룩을 그려보라고 가르쳐준 적이 있다고 말했어."

"또 허풍이죠."

"응? 나도 십중팔구 허풍이라고 생각하지만…… 그렇겠지? 그런데 자네. 정말로 기발한 이야기라고 생각하지 않나? 레오나르도 다 빈치가 말했을 거 같지 않아?"

나는 가만히 어깨를 움츠렸다. 어차피 선생님은 이번에도 또 거지반 속은 것 같다.

선생님은 문득 떠오른 듯 말했다.

"자네가 없는 동안 인력거꾼이 왔다 갔어."

"그 사건이라면……." 나는 사정을 설명하려다가 마음을 바꿔먹고 물었다. "그래서 어떻게 되었는데요?"

"아무래도 자네한테 맡겨놓을 수가 없어서 나 스스로 해결했네."

"해결했다고요? 어떻게 하셨는데요?"

"쥐 불경으로 물리쳤어."

선생님은 아무 일도 아닌 듯이 말했다.

"조르르 조르르 기어 나오려고 합니다! 조르르 조르르 구멍에서 엿보고 있사옵니다! 조르르 조르르 무언가 중얼거리고 있사옵니다! 조르르 조르르 나가려고 합니다! 조르르 조르르……."

목청을 높여서 쥐 불경을 자꾸만 외우기 시작했다.

나는 어이가 없어서 그 자리에서 슬그머니 사라지고 싶었다. 아마도 인력거꾼도 같은 심정이었겠지. 나는 처음으로 인력거꾼을 동정하는 마음이 들었다.

"좋아, 완성했다!"

선생님은 쥐 불경을 멈추고 책상 위에 펜을 내팽개치며 외쳤다.

"자네가 집을 비운 사이에 기요시가 왔다 갔어."

"기요시…… 그 〈두견이〉 모임을 주최하고 있는 다카하마 씨 말입니까?"

"응? 기요시는 기요시야. 휘파람새인지 두견이인지 모르지만. 음, 그런 게 있나 본데."

선생님의 이야기는 변함없이 뭔가 이해가 잘 되지 않는다. 아무튼 내가 없는 사이에 '제멋대로 손님이 들이닥쳤다'는 말은 진짜인 듯하다.

"자네도 알고 있지? 기요시는 얼마 전부터 나한테 뭔가를 계속 쓰라며 귀찮게 굴었어. 도무지 무슨 생각으로 그러는 걸까? 중학교 영어 교사가 무엇을 쓸 수 있다고 생각하는지. 어쨌든 어떻게든 쫓아내려고 쥐 불경을 외워보았지만 기요시한테는 전혀 안 통하더군. '하하하 그게 뭔가요? 새로운 주문인가요?'라고 하던 걸. 신심이 부족한 녀석에게는 통하지 않더라고. 난 정말이지 그런 괴짜는 본 적이 없네."

선생님은 주저리주저리 하소연을 했지만 내가 보기에는 두 사람 다 막상막하다.

"오늘도 또 기요시가 이거 써라 저거 써라, 하고 들들 볶더군. 너무 귀찮아서 결국 내가 항복이라고 말해버렸어. 그리고 이걸 썼지. 자네 잠깐 들어봐주겠나?"

선생님은 그러더니 책상 위에 펼쳐놓은 원고용지를 들고 막 완성된 작품을 읽기 시작했다.

"나는 고양이다. 이름은 아직 없다……."

· 그 두 번째 이야기 ·

춤추는 고양이

1.

새해가 밝아 메이지 38년(1905년) 1월이 되었다.

작년까지만 해도 이맘때면 고향으로 돌아가 가족이 오붓하게 모여 새해를 축하하고 있었다. 하지만 이번에는 아버지가 사업에 실패한 탓에 학비는커녕 연말에 귀성할 차비조차 보내주지 않았다. 물론 주위를 둘러보면 나보다 훨씬 나이가 어린데도 생활비를 스스로 버는 사람은 얼마든지 있다. 게다가 그들은 쥐꼬리만 한 월급을 쪼개서 가족에게 돈을 부치기도 하기 때문에 귀성할 차비를 받지 못했다고 투덜거리는 건 음, 배부른 소리겠지.

그런 까닭에 나는 전과 다름없이 선생님 댁에서 신세를 지고 있다.

선생님 댁에서 처음 맞는 연말연시는 참으로 뭐랄까…….

평범했다.

아니 평범이라는 표현은 적절하지 않다.

새로운 해를 맞이하는 이 무렵은 1년 중 가장 특별한 시기다. 이를테면 나의 고향집에서는 연말에 식구들이 옷자락을 허리띠에 끼우고 평소에는 청소하지 않는 곳까지 대청소를 하거나 맛있는 음식을 만들거나 문 앞에 소나무 장식을 세워두거나 메밀국수를 먹는 등 분주하게 움직인다. 새로운 해를 맞이해 깨끗한 옷으로 싹 갈아입고 신사참배를 하거나 새해 인사를 하러 돌아다닌다. 그리고 나무판치기 놀이와 연날리기를 하기도 하고, 그 밖에도 보통 때는 하지 않는 걸 이것저것 한다.

딱 잘라 이야기할 수는 없지만 일본에서는 어디를 가도 대부분 이렇게 보내지 않을까?

그런데 선생님 댁의 연말연시는 허탈할 정도로 평소와 다름이 없다. 연말연시와 상관없이 평소처럼 청소하고 평소처럼 옷을 입고 평소처럼 밥을 먹고 웬만해서 안 떨어지는 굴 껍데기처럼 서재에 착 달라붙어 있었다. 아무래도 선생님에게 황금 같은 연말연시란 '싫은 학교에 안 나가고, 싫은 영어를 가르치지 않는다'는 점 말고 마땅히 내세울 만한 의미가 없는 듯하다.

더군다나 선생님은 그럴 마음이 조금도 없지만 어쨌든 세상 사람들은 1월을 특별하게 여긴다. 그래서일까? 새해가 되자마자 손님 몇 사람이 일찌감치 선생님 댁에 찾아왔다. 문에 매달린 종이 짤랑 짤랑 짜아아알랑 울릴 때마다 선생님은 화들짝 놀라는 표정을 지었다. 그리고 마치 고리대금업자라도 들이닥친 것처럼 불안한 기색으로 현관 쪽을 힐끔힐끔 엿보는 게 아닌가. 손님을 만나고 인사하는 게 어지간히 귀찮았나 보다. 한번은 현관에서 손님 목소리가 들리자 허겁지겁 벽장문을 열더니 그 안에 쏙 숨어버렸다. 어떤 때는 머리만 들이밀고 숨었다고 한 적도 있다. 그때만큼은 너무 어이가 없어서 아무 말도 하지 못했다. 어린아이나 고양이도 아닌 주제에 벽장에 숨어서 손님을 그냥 보내버리다니 도저히 어른의 사고방식이라고 믿기 어렵다. 사람이 그 정도로 별나면 오히려 대단하다고 할 수 있지 않을까.

개중에는 도무지 거절할 수가 없어서 방으로 들어오라고 한 후 손님을 상대하는 경우도 있다. 그럴 때면 손님이 돌아간 다음에 이미 상상하고 있겠지만 선생님은 어김없이 버럭 화를 낸다. 몹시 언짢은 표정을 지은 뒤 별안간 수염을 파르르 떨며 새빨개진 얼굴로 고함을 지르기 시작한다. 그 순간 선생님이 누구에게 고함을 지르는 건지는 아무도 모른다. 아마도 자신도 모를 것이다. 선생님은 오로지 소리를 지르고 오로지 화를 낸다. 집에 있는 사람은 괴롭기 짝이 없다.

그런데 어처구니없게도 그렇게 '손님을 싫어하는' 선생님 댁에 좋아라, 하고 찾아오는 사람들이 있다.

'이 사람들은 도대체 뭐가 좋다고 선생님 같은 괴짜를 찾아오는 걸까?'

처음에는 희한하게 생각했지만 의문은 금세 풀렸다.

요컨대…….

그들은 모두 선생님처럼 하나같이 괴짜다.

한 사람도 남김없이. 모조리. 예외 없이.

'유유상종', '그 나물에 그 밥', 아니 '동병상련', '근묵자흑' 일까?

거참.

그 사실을 깨달았을 때 나는 '세상에 신기하게도 이런 부류의 사람이 몇 명이나 있구나', '세상은 참으로 넓다'고 신기하게 생각했다.

문 앞에 장식했던 소나무에 걸어놓은 금줄도 떼어 내고 1월도 벌써 열흘이나 지났을 무렵이었다. 바깥에서 용무를 마치고 돌아와 보니 집안이 소란스러웠다.

누군가 손님이 온 듯하다.

오늘은 도대체 어떤 손님이 왔을까? 나는 쭈뼛쭈뼛 다다미방 안을 들여다보았다.

목소리의 주인공은 자칭 '미학자'인 메이테이 씨였다. 얼마 전 안드레아 델 사르토와 관련된 엉터리 일화로 선생님을 속이고, 고양이를 그리게 한 것도 이 사람이다. 남의 집을 자기 집이나 마찬가지라고 여기는 사람으로 언제나 안내도 받지 않고 성큼성큼 들어온다. 때로는 부엌으로 통하는 출입구로 유유히 들어오기도 한다. 아무래도 걱정, 조심, 배려, 마음고생은 태어날 때부터 어머니 뱃속에 떨어뜨리고 온 사람 같다.

그런 메이테이 씨 옆에 오늘은 웬일인지 한 사람의 손님이 더 있었다. 이 사람도 메이테이 씨처럼 선생님 댁의 얼마 안 되는 단골손님 가운데 하나로 미즈시마 간게쓰 씨라고 한다. 간게쓰 씨는 원래 선생님의 제자로 지금은 대학교를 졸업하고 대학원에서 물리학을 연구하고 있다……. 어쩐지 훌륭하고 대단한 사람처럼 여겨지는데 이 사람 역시 굉장히 특이하다. 표고버섯을 먹으려다가 앞니가 부러진 사람이다. 그런데 간게쓰 씨는 빠진 앞니를 전혀 치료하려고도 하지 않고 심지어는 빠진 부분에 찹쌀과자를 끼운 채로 아무렇지도 않게 남 앞에서 히죽히죽 웃는다. 대학원에서 지구의 자기장을 연구하는 듯하지만 전에 보았던 논문은 「도토리의 안정성을 논하고 더불어 천체의 운행을 이야기한다」라는 별난 제목이었다. 이 정도 괴짜가 아니면 선생님 댁에 가끔씩 얼굴을 내밀 자격이 없는 걸까?

아무튼 괴짜 손님 두 사람, 아니 단골손님을 상대하는 선생님의 기분이 어떤지 살피려고 윗자리로 눈길을 주니 놀랍게도 선생님의 모습은 보이지 않았다.

시선을 돌리자 메이테이 씨는 역시나 정면을 향해 쓸데없이 장황하게 말을 늘어놓고 있었다. 옆에서 히죽거리며 웃고 있는 간게쓰 씨를 상대로 이야기하는 기색도 아니고, 설마하니 무릎 위에 올려놓은 고양이에게 말을 건네는 것도 아니리라.

'대체 누구와 이야기하는 걸까?'

아리송하게 생각하고 있는데 메이테이 씨가 "어어, 상당히 살쪘군. 어디"라고 말하며 무릎 위에서 몸을 웅크리고 있는 고양이의 목덜미를 움켜쥐고 얼굴 앞으로 추어올렸다. 고양이는……

무저항 상태다. 그대로 대롱대롱 매달려 있다.

"흐음. 다리를 이렇게 축 늘어뜨려서야 어디 쥐를 잡을 수 있겠어. ……어때요? 이 고양이는 쥐를 잡을 줄 아나요?"

"쥐는커녕 아무것도 못 잡아요."

메이테이 씨의 질문에 어디선가 대답하는 소리가 들렸다. 사모님의 목소리다. 목소리는 들리지만 모습은 보이지 않는다. 하지만 정초부터 신기한 일이 다 있다며 고개를 갸웃갸웃할 정도는 아니었다. 복도를 걸어가며 여기저기 힐끔거리자 맹장지를 바른 문 너머에서 사모님이 바느질을 하고 있는 모습이 보였다.

선생님이 집을 비운 사이에 손님이 온 건지 아니면 손님이 오고 나서 선생님이 나간 건지 상황은 분명하지 않다. 어쨌든 주인이 없는 방에서 아무렇지도 않게 떠들어대는 손님도 손님이지만 마냥 내버려두고 바느질을 계속하는 사모님 역시 특이하기 이를 데 없다.

"쥐를 잡기는커녕."

사모님은 아까 한 대답으로는 부족하다고 생각하는지 손님에게는 여전히 모습을 드러내지 않은 채 말을 이었다.

"지난번에는 떡국을 먹고 춤을 추더군요. 아주 질려버렸어요."

"아하. 그렇군요. 춤을 출 것 같은 얼굴이에요."

메이테이 씨는 자못 감탄한 듯 고양이의 목덜미를 움켜쥐고 좌우로 흔들었다.

"어떤 춤을 췄습니까?" 간게쓰 씨가 맹장지 문 너머로 모습이 보이지 않는 사모님에게 물었다. "고양이는 수염으로 지구의 자기장을 느낀다고 합니다. 경우에 따라서는 논문으로도 쓸 수 있겠어요. 자세히 말씀해주세요."

"어떤 춤이라고 설명해도……."

사모님은 성가시다는 듯 바느질하던 손을 멈추고 맹장지

문을 드르륵 열고 다다미방으로 얼굴을 내밀었다.

"두 분이 지루하신가 보군요. 곧 바깥양반이 돌아올 겁니다." 찻잔에 차를 더 부어서 손님들 앞으로 내밀었다.

"선생님은 빨리 안 돌아와도 괜찮습니다." 간게쓰 씨는 태연한 얼굴로 위험스러운 발언을 했다. "그보다 고양이의 춤에 대해 말씀해주세요."

"그러니까 이 고양이가 본고장의 '고양이야 고양이야'에 맞춰 춤이라도 췄습니까?" 메이테이 씨는 얼굴 앞으로 축 늘어진 고양이를 들고 무덤덤하게 묻는다.

이런 두 사람과 이야기하면 도저히 당해낼 수가 없다. 사모님은 포기한 듯 고개를 가로저으며 변명을 하듯 사건의 전말에 대해 풀어놓았다.

고양이가 춤을 춘 건 설날 점심때가 조금 지났을 무렵이다.

"아앗, 고양이가 춤을 추고 있다!"

선생님의 큰딸이 호들갑스럽게 소리를 질러서 부엌으로 부리나케 달려가 보니 과연 고양이가 춤을 추고 있었다. 아무리 설날이라고 해도 고양이가 춤을 춘다는 건 믿기 어려운 일이다. 하지만 실제로 그때는 그렇게 보였기 때문에 어쩔 수 없다.

고양이는 뒷발로 서서 앞발을 얼굴 앞에서 서로 번갈아 가며 빙글빙글 돌리고 있다. 꼬리를 살랑살랑 흔들고 귀를 쫑긋 세웠다가 이내 눕힌다. 평소에 보기 힘든 두 발로 비틀비틀 서 있는 모습은 아니나 다를까 당장이라도 쓰러질 듯하다. 하지만 그때마다 요령 있게 뒷발로 장단을 딱딱 맞추며 부엌 여기저기를 콩콩 뛰어다닌다. 그 모습이 마치 스텝을 밟는 것 같다.

어느새 선생님과 사모님, 따님 셋, 하녀 식순이 그리고 나는 부엌으로 얼굴을 들이밀었다. 가족들은 모두 처음에는 어찌 된 영문인지 몰라 멍한 상태에서 그 모습을 바라보기만 했다. 수수께끼를 푼 사람은 소동을 처음으로 발견한 큰딸이었다.

"알았다! 분명 저걸 먹은 거야!"

의기양양하게 가리킨 건 아침에 선생님이 먹다 남긴 떡국 그릇이었다. 바로 그 순간 그 자리에 있던 모든 사람이 사정을 파악하고 동시에 "아하" 하며 맥 빠진 표정을 지었다.

고양이는 그릇 바닥에 남아 있는 떡을 발견하고 먹고 싶은 충동을 느꼈던 걸까? 욕심껏 떡을 입에 넣었지만 이빨에 딱 달라붙어 씹을 수가 없었고 그렇다고 뱉을 수도 없는 상황이었다. 그 결과 필사적으로 입 안에 붙은 떡을 떼어 내려고 '춤을 추는' 처지에 놓였다…… 음, 진상은 그랬다.

원인을 알고 나니 별일 아니었다.

"아이고 아이고." 식순이가 약간 바보 같은 소리를 냈다.

"싫구나, 고양이는." 사모님이 말했다.

"이 바보 자식." 선생님이 욕을 했다.

"엄마, 고양이가 참 대단해요." 다섯 살 된 둘째 딸의 말을 계기로 모두 약속이나 한 것처럼 깔깔대며 웃기 시작했다.

그러는 동안 고양이는 여전히 춤을 추고 있었지만 결국 지쳤는지 예전처럼 네발로 기어 다녔다. 이어서 눈을 희번덕거리며 그 자리에 털썩 주저앉았다.

선생님은 아무래도 못 본 체하는 게 불쌍했는지 식순이를 돌아보며 "음, 떡을 꺼내 줘라" 하고 명령했다. 전에 고양이한테 꽁치를 빼앗긴 적이 있는 식순이는 좀더 춤을 추게 하고 싶다는 표정을 지었지만 선생님에게 "안 꺼내 주면 죽어. 냉큼 꺼내 줘라" 하는 재촉을 듣고 떨떠름한 표정으로 고양이를 끓어앉혔다. 식순이는 고양이 입에 손가락을 쑤셔 넣고 이빨에 붙은 떡을 우악스럽게 쭉 떼어 냈다. 꽤나 아팠으리라. 아니 부끄러웠을까? 고양이는 부엌문으로 총알처럼 뛰쳐나갔다…….

"그게 다예요." 사모님은 시시하기 그지없다는 얼굴로 사건의 전말을 이야기했다.

"과연 과연." 간게쓰 씨가 끊임없이 감탄했다.

"춤을 출 수밖에 없는 상황이었네." 메이테이 씨가 싱거운 농담을 하는데 어느새 돌아왔는지 선생님이 다다미방에 성큼 들어섰다.

선생님은 방석 위에 앉은 뒤 비로소 손님의 존재를 깨달은 표정으로 말했다.

"뭐야, 아직도 있었어?"

"아직도 있었냐고? 좀 심하군. 친구가 바로 돌아올 테니 기다리고 있으라고 하지 않았나?" 메이테이 씨는 태연하게 말했다. "친구가 나가 있는 동안 친구의 숨은 일화를 남김없이 들었네."

"뭐라고? 뭘 들었는데?" 선생님은 느닷없이 불안한 표정을 지었다.

"한 달에 잼을 8통이나 드신다면서요?" 간게쓰 씨가 싱글싱글 웃으며 이야기했다.

"요즘에는 무즙을 마구 마셔버리지 않을까?" 메이테이 씨가 말했다. "그러니까 무즙 속에 디아스타아제가 들어 있다는 소리를 신문에서 읽었겠지? 하지만 친구. 아무리 그래도 갓난아기한테 아버지가 맛있는 걸 줄 테니 오라고 하며 무즙을 먹이는 건 너무하지 않았나?"

선생님은 근심스러운 얼굴로 주위를 둘러보았다. 사모님은 훨씬 전에 맹장지 문 저편으로 자취를 감춰서 눈에 띄지 않았다.

"흠. 여자는 어쨌든 수다스러워서는 안 돼. 사람도 우리 고양이처럼 침묵을 지키면 좋을 텐데 말이지."

선생님은 기분이 언짢은 듯 입술을 비죽거리며 중얼댔다. 단언하건대 선생님이 고양이를 칭찬하는 건 고양이가 이 집에 오고 나서 분명 처음이다.

"최근에 꽤 유명해지지 않았나?" 메이테이 씨가 탁자 위에 쌓아둔 그림엽서를 한 장 쓰윽 꺼내들고 말한다.

"뭐가 유명해졌다는 건데?"

"뭐라니, 자네 집에 있는 고양이 말이지."

"고양이? 우리 바보 고양이가 유명한지는 몰랐어."

"하하. 바보 고양이라니 너무했어. 그런데 아직 이름은 안 붙였나? 어지간히 좀 하지. 이름 정도는 붙여줘야지."

"흠, 이름 따위……."

"뭐, 나야 어찌 되든 상관없지만. 아무튼 이렇게 고양이 그림의 연하장까지 날아들고 있잖아. 조금은 신경을 써주지 그래."

"신경 써줄 것까지는……." 선생님은 메이테이 씨가 손에 든 그림엽서를 보고 미심쩍다는 듯 물었다. "그게 고양이 그림이란 말인가?"

"아무리 봐도 고양이 같은데. 친구는 뭐라고 생각하지?"

"올해는 러시아와 전쟁을 벌인 지 2년째 되는 해야. 곰 그림이 아닌가 추측하고 있었는데…….

"추측했다고? 친구가 용케도 맞췄군. 그럼 이건 뭐 같아?"

"그건 당연히 고양이지." 선생님은 어이가 없다는 듯 팔짱을 끼고 말한다. "엽서에 글자가 또렷이 새겨져 있잖아. '나는 고양이다' 흠. 듣기로는 고대 그리스나 그림에 대해 뭘 모르는 녀석이 이런 식으로 글자를 쓴다고 하잖아. '이건 말이다' 아니면 '이건 사람이다' 하고. 글자를 쓰지 않으면 모르는 걸 도대체 어찌 그림이라고 할 수 있겠어. 안드레아 델 사르토도 언젠가 그런 말을 했어."

"안드레아 델 사르토가 그런 말을 했다고?" 메이테이 씨는 웃음을 터뜨리며 되물었다. "먼저 이 그림은 왜 그런지 무척이나 친구의 무차별적인 원근법, 흑백평등인 수채화와 비슷하지 않나? 더구나 '나는 고양이다'는 얼마 전에 친구가 〈두견이〉에 발표한 글의 제목이잖아."

"아앗. 그랬나?"

"자기가 기억하지 못해? 믿음직스럽기 짝이 없는 친구군." 그 대단한 메이테이 씨도 조금은 기가 막혔는지 빈정거렸다. "이봐, 친구. 그럼 지금까지 다들 어째서 하나같이 친구 앞으로 보내는 연하장에 고양이 그림을 그렸다고 생각했나?"

"그건 음…… 왜냐하면……." 선생님은 구원을 청하듯 두리번두리번 좌우를 둘러보더니 이내 자신 없는 목소리로 나직이 물었다.

"올해, 고양이 해가 아니었나?"

복도에서 주고받는 이야기를 듣고 있던 나는 하마터면 그 자리에 털썩 주저앉을 뻔했다.

고양이 해라니 이렇게 어이없는 대답이 다 있을까. 이런 선생님이 중학교에서 학생을 가르친다고 생각하니 어쩐지 두려운 마음이 든다. 이 사실을 놀리면 선생님은 분명 "나는 영어 교사니까 괜찮아" 하고 대꾸하리라.

세상에는 이런저런 괴짜가 있지만 역시 선생님이 가장 별나다고 생각하며 새삼 감탄했다. 그런데 갑작스레 툇마루 쪽에서 "꺄아" 하는 심상치 않은 여자의 비명이 들렸다.

2

부리나케 툇마루로 달려가니 울타리 너머 길거리에서 누군가가 엉덩방아를 찧는 모습이 보였다.

"어떻게 된 거예요? 괜찮습니까?"

울타리 너머로 말을 건넨 뒤 나는 상대의 얼굴이 낯이 익다는 걸 깨달았다.

엉덩방아를 찧은 채 아악, 아악, 마구 소리치고 있는 사람은 분명 신작로에 있는 이현금을 켜는 예인 댁의 하녀다. 전형적인 고양이 상에 몸집이 자그마한 여자인데 평소에는 실처럼 가늘었던 그 눈이 지금은 동그래졌다.

"도대체 웬 소란이야?" 선생님이 내 어깨 너머로 꿈지럭거리더니 얼굴을 삐죽 내밀었다.

선생님의 바로 등 뒤에서는 메이테이 씨와 간게쓰 씨가 흥미진진한 얼굴로 이쪽 상황을 살피고 있었다.

"웬 소란이야?" 선생님은 재차 물었지만 나에게 그래봤자 무슨 소란인지 알 턱이 없다.

"아니, 저건 누구냐?" 선생님이 또 물었다.

"아무래도 신작로의 이현금의 예인의 댁의 하녀 같은데요."

"이런 '의'가 되게 많잖아." 선생님은 묘한 부분에 감탄한 듯 고개를 주억거렸다. "그런데 누구야?"

"그러니까 신작로의 이현금의 예인의 댁의……."

앵무새처럼 종알거렸지만 신작로의 이현금의 예인은 물론 그 댁의 하녀가 누구라는 걸 이해하기 쉽게 설명하기는 솔직히 어려웠다.

나는 전에 같은 동네에 산다는 명목으로 그 고양이 얼굴을 한 하녀와 다음과 같은 대화를 주고받은 적이 있다.

"너는 알 리가 없지만 우리 마님은 원래 굉장히 출신이 좋은 사람이야."

하녀가 마치 자신의 일처럼 새침하게 말하기에 나는 하마터면 웃음이 터져 나올 뻔했다. 웃음을 간신히 참고 하녀에게 물었다.

"우와, 그분이 그렇게 좋은 출신인 줄은 몰랐어요. 도대체 어떤 분인데요?"

"확실히는 모르는데 덴쇼인(1836-1883. 에도막부의 13대 장군 도쿠가와 이에사다의 부인—옮긴이) 님의 서기의 여동생의 시어머니의 조카의 딸이라고 들었어."

"뭐라고요?"

"모르겠어? 그 덴쇼인 님의 서기의 여동생의 시어머니의……."

"그렇군요. 잠깐 기다려 봐요. 덴쇼인 님의 여동생의 서기의……."

"아앗, 그게 아니야. 덴쇼인 님의 서기의 여동생의……."

"됐어요. 알았어요. 덴쇼인 님 말이죠?"

"어."

"서기라고요?"

"그래."

"시어머니의."

"여동생의 시어머니야."

"맞아요, 맞아. 아, 잘못됐어요. 여동생의 시어머니의."

"시어머니의 조카의 딸이라고 했어."

"시어머니의 조카의 딸이라고요?"

"어. 알겠지?"

"아뇨. 뭔가 혼란스러운데 요령이 있어야 외우겠네요. 막히는 부분은, 덴쇼인 님의 뭐라고 했죠?"

"너도 어지간히 맹하구나. 그러니까 덴쇼인 님의 서기의 여동생의 시어머니의 조카의 딸이라고 아까부터 말했잖아."

"그건 전부 다 알고 있습니다."

"그것만 알면 되는데."

"네에." 나는 마지못해 손을 들었다.

그 뒤에도 몇 번인가 더 이야기를 할 기회가 있었는데 그때마다 같은 소리를 되풀이했다. 결국 신작로의 이현금의 예인이 어떤 사람인지 알아낸 정보는 나이가 예순두 살이고 원래 출신은 굉장히 좋았지만 지금은 형편없이 영락했다는 것 정도다.

그 이현금의 예인의 댁의 고양이 얼굴을 한 몸집이 조그마한 하녀는 변함없이 넋을 놓고 길가에 엉덩방아를 찧은 채로 주저앉아 있었다. 아악, 아악 뭔가 외치고 있는데 아무래도 "고양이가……" 또 "고양이에게……"라고 말하는 듯했다.

고양이?

고개를 갸우뚱거리다가 나는 혹시, 하고 아까까지 선생님과 손님이 앉아 있던 다다미방을 들여다보았다. 고양이의 모습이 보이지 않는다.

방금 전까지만 해도 분명 손님을 놔두고 훌쩍 나가버린 선생님을 대신해서 손님 무릎 위에 얌전히 앉아 있거나, 손끝에 매달려 있거나, 몸을 둥글게 말거나 하며 손님을 상대하고 있었다. 그런데 떡국을 먹다가 춤을 추게 된 사연이 폭로될 무렵 쑥스러워졌는지 살금살금 기어나간 모양이다. 복도에서 이야기를 듣고 있던 나는 고양이가 나가는 걸 알아차리지 못했다. 외출 경로는 대충 툇마루에서 마당으로 내려간 뒤 울타리를 기어 올라가 큰길로 뛰어내린 게 분명하다. 그렇다면 이현금의 예인의 댁의 하녀는 하필 그때 그곳을 걷다가 울타리에서 뛰어내린 고양이와 박치기를 한 걸까? 아니면 단순히 고양이가 눈앞으로 뛰어내린 정도의 일로 정신을 놓은 걸까……?

"괜찮습니까?" 나는 다시 한 번 말을 건넸지만 하녀는 여전히 망연자실한 모습으로 이쪽을 쳐다보지도 않았다.

"어쩌죠?" 선생님을 돌아보며 물었다.

"저 사람은 '고양이가 어떻게 했다'고 말하고 싶은 모양이야. 그런데 우리 바보 고양이가 어쨌다는 걸까?" 선생님이 걱정스레 말했다. 하지만 이어서 "그게 우리 고양이라고 할 수 있나? 아무렴, 꼭 그렇다고는 하기 어렵지" 하고 중얼거렸다.

아무래도 땅바닥에 주저앉은 하녀를 걱정하기보다는 고양이 때문에 성가신 일에 휘말리는 게 싫은 듯했다.

"아무튼 이야기를 들어볼 때까지는 몰라." 선생님은 딱 잘라 말했다.

"저런 지경인데 이야기를 들을 수 있을까요?"

"뭐, 옆구리를 간질간질 간지럽게 하거나 엉덩이를 걷어차거나 여러 가지 방법이 있겠지. 그래도 안 되면 고문을 하거나."

"설마 그런 짓을……."

"아니면 납작 엎드려서 절을 하며 부탁을 해도 되겠지. 자네, 괜찮다면 가서 이야기를 듣고 오게."

"제가 해야 합니까?"

"당연하잖아. 달리 누가 있지?" 선생님은 입술을 비죽거렸다. "아니, 그럼 자네는 뭔가. 지금 말한 걸 손님에게 시키라는 소린가?"

나는 아이고, 하며 한숨을 푹 내쉬었다. 선생님의 머릿속에는 직접이라는 방법이 애초부터 존재하지 않는 것 같다.

더부살이의 몸이니 어쩔 수 없다. 나는 마당으로 내려가 하녀에게 울타리 너머로 말을 건넸다.

"실례합니다. 우리 고양이가 무슨 잘못을 했나요?"

하녀는 여전히 아악, 아악 하고 비명을 질렀다. 이래서는 아무것도 알아낼 수 없다. 지긋지긋해진 나는 그 순간 머릿

속에 퍼뜩 떠오른 생각을 거침없이 말해버렸다.

"어, 그런데 댁의 얼룩고양이는 잘 있어요?"

그 순간 이현금의 예인의 댁의 하녀는 비명을 지르다가 딱 멈추고 천천히 고개를 돌려 내 얼굴을 정면으로 들여다본다.

"우리…… 얼룩이?" 하녀는 뭔가 꿈이라도 꾸는 듯한 표정으로 중얼거린다.

"댁의 고양이 이름이 '얼룩이'였어요?"

나는 상대가 반응을 보였다는 점이 기뻐서 부랴부랴 말을 이었다.

"과연 어여쁜 얼룩고양이더라고요. 그러고 보니 설날에 멋들어진 빨간 목줄을 하고 있더군요. 금방울이 딸랑딸랑 기분 좋은 소리를 내고 있었어요. 우리 고양이가 댁의 얼룩고양이와 사이가 좋다는 거 알고 있습니까? 그때도 사이좋게 털 고르기를 해줄 정도로……."

그런데 아무래도 하녀의 기색이 심상치 않았다.

"왜 그러죠?"

"……죽었어."

"죽었어요?"

나는 잠시 동안 하녀가 무슨 말을 하는지 알아차리지 못하고 멍청하게 되물었다.

"누가 죽었다는 거죠? 설마 이현금의 예인이……?"

"아니. 당치도 않아. 마님은 건강하셔." 하녀는 간신히 정신을 차린 듯 황급히 고개를 가로저었다.

"죽은 건 우리 얼룩이야."

"그 얼룩고양이가?" 나는 깜짝 놀랐다. "설날에 봤을 때만 해도 그렇게 건강했는데······."

"아니, 고양이가 죽었다는 건가!"

별안간 귓가에 쩌렁쩌렁한 목소리가 들려서 나는 얼떨결에 그 자리에서 팔짝 뛰었다. 뒤돌아보니 바로 등 뒤에 선생님이 서 있었다.

"이 사람이 고양이 어쩌고저쩌고 지껄여서 틀림없이 우리 고양이가 뭘를 잘못했나 생각했는데 이 사람네 고양이를 말하는 거였군. 뭐야, 괜히 걱정했잖아. 이야아, 다행이다, 다행."

"선생님!"

나는 서둘러 선생님의 소매를 잡아당겼지만 당연히 그 정도로 그만둘 분이 아니다.

"그건 그렇고 고양이라는 동물은 쉽사리 죽지 않을 텐데. 우리 아이들이 늘 꼬리를 붙잡고 빙글빙글 돌리거나 바닥에 내동댕이치고, 아궁이 안에 밀어 넣거나 종이봉투를 씌우며 갖고 노는데 아직까지 한 번도 죽을 뻔했다는 이야기는 못 들었거든. 그런데도 죽은 걸 보면 아마도 잼을 너무 많이 핥아먹었나 보군."

머리에 쥐가 날 지경이다. 잼을 핥아먹는다고 고양이가 죽나? 선생님은 뭐든 자신의 위장병을 기준으로 생각한다. 어차피 다음에는 "무즙을 마시게 하면 되는데"라고 말할 게 뻔하다……. 이렇게 되면 물리적 수단을 강구하는 수밖에 없다. 나는 다시 선생님 쪽으로 몸을 틀고 호흡을 가다듬었다. 선생님의 입을 두 손으로 틀어막으려고 달려들 태세를 갖춘 순간이었다.

"이런 빌어먹을!"

갑자기 등 뒤에서 들리는 앙칼진 목소리에 나는 그 자리에서 또 한 번 펄쩍 뛰어올랐다.

뒤를 돌아보니 어느새 떡하니 버티고 선 하녀가 마치 먹잇감을 덮칠 때와 같이 무시무시한 눈초리로 선생님과 아마도 나를 골고루 쏘아보고 있었다.

"당신네 도둑괭이가 우리 얼룩이를 죽였다고!"

하녀의 말에 나와 선생님은 얼굴을 마주보았다.

"도둑괭이?"

"당연히 당신네 그 지저분한 수고양이지!"

이 말을 듣는 순간 선생님은 무슨 생각을 한 걸까? 에헴 에헴, 헛기침을 한 뒤 팔짱을 끼고 단호하게 말했다.

"그런 고양이는 우리 집에 없어."

"뭐라고?" 하녀는 한순간 어리둥절한 듯 눈을 깜빡거렸다.

하지만 대뜸 "속이려고 하면 안 돼! 방금 이 집에서 튀어나왔 잖아. 그 고양이가 울타리 위에서 뛰어내리는 걸 이 눈으로 똑똑히 봤단 말이야!"라고 쏘아붙였다.

"물론 우리 고양이인지도 모르지만, 그러면 도둑괭이가 아 니지. 집에서 지내는 고양이는 도둑괭이라고 하지 않아."

"억지 쓰지 마!" 하녀가 발을 동동 굴렀다. "그렇다면 고양 이 이름이 뭔데!"

"이름은 아직 없어."

"거 봐. 역시 도둑괭이잖아."

"그럼 도둑괭이지." 선생님은 시원스레 동의했다. "그렇다 면 요컨대 우리 고양이는 아닌 거라고."

"뭐야? 도대체 무슨 소리를 하는 거야!" 하녀는 짜증을 내 며 소리쳤다. "아무튼 저 고양이야! 당신네 도둑괭이야! 아 무렴 그렇지. 누가 뭐래도 저 도둑괭이가 우리 얼룩이를 죽였 어. 책임은 확실히 물을 거라고!"

하녀는 일방적으로 그렇게 내뱉고 몸을 빙그르르 돌려서 터벅터벅 걸어갔다.

"뭐야, 저게? 도대체 어떻게 된 거야?" 선생님이 나에게 물 었다.

"글쎄요." 내가 알 턱이 있나.

"그건 그렇고 죽었다니 가만히 있을 일은 아닌데." 툇마루에 서서 처음부터 끝까지 사태를 지켜보던 메이테이 씨가 진지한 얼굴로 턱을 갸웃거렸다.

"책임을 물을 거다, 뭐 그렇게 말했죠." 간게쓰 씨는 완전히 남의 일이라는 듯 빙글빙글 웃고 있었다.

"책임? 음. 저 여자 좀 황당하군." 선생님은 눈썹을 찌푸리고 골똘히 생각하는 척했지만 잠시뿐이었다. 결국 평소처럼 나에게 말했다.

"자네, 잠깐 가서 사정을 알아보고 오게나."

"또 제가 말인가요?" 진저리가 난다.

"달리 누가 있지?" 선생님은 책임을 전가하고 편안하기 이를 데 없는 표정을 지었다. "우리는 바쁘단 말이야."

"바쁘다고요? 설마……."

"설마라니 뭐냐. 우리는 바빠. 굉장히 바빠. 바쁘다고."

"일단 만약을 대비해서 사정을 들어보고 오겠습니다만." 나는 물었다. "그런데 뭐가 그렇게 바쁘세요?"

"뭐라니? 자네…… 그건……." 선생님은 좌우로 두리번거리던 눈길을 간게쓰 씨 머리 위에서 딱 멈췄다.

"그래, 간게쓰 군. 자네 이번에 물리학 협회에서 연설하기로 되어 있지 않나? 그렇지? 그럴 거라고 생각해. 그렇다면 지금부터 그 연설을 연습해보게. 우리가 듣고 비평을 해줄 테니."

"저야 좋습니다. 마침 여기 초고도 갖고 왔고요." 간게쓰 씨는 안주머니에서 원고를 재빨리 꺼냈다.

"연설 제목은 뭐야?" 메이테이 씨가 옆에서 끼어들었다. "자네가 하는 거니까 안심이 되긴 하지만 설마 '자석이 붙은 분출 장치에 대해서' 같은 무미건조한 제목은 아니겠지?"

"무미건조한지 어떤지 저는 판단하기 어렵지만요" 간게쓰 씨는 몹시 진지한 표정으로 대꾸했다. "이번 연설 제목은 '목매달아 자살하는 역학'입니다."

"뭐라고, 목매달아 자살하는 역학? 그렇군. 과연 간게쓰 군이야. 속세를 벗어나고, 평범함을 뛰어넘었어. 재미있군. 꼭 듣고 싶네" 메이테이 씨는 갑자기 눈을 반짝거리며 아주 신바람이 나서 다다미방으로 들어갔다. 간게쓰 씨가 바로 그 뒤를 쫓았다.

"자, 봐라." 선생님은 뒤를 돌아보더니 내 어깨를 툭 쳤다. "그런 까닭에 우리는 바쁘다네."

3.

솔직히 선생님을 비롯해서 그 손님들이 도대체 뭐가 바쁜 지 나는 전혀 모르겠지만 어쨌든 상대는 목매달아 자살하는 역학을 연설한단다. 속세를 벗어나고, 평범함을 뛰어넘었다.

평균적이고 보통 사람인 내가 말씨름을 해봤자 도저히 이길 수 있는 상대가 아니다.

아니다, 원래 말씨름 자체가 성립하지 않는다.

나는 어깨를 움츠리고 현관으로 가서 왜나막신을 신고 밖으로 나가 주위를 둘러보았다. 선생님은 "잠깐 가서 사정을 알아보고 오게나" 하고 속 편하게 말했지만 하녀의 모습은 이미 오래 전부터 보이지 않았다. 어디로 갔는지는커녕 동서남북 어느 방향으로 걸어갔는지조차 짐작이 가지 않았다.

나는 잠시 문 앞에 서서 차분히 생각하다가 일단 신작로에 있는 이현금 예인의 댁을 찾아가기로 했다. 바깥에서 불렀지만 아무런 대답도 없다.

'아니, 집에 아무도 없나?'

확인 차 툇마루 쪽으로 돌아가보았다. 외출하지는 않은 듯 굳게 닫혀 있는 미닫이문 너머로 이현금을 켜는 소리가 들려왔다.

"너를 기다리는 사이에 섭잣나무······."

나는 가부키 반주음악도 무용음악도 속곡도 속요도 구별하지 못하지만 '예인'다운 더할 나위 없이 좋은 목소리라는 건 느낄 수 있었다. 적어도 선생님이 화장실에서 흥얼거리는 가면극 가사와는 하늘과 땅 차이라는 건 알겠다. 어마어마한 차이다. 삼목 울타리에 기대어 가만히 귀를 기울이고 있는데 이현금 소리가 뚝 그쳤다.

"거기 누가 있느냐?"

가까이에서도 들릴락말락한 고풍스러운 말투였다. 가녀린 목소리와 함께 미닫이문이 드르륵 열리고 이현금의 예인이 얼굴을 드러냈다. 단정한 차림새였지만 목소리로 상상한 것보다는 훨씬 나이가 들어보였다.

"안녕하세요?"

나는 재빨리 고개를 수그렸다. 그러자 예인은 의심스러운 표정을 짓더니 공허한 목소리로 말한다.

"한데 도무지 기억이 나지 않는 얼굴인데 누구신지요?"

누구라니 다름 아닌 이웃집 사람이다. 물론 이미 여러 번 마주쳤다. 과연 이분은 '덴쇼인 님의 서기의 여동생의 시어머니의 조카의 딸.' 세상과 다소 동떨어졌다는 걸 깨끗하게 인정하고 포기했다. 아무래도 나는 '괴짜'를 만나면 바로 포기해버리는 경향이 있는 듯하다.

"어, 저는 큰길에 있는 영어 교사 댁 서생으로⋯⋯" 정색하고 자기소개를 하다가 갑자기 말을 멈췄다. 이 집 하녀가 아까 "당신네 도둑괭이가 우리 얼룩이를 죽였다고!"하며 화를 냈던 게 떠올랐기 때문이다. 내가 누구인지 모르는 편이 예인에게 사정을 듣기 쉬우리라.

"저는 저기…… 어, 여기 고양이의…… 아니, 얼룩이 이야기를 얼핏 듣고 그래서 잠깐 위로의 말을 하러……."

순간적으로 마땅한 생각이 떠오르지 않아 스스로 어설픈 변명이라 여기며 말했는데 예인은 금세 태도를 바꿨다.

"음, 얼룩이의, 친절하기도 하지. 자자, 이쪽으로."

손을 잡아끌고 집으로 데리고 들어갔다. 정신을 차리고 보니 나는 근사한 방석 위에 앉아 있었다.

예인은 먼저 불단 앞에 앉아 몸소 향을 피웠다. 그러고 나서 쨍, 종을 치고 나무아미타불 나무아미타불 한차례 염불을 왼 다음에 내 쪽으로 자세를 고쳐 앉았다.

"그쪽도 모쪼록 명복을 빌어주지 않겠습니까?"

정중하게 고개를 숙이고 나서 자리를 물려주었다.

이렇게 되면 어쩔 수 없다. 말을 들었으니 불단 앞에 바르게 앉는 수밖에. 불단에는 '묘예신녀猫譽信女'라는 금빛 문자가 새겨진 새로운 위패가 놓여 있었다.

옆에서 예인이 물끄러미 바라보고 있었다. 나는 눈동냥 한 대로 향을 피우고 쨍, 종을 친 뒤 묘예신녀 나무아미타불 나무아미타불 하고 염불을 외운 뒤 예인을 돌아보았다.

"훌륭한 신위네요."

"고맙습니다. 저건 오늘 막 만들었답니다." 예인은 나 대신

다시 한 번 불단 앞에서 자세를 고쳐 앉은 뒤 위패를 향해 쨍, 종을 울렸다.

"위패를 만든 사람이 말하길 좋은 제품을 썼기 때문에 사람의 위패보다 훨씬 오래 갈 거라고 합니다. 게다가 묘예신녀의 '예'자는 흘려 쓰는 편이 모양이 좋다고 해서 획수를 조금 바꿨답니다……. 정말로 얼룩이 같이 귀여운 고양이는 방방곡곡 이 잡듯이 뒤져봐도 찾을 수 없는 잘난 인물이죠."

그리고 다시 쨍, 종을 치고 묘예신녀 나무아미타불 나무아미타불 나무아미타불 하고 염불을 외웠다.

방금 잘못 들은 게 아니라면 동물이라는 단어 대신 고양이를 인물이라고 표현했다.

상대와 보조를 맞추기 위해 나는 신중하게 단어를 골랐다.

"그래서 저기, 언제 돌아가셨죠? 댁의 얼룩이 님은요? 확실히 설날에 뵀을 때는 평소와 다름없었는데 말이죠……."

"정말 그러했지요." 예인은 품위 있게 어깨를 살포시 움츠리고 한숨을 푹 내쉬었다. '정말 그러했지요'는 우리 선생님 댁에서는 도저히 들어볼 수 없는 말이다. 역시 덴쇼인 님의 집안사람이기에 쓸 수 있는 말이리라. 대단히 우아한 말투에 감탄하지 않을 수 없었다.

우아하지만 조금 빙빙 돌려 예의를 차리는 말투로 이야기를 정리해보면 다음과 같다. 예인의 댁에서 기르고 있던 얼룩고양이가 설날 밤부터 갑자기 밥을 먹지 않았다. 이건 틀림없이 감기 때문이라고 생각하고 따스하게 고타쓰 옆에 눕혀놓았는데 1월 3일 아침에 잠을 자듯이 죽어버렸다고 한다.

"아마키 씨가 약이라도 주었으면 좋았을 텐데 말이에요." 예인은 그렇게 말하고 나서 다시 한 번 한숨을 푹 내쉬었다.

"아마키 씨? 그 의사, 아마키 씨 말입니까?"

설마, 하며 물었다. 아마키 씨는 우리 선생님의 주치의다.

"네, 그 아마키 씨에요." 예인은 무심한 얼굴로 말한다. "듣기로는 우리 하녀의 고향집이 약방을 하는데 그 친척의 어머니의 옆집의 딸이 아마키 씨의 병원에서 일한다고 하네요. 그런 인연으로 아마키 씨가 우리 집에도 오시는 겁니다."

"그렇군요. 댁의 하녀의 고향집의 친척의 옆집의……."

"아뇨. 하녀의 고향집인 약방의 친척의 어머니의 옆집의 딸이 아마키 씨의 병원에서 일하고 있어요."

나는 마지못해 고개를 끄덕거렸다.

"그런데 저기." 예인은 한숨을 쉬며 말을 이었다. "아마키 씨가 찾아왔기에 기껏 내가 얼룩이를 안은 채로 보여주었더니 감기라도 걸리셨나요, 하며 내 맥을 짚으려고 하더군요. 그래서 제가 아니에요, 병자는 제가 아닙니다. 이 아이에요, 라고 했죠. 그리고는 얼룩이를 무릎 위에 올려놓았더니 빙그레 웃으면서 고양이에 대해서는 저는 잘 모릅니다, 내버려두면 금방 나을 텐데요, 하더니 그대로 돌아가 버렸답니다. 정말 그때 약이라도 주었으면 좋았을 걸요."

새해가 되어 부랴부랴 왕진을 하러온 아마키 선생님에게 고양이를 코앞에 들이밀었으니 아마도 깜짝 놀랐겠지. 그렇다고 해도 고양이가 감기에 걸린 정도로 의사를 부른다니. 선생님 댁에서의 내 처지와 비교해볼 때 아무래도 부럽기만 하다.

"그렇게 갑자기 떠날 줄은 몰랐어요. 옛날 같으면 목숨이 끊어지지 않았을 텐데요. 분명 낯선 질병에 걸린 듯합니다. 요즘에는 결핵이나 페스트가 유행하고 있어요. 이렇게 낯선 질병이 자꾸 늘어나니 방심을 하거나 허점을 보여서는 안 돼요. 막부시대에는 없었는데…… 새로 생긴 것치고 제대로 된 게 없으니 그쪽도 부디 조심하세요."

"알겠습니다. 최대한 주의하겠습니다." 나는 나이든 예인의 충고에 순순히 고개를 주억거리고 슬슬 본론을 꺼내기로 했다. "그런데 이 댁의 고양이, 아니, 얼룩이 님은 왜…… 그런…… 병을 얻으셨을까요?"

"그게 저기." 예인은 비밀을 털어놓으려는 듯 목소리를 죽이고 말했다. "다른 사람에 대해 그다지 나쁘게 이야기하고 싶지는 않습니다만. 우리 하녀는 전적으로 큰길에 사는 영어교사네 도둑괭이 탓이라고 하더군요."

"아하, 큰길에 사는 영어 교사 말이죠……."

"그쪽도 알고 있죠? 매일 아침 세수를 할 때마다 거위 모가지를 졸라 죽이는 것 같은 끔찍한 소리를 내는 사람이 있답니다."

"그렇군요. 음, 아는 것 같기도 하고 모르는 것 같기도 하고."

나는 대답하면서 내심 감탄했다.

거위 모가지를 졸라 죽이는 것 같다는 표현은 굉장히 훌륭하다.

선생님은 아침마다 화장실에서 입을 헹굴 때 이쑤시개에 목을 찔린 듯한 요상한 목소리를 내는 버릇이 있다. 기분이 나쁠 때는 마구 꺼억꺼억거렸다. 사모님의 이야기로는 전에는 이런 버릇이 없었는데 어느 순간 문득 그러기 시작하더니 지금까지 한 번도 그만둔 적이 없다고 한다. 무슨 일이든 금세 싫증을 내는 선생님이 왜 이런 바보 같은 행동은 끈덕지게 계속하는지 도통 알 수가 없다.

"그런 목소리를 내서 무슨 주술을 부리는 건지도 모르겠네요. 메이지유신 전에는 무사의 하인이나 짚신을 들고 다니는 하인도 나름으로 예의범절은 익히고 있었답니다. 고급 주택가에서 그런 식으로 세수하는 사람은 아무도 없지 않습니까?" 예인은 얼굴을 찌푸렸다. "그래서인지 우리 하녀도 '그런 주인을 섬기고 있으니까 도둑괭이밖에 더 되겠어요. 얼룩

이가 병에 걸린 것도 모두 그 도둑괭이 탓입니다'라고 말하더
군요. 음, 역시 그런 거죠?"

나는 어쩐지 1년 치의 존댓말을 다 들은 기분이었다. 그런
데 핵심이 무엇인지 파악하기가 쉽지 않았다. 이제 무엇을 어
떻게 질문해야 할까 곰곰이 생각하는데 예인이 불현듯 뭔가
가 떠오른 듯한 표정을 짓더니 내 얼굴을 똑바로 쳐다보았다.

"혹시? 전에 어디선가 마주친 적이 있지 않습니까?"

나는 살짝 당황했다. 이제 와서 새삼스레 "사실 저는 거위
선생님의 서생으로⋯⋯" 하고 밝힐 수는 없었다.

"이웃집 사람이 아닌가요? 분명⋯⋯."

참으로 위험천만한 상황이었다. 나는 적당히 상냥하게 대
꾸하고 일단 이곳을 빠져나가기로 했다.

"아하하하."

집으로 돌아오니 메이테이 씨의 웃음소리가 현관까지 들
렸다. 틀림없이 간게쓰 씨의 목매달아 자살하는 역학이 아
직까지 이어지고 있다고 생각했다. 그런데 다다미방을 엿보
니 간게쓰 씨의 모습은 온데간데없고 그 대신에 한 번도 본
적 없는 손님 한 사람이 선생님과 마주앉아 있었다. 깔끔하
게 가르마를 타고 영국풍의 트위드 재킷에 화려한 넥타이를
매고 가슴께에 쇠줄이 반짝거리고 있는 모습은 아무리 봐도

선생님 댁에 찾아오는 괴짜 가운데 하나라고는 생각되지 않았다.

나는 고개를 갸우뚱하며 복도에서 동정을 살폈다. 손님의 정체는 곧 드러났다.

그는 선생님에게 주식을 사라고 권유하는 주식중개인이었다. 최근에 주식중개인이 이 주변의 주택가를 빙빙 돌아다니며 주식을 사라고 권한다는 이야기는 종종 들었지만 골목을 헤매다 선생님 댁까지 흘러들었다는 건 조금 놀라웠다. 문패 대신 명함에 밥풀을 짓이겨서 붙여놓을 정도의 집인데 말이다. 밥풀은 비가 내리면 금세 떨어져버리므로 날이 개면 명함을 다시 붙인다. 그렇게 성가신 일을 반복하느니 나무 문패라도 달아두면 좋을 텐데 선생님은 태연하기 그지없는 모습으로 비가 올 때마다 부랴부랴 밥풀을 짓이긴다.

그런 집의 주인이 주식을 살지 안 살지는 생각할 필요도 없지 않나? 선생님 혼자 있을 때는 주식중개인의 눈이 허옇게 뒤집혀서 밀고 들어오려고 해도 집에 들이는 일은 결코 없었을 것이다. 메이테이 씨가 바깥을 지나가던 주식중개인을 반 재미삼아 집으로 끌고 들어온 게 틀림없다.

"이 기회에 과감하게 사야 합니다."

가련한 주식중개인은 자신이 1월에 볼 수 있는 사자춤을 대신한 잠깐 동안의 오락거리라는 사실을 깨닫지 못한 채 선생님에게 주식 구입을 권유했다.

"알고 계시죠? 지난번 뤼순 성 함락을 계기로 주가가 일제히 폭등했습니다. 예를 들어 니혼유센 주식은 50엔이었는데 단 하룻밤 사이에 76엔 70전으로 올랐어요. 하룻밤에 말이죠. 완전히 식은 죽 먹기랍니다. 주식을 산 사람은 돈을 많이 벌어서 웃음이 그치지가 않는 모양이에요. 뭐라고요? 아뇨 아뇨. 앞으로 점점 더 오를 겁니다. 어떠세요? 선생님, 이번에 과감하게 투자해보지 않으시겠어요?"

주식중개인이 아무리 주저리주저리 떠들어대도 선생님은 팔짱을 낀 채 쓰다 달다 말이 없다. 당연하다. 암만 권유를 받아봤자 선생님 댁에 그런 여윳돈이 존재하지 않기 때문이다. 그런데 뜻밖에도 선생님이 불쑥 입을 열었다.

"이봐. 고향은 어디야?"

아무 상관도 없는 질문이었다.

"고향이요? 저 말입니까?" 주식중개인은 멍한 표정을 지었다.

"당연하지. 달리 누가 있나."

"헤헤헤. 어떻게 아셨죠. 그렇게 억양이 다른가요. 나름대로 신경 쓰고 있었는데 말이죠……."

"시골에서 와서 전차는 한번 타봤나?" 선생님은 또 엉뚱한 질문을 했다.

"아무리 제가 시골 출신이지만……." 주식중개인은 은근히 마음이 상한 듯했다. "이래 뵈어도 도쿄시가이 철도 주식을 60주나 보유하고 있다고요."

"정말? 그런 건 바보는 할 수 없는 일이지." 그때까지 스모 심판처럼 흥미롭다는 듯 구경만 하던 메이테이 씨가 적당한 시기를 골라서 끼어들었다. "사실 나도 그 주식을 888주 갖고 있었어. 하지만 안타깝게도 벌레가 갉아먹어서 지금은 주식이 반 정도로 줄어 버렸어. 그쪽이 좀더 빨리 왔다면 벌레가 갉아먹을 수 없는 곳에 10주라도 놔두었으면 좋았을 텐데 아쉽네."

주식중개인은 눈썹을 찌푸리며 어쩐지 미심쩍다는 듯 메이테이 씨를 바라보았지만 곧바로 장사꾼의 얼굴로 되돌아갔다.

"헤헤, 어르신. 어지간히 농담도 잘 하시네요. 주식은 갖고 있어도 손해를 안 봅니다. 해마다 오르기만 한다고요."

"그런가. 설령 주식이 반으로 준다고 해도 천 년 정도 갖고 있으면 창고 세 채 정도는 너끈히 지을 수 있겠지." 메이테이 씨는 더할 나위 없이 진지한 얼굴로 고개를 크게 주억거려 보였다. "아무래도 그쪽도 나도 그런 부분에 대해서는 뛰어난 재주꾼이니까 그때 가면 이 집 선생님 같은 사람은 불쌍해지겠어. 주식을 순무(주식과 순무의 일본어 발음이 같음―옮긴이)

의 형제쯤으로 생각할 테니까."

메이테이 씨는 선생님을 휙 돌아보며 물었다. "이봐, 친구. 친구는 요즘 물건의 가격을 조금은 알고 있나?"

선생님은 서운한 기색으로 "무슨 소리야. 당연히 알지. 그런데 아무리 요즘 물가가 비싸도 그렇지. 순무가 50엔이나 한단 말이야?"라고 말하더니 잠깐 생각한 뒤 "쥐는 한 마리에 5전인데" 하고 덧붙였다.

"하하하하, 너무 놀랐네. 세상에 친구가 쥐의 가격까지 알고 있으리라고는 생각 못했는데. 항복 항복" 메이테이 씨는 혼자 이해하고 혼자 웃었다. 선생님은 여전히 아쉬운 기색이고, 주식중개인은 기가 막힌다는 표정을 지었다.

잠시 뒤 여우에 홀린 표정으로 물러나는 주식중개인과 엇갈리듯 다다미방에 들어가서 조사 결과를 선생님에게 보고했다.

"뭐야? 기껏 갔다 왔으면서 아무것도 모른다고?" 선생님은 불만스러운 듯 입술을 삐죽거렸다.

"하다못해 선생님에 대한 평가가 조금이라도 좋았다면 어떻게든 이야기가 잘 진행되었을 겁니다." 나는 정말로 지긋지긋했다. "앞으로 이웃집과도 잘 지내야 하니까 아침마다 그 거위 소리만은 그만두시는 편이 좋겠습니다."

"거위? 그건 또 뭐야?" 선생님은 묘한 표정을 지었다. 아무래도 자신과 관련된 거라는 걸 전혀 눈치 채지 못한 모양이다.

"친구, 거위도 그렇지만 공작의 혀는 아주 진귀한 맛이라네."그때 다시 메이테이 씨가 상황을 혼란스럽게 만들었다.

"공작의 혀?"그게 맛있어?"아니나 다를까 선생님은 눈앞에 있는 나는 무시하고 금세 그 이야기에 마음을 빼앗겼다. 위가 안 좋은 주제에 식탐이 있다.

"당연히 맛있지. 고대 로마시대부터 유럽의 귀족들이 벌이는 연회에 절대로 빠지지 않는 식재료라니까."메이테이 씨는 거짓말인지 참말인지 모를 시시껄렁한 소리를 해댔다. "전부터 친구에게 맛있는 음식을 잔뜩 대접하려고 알아보고 있는데 공작의 혀는 새끼손가락의 반도 안 되는 크기라는군. 먹성 좋은 친구의 배를 채울 만한 분량을 확보하려면 시간이조금 걸릴 거야. 음, 즐겁게 기다려주게나."

"흐흠."

선생님은 어쩐지 모호한 소리를 냈다. 이번에도 메이테이씨가 허풍을 떤다고 생각하면서 만에 하나 사실인 경우 혹시라도 진미를 못 얻어먹게 될까 봐 불안한 것이다.

"공작의 혀는 그렇고 얼마 전에 '우에노에 도치멘보'를 먹으러 갔다가 지독한 처사를 당했어."메이테이 씨는 차분한얼굴로 이상한 말을 했다.

"맛있어? 그 도치멘보?"아니나 다를까 선생님은 또 꼼짝

없이 걸려들었다.

"맛있는지 어떤지는 사람에 따라 다르게 느끼겠지만 음, 은근히 색다르다고 할까."

"어떤 음식인데?"

"그게 말이지. 작년 12월 27일에 있었던 일인데 뭔가 색다른 게 먹고 싶어서 우에노에 있는 레스토랑에 갔거든." 메이테이 씨는 금테 안경을 번뜩거리며 이런 이야기를 했다.

"레스토랑에 들어가서 메뉴판을 보여 달라고 했는데 색다른 요리가 하나도 안 보이는 거야. 웨이터를 불러서 이 가게에는 도통 색다른 음식이 없는 것 같다고 불평을 했어. 그런데 웬일인지 웨이터도 지지 않고 오리 구이나 송아지 찹스테이크는 어떠냐며 건방지게 말대꾸를 하더군. 나 역시 질 수 없다는 기분이 들어서 오기를 부렸지. 평범한 음식을 먹으러 일부러 여기까지 온 게 아니다. 프랑스와 영국에 갔을 때는 민달팽이 수프나 개구리 스튜 같이 어느 정도 색다른 걸 먹었는데 일본에서는 어디를 가도 여기처럼 비슷비슷한 요리만 있어서 레스토랑에 들어올 마음이 안 든다고 투덜거렸지."

"프랑스나 영국?" 선생님은 눈썹을 찡그리며 중얼거렸다. "자네, 영국은커녕 상하이도 못 가봤잖아."

"그렇지. 아직 못 가봤지." 메이테이 씨는 천연덕스럽게 대꾸했다. "앞으로 가려고 생각중이야. 그럴 예정이라는 걸 과

거로 바꿔서 표현했을 뿐이지만."

"과아아……" 하고 선생님은 '연'을 생략한 채 길게 늘여서 말했다. 감탄하는 건지 무시하는 건지 도무지 감이 안 잡힌다.

"그래서 도치멘보는 어땠어?"

"응" 메이테이 씨는 턱을 비틀며 말을 이었다. "웨이터가 더는 찍 소리도 못 하더군. 이쯤에서 승패가 뚜렷이 갈렸던 거지. 나는 승자의 여유를 내보이며 천천히 말했어. 일본에서는 민달팽이 수프나 개구리 스튜가 먹고 싶어도 먹기 어려울 테니까 오늘은 뭐 도치멘보 정도로 양보하겠다고 했어. 웨이터가 야릇한 표정을 짓더니 멘치보루(미트볼)를 말하는 거냐고 되묻더군. 나는 멘치보루가 아니라 도치멘보라고 다시 알려줬어. 웨이터는 곰곰이 생각하더니 안타깝지만 공교롭게도 오늘은 도치멘보가 똑 떨어졌고 멘치보루는 금세 만들 수 있다고 했어. 내가 그래서는 모처럼 여기 온 보람이 없다고 말했지. 어떻게든 도치멘보를 먹게 해달라고 부탁하며 웨이터에게 20전짜리 은화를 쥐어주고 요리사와 상의해보라고 했어……."

"아앗, 생각났다!"

선생님은 이야기가 다 끝나지도 않았는데 갑작스레 소리를 질렀다.

"아까부터 어디선가 들어본 적이 있다고 생각했더니 도치멘보군. 도치멘보를 말하는 거잖아. 니혼파의 하이쿠 시인 안도 렌자부로의 필명."

"어어. 이제야 알았어? 나는 친구라면 곧 알아차릴 거라고 생각하고 이야기했는데."

"뭐야? 아니…… 에헴. 물론 알아챘지. 알아챘지만……."

"레스토랑에서 일하는 주제에 별스럽게 시건방진 웨이터를 조금 놀려주고 싶었어." 메이테이 씨가 새침한 얼굴로 말했다. "아무래도 그치들은 가로로 쓰는 글씨를 늘어놓아야 고상하다고 생각하는 것 같아. 그런 자들은 아주 널리고 널렸어. 그치들에게 그럴싸한 이름의 존재하지도 않는 요리를 주문하고 나서 어떤 바보 같은 변명을 할지 기다리고 있었어. 그런데……."

"설마라고 생각하지만 나왔어?"

"응. 잠시 뒤에 웨이터가 뚜껑을 덮은 접시를 가져오더군." 메이테이 씨는 어깨를 약간 움츠렸다. "웨이터는 내 앞에 있는 테이블에 접시를 내려놓고 뚜껑을 열더니 '주문하신 도치멘보입니다. 천천히 드세요' 하고 우쭐거리더니 가버렸어. 접시 위에는……."

"우아아!" 선생님은 괴상한 소리를 냈다. "그럼 친구는 그 레스토랑에서 그…… 니혼파의 하이쿠 시인을 먹어치웠다는 건가?"

"바보 같이, 아무렴 내가 그랬겠어. 하긴 때때로 사람을 먹었다고 허풍을 치기는 하지만 인육을 진짜 먹었겠나." 메이테이 씨는 정말이지 어이가 없다는 듯 말했다. "접시 위에는 특이할 거 없는 나무 방망이와 종이 한 장이 놓여 있었어. 종이에는 이런 말이 쓰여 있더군. 이 방망이는 도치멘을 밀 때 쓰는 겁니다. 일명 도치멘보죠."

"도치멘을 밀 때 쓰는 방망이라서 도치멘보라고. 과연 그거 멋지군!" 선생님은 손바닥을 딱 치며 말했다.

"야, 정말 한 방 먹었어." 메이테이 씨는 여전히 천연덕스럽게 말했다. "요리사는 내가 웨이터를 놀리고 있다는 걸 바로 알아차렸던 거지. 그래서 도치멘을 밀 때 쓰는 방망이를 내온 거고. 서양음식을 만드는 요리사, 도저히 얕볼 수가 없었어. 어느 곳이든 평범하지 않은 사람은 꼭 있다니까⋯⋯."

나는 이런 괴이한 대화를 듣는 사이에 어떤 생각이 퍼뜩 떠올라 그 자리에서 일어나 선생님 댁을 몰래 빠져나갔다.

4

시내로 나가자 거리가 몹시 붐볐다.

아까 주식중개인도 말했지만 올 1월 초에 일본군은 난공

불락이라고 일컬어지는 러시아의 요새를 함락하고 뤼순으로 입성했다. 신문은 일제히 호외를 내서 그 사실을 국민에게 알렸다. 그 뒤 매일 같이 경기가 좋아졌다는 호외가 쏟아지고 있다. 거리는 1월의 들뜬 분위기와 맞물려 아직도 계속되고 있는 러시아와의 전쟁에서 벌써 승리라도 한 양 열기에 휩싸였다.

백화점에서는 뤼순 함락을 축하하는 제비뽑기 특별 판매가 열흘 동안 계속해서 열리고 있었다. 히비야 공원에서도 '뤼순 공략! 도쿄시 승리! 축하 모임'이 진행 중이다. 국기 장사와 등불 장사도 돈깨나 버는 모양이다. 잠깐 둘러보기만 했는데도 여기저기 음식 장사가 잔뜩 판을 벌였고 다들 들떠서 술을 홀짝거리고 있었다. 새해가 되어 대부분의 회사는 주가가 폭등했다. 그런데 내가 자주 이용하는 도서대여점 아저씨만 유독 표정이 시무룩했다.

"너무 심해. 특히 탐정소설이나 복수물 같은 건 전쟁이 시작되기 전에 비해 매출이 반 이하로 뚝 떨어졌어." 책을 빌리러 가면 도서대여점 아저씨는 늘 벌레 씹은 얼굴로 푸념을 한다.

"러일전쟁이 시작되고 나서 다들 전쟁 상황을 알리는 신문이나 전쟁 잡지만 읽어. 전쟁이 그렇게 즐거운 걸까?"

"호외! 호외!"

길모퉁이에서 나누어주는 호외를 받았더니 때마침 뤼순 전투에 관한 기사가 상세하게 실려 있었다.

격렬한 전투였다. 뤼순 요새를 무너뜨리기 위해 공격하던 일본군도 막대한 피해를 입었다. 부상자는 셀 수 없이 많고 일본군 가운데 사망자는 5만에서 6만 명에 달하는데…….

나는 눈썹을 찌푸리며 며칠 전에 길에서 맞닥뜨린 할머니를 떠올렸다. 할머니는 전쟁터로 떠나는 외아들을 배웅하러 시골에서 올라왔고, 아들은 뤼순으로 떠났다. 그때 나는 "노기 장군이…… 부하를 개죽음 당하게 하는 일은 없습니다"라고 하며 할머니를 위로했다.

그런데 할머니의 아들은 무사할까?

곰곰이 생각하느라 중요한 사람을 하마터면 놓칠 뻔했다.

가는 방향을 가로막듯 떡하니 버티고 서자 상대는 아앗 하며 깜짝 놀란 표정을 지었다.

"어머나, 너는?"

고양이 얼굴에 몸집이 자그마한 여자, 이현금의 예인의 댁의 하녀는 나라는 걸 알고 안심한 표정을 지었다.

"이런 곳에서 우연히 또 만나다니."

"우연이 아닙니다." 고개를 가로저으며 말했다. "아까부터 여기서 당신이 나오기를 기다렸어요." 나는 바로 앞에 있는 건물로 눈길을 주었다.

"기다리고 있었다고? 기다리고 있었다니 무슨 소리야?" 하녀는 혼란스러워하며 물었다. "내가 여기에 온 걸 어떻게 네가 알았지?"

"그게 말이죠……." 나는 어떻게 설명해야 할지 몰라 머뭇머뭇 머리를 긁적이다가 결국 "그 전에 한 가지 알려주세요" 하고 부탁했다.

"뭔데?" 하녀는 곁눈질로 나를 힐끔힐끔 보았다.

"예인이 기르고 있는 얼룩고양이는 그쪽이 죽였죠?"

이현금의 예인의 댁의 하녀는 내가 얼룩고양이에 대해 묻는 순간 대낮에 유령이라도 본 듯 길게 쭉 찢어진 눈을 동그랗게 뜨고 비틀비틀하더니 그 자리에 주저앉았다.

"괜찮습니까?"

나는 재빨리 하녀를 일으켜 세웠다.

"아니…… 어떻게…… 그걸……?"

"혹시 지갑에 방울을 넣어가지고 다닙니까?"

나는 하녀를 진정시키기 위해 최대한 아무렇지도 않게 물었다.

"설날에 봤을 때 댁의 얼룩고양이는 빨간 목줄을 하고 있었는데 금방울이 찰랑찰랑 기분 좋은 소리를 내고 있었어요.

그 방울, 그쪽이 갖고 있죠?"

하녀는 물끄러미 내 얼굴을 들여다보았지만 이내 포기한 듯 고개를 끄덕이며 지갑 안에서 금방울을 집어 들었다.

"어떻게 내가 지갑에 이 방울을 넣고 다니는지 알았지?" 하녀가 물었다. "이렇게 작은 방울 소리가 바깥까지 들릴 리가 없는데…… 더구나 설날에 딱 한 번 봤을 뿐이잖아. 이 방울이 얼룩이의 것이라는 걸 어떻게 알았어?"

"알게 된 건 제가 아니에요. 고양이랍니다."

"고양이?"

"저기, 선생님 댁에 있는 그……."

"그 이름 없는 도둑괭이!"

"음, 그래요." 나는 어깨를 움츠렸다. "그쪽이 아까 선생님 댁 앞에서 엉덩방아를 찧었던 건 우리 고양이가 갑자기 뛰어내렸기 때문이죠?"

"맞아. 그 고양이가 울타리 위에서 느닷없이 나한테 달려들었어." 하녀는 당황한 기색으로 대꾸했다. "나는 깜짝 놀라서 한순간 그 고양이가……."

"그쪽이 죽인 얼룩고양이의 유령이라고 생각했죠?"

하녀는 아랫입술을 꽉 깨물고 아무 말도 없이 고개를 주억거렸다.

당시 하녀가 맥이 풀려서 엉덩방아를 쿵 찧고는 "고양이가……" 또 "고양이에게……" 하며 의미를 알 수 없는 소리를 한 건 그런 까닭이었다.

"당신한테 달려든 건 유령고양이가 아니에요. 더더군다나 선생님 댁 고양이가 죽은 얼룩고양이의 복수를 하려고 당신을 놀라게 한 것도 아닙니다. 고양이는 아마도 당신의 지갑 안에서 나는 방울 소리를 듣고 친하게 지내는 얼룩고양이가 놀러왔다고 생각한 거겠죠. 그러니까……."

"방울 소리를 향해서 똑바로 뛰어내렸다?"

"네. 아마도."

내가 수수께끼를 풀자 하녀는 휴, 하고 한숨을 내쉬고 어느 정도 안도한 표정을 지었다. 하지만 바로 고개를 배배 꼬며 입을 열었다.

"그런데 모르겠어. 고양이는 그렇다 치고 어떻게 네가 그걸 알았지?"

"선생님 댁에는 웬일인지 자꾸만 괴짜가 모여들더라고요." 나는 쓴웃음을 지으며 말했다. "하나같이 제멋대로인 성격에 범상치 않은 이야기를 떠들어대죠. 그런데 말이라는 게 참 이상해서 전혀 상관없는 두 가지를 연결 지으면 생각지도 못한 진실이 드러날 때가 있어요."

하녀는 입을 헤 벌리고 있었다.

"어, 그러니까 말이죠."

슬며시 초조해졌다. 이대로 가다가는 나도 선생님 댁에 모이는 괴짜 가운데 하나라고 생각되는 게 아닐까.

"그러니까 저는 도치멘보 이야기를 듣고 어떤 생각이 떠올랐습니다."

"도치멘보……."

역효과였다. 하녀는 미친 사람을 보듯 나를 힐끔거리며 금방이라도 도망치고 싶은 듯 겁먹은 눈초리로 좌우를 둘러보았다.

나는 서둘러 메이테이 씨에게 들은 도치멘보 사건을 요점만 간추려서 이야기했다.

"메이테이 씨는 도치멘보라는 엉터리 요리를 적당히 꾸며 내 상대를 놀리려고 했는데 말 그대로 도치멘보가 나왔답니다. 요컨대 아무렇게나 내뱉은 말이 자신의 생각과 다르게 진실을 내보일 때도 있다는 거죠."

하지만 하녀는 여전히 의심스러운 기색으로 나를 곁눈질했다. 그래서 나는 선생님의 목소리를 흉내 내며 말했다.

"……아마도 잼을 너무 많이 핥아먹어서겠지."

하녀의 표정이 갑작스레 진지해졌다.

"그쪽 고향집에서 약방을 한다는 건 예인에게 들었습니다. 당시에는 알아차리지 못했지만 도치멘보 이야기를 듣는 동안 생각이 번쩍 떠올랐어요. 선생님의 그 이야기를 듣는 순간 당신이 갑자기 일어서서 고함을 치기 시작했거든요. 그리고 여러 가지 일이 줄줄이 생각났습니다. 예를 들어 잼이라는 단어는 경우에 따라서 다른 물건을 가리키기도 하잖아요."

웃음을 지어보였지만 하녀는 새파랗게 질린 얼굴로 나를 매섭게 노려보고 있었다. 나는 계속 말할 수밖에 없었다.

"학교 친구 가운데 약방집 아들이 있습니다. 그 녀석한테 들었는데요. 약방에는 다양한 암호가 있다면서요. 이를테면 아편은 잼이라고 부른다던가……. 그쪽이 애지중지하던 예인의 얼룩고양이에게 사용한 약은 고향집에서 가져온 아편이었지요? 그래서 당신은 선생님이 '아마도 잼을 너무 핥아먹어서겠지'라는 말을 듣고 화들짝 놀란 거예요."

하녀는 나에게서 눈길을 거두고 딴 곳을 응시하며 아랫입술을 질끈 깨물었다.

나의 엉성한 추리가 아무래도 적중했나 보다. 그렇지만 도서대여점에서 빌려 읽은 탐정소설의 명탐정이라면 좀더 빨리 진상을 파악했으리라.

어쩌면 고양이가 춤을 춘다고 했을 때 벌써 눈치 챘을지도 모른다.

그때 우리 모두는 고양이가 떡국을 먹고 춤을 춘다고 생각했다. 사실 우리 고양이는 가리는 것 없는 식충이이긴 하다. 아이들이 먹다 남긴 빵도 먹고 찹쌀과자에 묻은 엿도 핥아먹는다. 한번은 선생님이 남긴 단무지를 두 조각 먹는 걸 본 적도 있다.

'단무지는 어지간히 맛이 없었는지 나중에 야릇한 표정을 지었다.'

그래도 그렇지 고양이가 떡국을 먹고 춤을 출 리는 없다.

우리 고양이는, 아마도 다른 고양이도 그렇겠지만 새로운 음식을 덥석 집어먹는 일이 결단코 없다. 입에 집어넣기 전에 반드시 먼저 앞발로 만지작거린다. 그런 다음에 코로 킁킁 냄새를 맡고 혀로도 핥아본다. 여러 방법으로 조심스레 안전을 확인한 뒤 그제야 날름 집어삼킨다. 만약에 떡처럼 끈적끈적한 음식이라면 고양이는 끈적거리는 걸 싫어하기 때문에 앞발로 만지작거린 시점에서 망설이다가 결국 입에 넣지 않았을 것이다. 그런데 그 순간에만 웬일인지 고양이가 떡을 갑자기 덥석 집어먹더니 춤을 추기 시작했다. 평소라면 결코하지 않았을 행동이다. 그때 나는 그 이유를 깨닫지 못하고 멍하니 지켜보고만 있었다.

고양이가 춤을 춘 건 설날 점심때가 조금 지났을 무렵이었다.

그날 아침에 나는 우리 고양이와 예인의 얼룩고양이가 사이좋게 어울리는 모습을 보았다. 고양이 두 마리는 정답게 서로 털 고르기를 해주고 있었다. 만일 그 시점에서 이미 아편이 들어간 음식을 얼룩고양이에게 주었다면 그 일부를 우리 고양이가 맛보았을 가능성이 있다. 아마도 아편은 맛과 냄새를 알아차리지 못하도록 작은 생선의 뱃속 같은 곳에 넣어두었을 것이다. 아무래도 그 탓에 우리 고양이의 머리가 살짝 이상해져서 평소에는 절대로 먹지 않는 떡국 떡을 집어먹었던 것이다. 그게 바로 '고양이 춤'의 정체였다…….

하녀가 고개를 들어 내 얼굴을 찬찬히 들여다보았다.

"그렇다면 내가 왜 얼룩이를 죽여야 했는지, 그 이유를 너는 알고 있니?"

"알고 있을 리가 없잖아요." 어깨를 움츠리며 말했다. "하지만 가능성을 추리할 수는 있습니다."

"추리? 뭐야, 그게?"

"힌트는 몇 가지 있습니다." 나는 최근에 읽었던 어느 탐정소설의 주인공을 흉내 내며 말했다. "예인 댁의 고양이가 얼룩고양이였다는 점. 요즘 그 주변 주택가를 주식중개인이 어슬렁거렸다는 점. 그리고 예인이 원래는 어, 덴쇼인 님의 서기의 여동생의 시어머니의…… 어쨌든 굉장히 신분이 높은 분으로 게다가 죽은 얼룩고양이를 사람처럼 취급했고 안타깝게도 얼마 전부터 미미하지만 치매 증상을 보이고 있다는 점 때문입니다."

"우리 마님은 조금도 정신이 흐릿하지 않은데……."

하녀가 정색하며 반론하려 했지만 나는 한 손을 들어 제지시키고 말을 이어나갔다.

"아마도 작년 말쯤이었을 겁니다. 당신이 외출한 사이에 주식중개인이 예인의 댁에 들어가서 온갖 감언이설로 예인에게 주식을 사라고 권하지 않았나요? 중요한 건 예인은 자신이 무엇을 샀는지조차 기억하지 못한다는 겁니다. 어쨌든 요즘의 주식 매매라는 게 대부분 돈을 맡겼다는 종이를 받을 뿐이고 유가증권의 실물조차 보지 못하는 경우가 많다고 하더군요. 아마도 그때 예인의 무릎 위에서 잠든 얼룩고양이를 보고 말주변이 좋은 주식중개인이 이 고양이를 위해서 꼭 사라든지 그런 말을 했겠죠.

외출하고 돌아와 그 이야기를 들은 당신은 깜짝 놀랐을 겁니다. 우리 선생님도 그렇지만 정직하게 살았다면 주식을 살 만한 여윳돈은 없었을 테니 말입니다. 아무튼 예인은 주식중개인이 일러둔 대로 돈을 맡겼다는 종이를 고양이 목줄에 꿰매놓았고 그건 얼룩이의 것이니 소중하게 간수해야 한다고 했겠죠. 그래서 당신은 어떻게든 고양이한테서 목줄을 떼어 내려고 호시탐탐 기회를 엿봤습니다. 그런데 얼룩고양이라는 녀석은, 아주 드물게 예외도 있겠지만 일반적으로 암고양이인 경우가 많습니다. 암고양이는 우리 선생님 댁의 수고양이와 달리 바깥에 잘 돌아다니지 않고 집에서 지내며 주인 곁을 얼쩡거리기를 좋아하죠. 예인의 말투로 보아 아무래도 잘 때도 함께 지냈겠어요. 당신이 예인에게 아무리 부탁을 해도 목줄에 꿰매놓은 종이는 떼어 주지 않겠죠. 예인의 눈길이 미치지 않는 곳에서 고양이의 목줄을 몰래 떼어 내기도 불가능했을 겁니다. 몹시 난감했던 당신은 어쩔 수 없이……."

"……쌀집 주인이 더는 기다려주지 않겠다고 말했어." 하녀는 의기소침한 얼굴로 말했다. "마님이 주식중개인에게 속아서 빼앗긴 돈은 연말에 쌀집에 지불해야 할 돈이었어. 마님은 원래 굉장히 신분이 높은 분으로 돈에 대해서는 전혀 모르셔. 내가 아무리 주식 따위는 고양이한테 전혀 도움이 되지 않는다고 말려도 마님은 완전히 주식중개인에게 속아서 내 말을 듣지 않았어. 이 아이의 장래에 도움이 된다고 하면서 말이야. 어쩔 수 없이 나는 직접 주식중개인에게 가서 돈을 돌려달라고 따졌어. 하지만 주식중개인은 돈을 맡겼다는 종이가 있어야 한다며 고집을 피웠지. 그런데 쌀집 주인은 더는 기다려 줄 수 없다고 하고 다른 곳에도 지불해야 할 돈이 있었어. 나는 도무지 어찌해야 할 바를 몰라서 그만……."

"그래서 오늘 위패가 세워진 걸 기다렸다가 목줄을 들고 주식중개인한테 달려갔군요." 나는 혼자 고개를 끄덕거리다가 대뜸 머리를 들었다. "새해에 주가가 엄청나게 올랐던데 예인의 돈은 상당히 불어서 돌아오지 않았나요?"

"뭐라고? 그게…… 그렇게 말하면 그렇지. 덕분에 올해는 조금 숨을 돌릴 수가 있겠어. 얄궂지만 그 얼룩고양이가 벌어주었다고 생각하면……" 하녀는 중얼거림을 멈추고 생각이 퍼뜩 떠오른 표정으로 자신이 막 나온 건물을 고개만 돌려 어깨 너머로 바라보았다.

"그래, 그런 건가? 그래서 너는 내가 주식중개인에게 갔다 오는 걸 기다리고 있었어? 너는 얼마가 갖고 싶은데?"

"그럴 마음은 전혀 없습니다." 나는 어깨를 움츠렸다.

"그럼 도대체 뭐야?"

"저는 그저 진상을 알고 싶었을 뿐입니다."

"진상이라고!" 하녀는 기가 막힌 듯 소리 질렀다. "설마…… 하지만…… 정말로 그뿐이야?"

"네, 그뿐입니다."

하녀는 점점 더 수상쩍다는 표정으로 나를 빤히 들여다보았다. 하지만 내가 정말로 단순한 의도만 갖고 있다는 걸 깨닫고 돌연 얼굴을 일그러뜨리더니 금방이라도 울음을 터뜨릴 듯한 표정을 지었다.

"이런 이런. 너네 선생님이 괴짜라는 사실은 전부터 알고 있었지만……."

그녀는 아마도 줄곧 혼자서 품고 있던 비밀을 누군가에게 털어놓은 덕분에 마음이 후련해진 것 같다. 울먹울먹하며 꾸깃꾸깃 찌그러진 그 얼굴로 억지웃음을 지으며 나에게 말했다.

"너 역시 괴짜구나."

1.

어쩐지 요즘 세상이 불안하다.

작년 말에는 미야케지마에서 큰 화재가 일어나 집이 300채 이상 불탔고, 열차와 화물차가 충돌해서 전복하는 사고까지 일어났다. 올해 들어서도 짙은 안개가 낀 오사카 항에서 배가 침몰해 승객 94명이 행방불명되었고 후쿠오카 탄광에서는 커다란 암석이 뚝 떨어지는 사고가 있었다. 그 밖에도 여러 가지 괴이한 사건이 줄줄이 이어졌다. 물론 사고가 우연히 겹쳐졌는지도 모르지만 항간에 뭐랄까 불안한 공기가 흘렀다.

내가 자주 이용하는 도서대여점 아저씨는 일본이 전쟁을 하고 있기 때문에 이런 일이 벌어지는 것 같다고 했다.

"일본이 전쟁을 일으킨 후 사람들은 모두 전쟁 상황을 보도하는 신문과 전쟁 잡지만 읽나 봐. 요즘엔 아무도 책을 안 빌려. 전쟁이란 놈은 따지고 보면 사람을 죽이는 짓거리 아냐? 변변히 책도 읽지 않고, 사람이 얼마나 죽었는가에 울고 웃기 때문에 어수선한 세상이 되어버렸다고 해도 어쩔 수 없지."

아저씨의 말은 단지 장사가 잘 되지 않아서 투덜거리는 것만은 아니라는 생각이 든다. 정보통인 중학교 동급생이 말하기를 적국 러시아에서는 군대가 민중에게 총을 발포해 사상자를 냈고, 민중은 공무원과 정치가 그리고 황족에게 연달아 폭탄 테러를 가했다고 한다.

참으로 뒤숭숭한 이야기다.

그런데 하필이면……. 선생님 댁에 도둑이 들었다.

이쪽은…… 아무래도 한심한 이야기다.

문에 밥풀로 명함을 붙여놓고 게다가 지붕에 잡초가 비죽비죽 자라난 집은 온 동네를 눈 씻고 뒤져봐도 선생님 댁밖에 없다. 이왕 도둑질을 할 거라면 좀더 들어간 보람을 얻을 수 있는 집이 널렸을 텐데…….

그날 아침, 내가 바깥으로 얼굴을 쭉 내미니 이미 순사가 와서 선생님 부부와 이야기를 나누고 있었다. 내 모습을 알아본 선생님은 까치발을 하고 어서 오라며 손짓했다.

"자네, 도둑이라고! 도오두우욱! 어젯밤에 우리 집에 도둑이 들었어!"

선생님은 어쩐지 몹시 기쁜 기색이었다.

"그런 거 같네요."

나는 어깨를 약간 움츠려보였다. 바깥으로 나오는 도중 부엌에서 하녀 식순이한테 붙잡혀 대충 사정을 들었기 때문이다.

선생님은 갑자기 재미없다는 표정을 지으며 입을 삐죽거렸다. ……내 반응이 별로 탐탁지 않았나 보다. 흥, 하고 콧방귀를 뀌더니 선생님은 이번에 이렇게 말했다.

"그런데 자네, 왜 짖지 않았어?"

"짖어요? 제가…… 말입니까?"

"그러니까 자네, 서생이지?"

물어보는 선생님 쪽이 오히려 어리둥절한 표정이다.

'서생을 집 지키는 개나 다른 걸로 착각하나 보다.'

어떻게 대답해야 할지 몰라 막막한데 선생님이 얼굴을 찌푸리며 말했다.

"그래? 서생은 짖지 않나…… 그러고 보니 우리 아이들도 안 짖네. ……그럼 집에 몇 사람이 있어봤자 전혀 도움이 안 되는군. 앞으로는 짖을 줄 아는지 모르는지를 똑똑히 확인하고 나서 식구를 늘려야겠어."

선생님은 도무지 종잡을 수 없는 이야기를 했다.

그때까지 잠자코 있던 순사는 아무래도 선생님과 대화하기 어렵다고 판단했는지 사모님을 향해 물었다.

"그래서 도둑이 든 게 몇 시 정도였죠?"

이건…… 미묘한 질문이다.

도둑이 들은 시간을 알 정도라면 아무것도 도둑맞지 않았을 텐데.

"그게, 몇 시 정도였더라?" 사모님은 고개를 갸웃거리며 생각에 잠겼다.

'생각하면 알 수 있는 건가?'

내가 옆에서 어이없어 하는 사이에 사모님은 별안간 선생님에게 고개를 휘익 돌리며 물었다.

"당신, 어제 몇 시에 주무셨죠?"

"나? 나 말이지?"

선생님은 뜬금없는 질문에 화들짝 놀라서 눈을 깜빡깜빡했다.

"내가 잔 건…… 그래 당신보다 나중이지."

"네, 제가 누운 건 당신보다 전이죠."

"몇 시에 일어났지?"

"7시 반이었어요."

"그럼 도둑이 든 건 몇 시지?"

"아무래도 한밤중이겠죠."

"한밤중이라는 건 알고 있어. 그러니까 몇 시 정도였냐고."

"그건 차분히 생각해보지 않으면 몰라요."

'사모님은 아직도 생각을 하려나 보다'

두 사람이 주고받는 대화를 듣고 순사는 일찌감치 포기한 듯했다.

"그럼 도둑맞은 시각은 불명이라고 하고……."

순사가 말을 건네는 순간 선생님은 돌연 뭔가가 떠오른 듯 펄쩍 뛰어오르며 외쳤다.

"그래, 고양이야! 고양이는 어떻게 하고 있었어?"

"고양이?" 나는 엉겁결에 순사와 얼굴을 마주보았다.

"고양이라면 선생님 댁의, 어, 그 고양이 말인가요?"

선생님 댁에서는 고양이를 한 마리 기르고 있다. 하지만 선생님 말에 따르면 '마음대로 비집고 들어와 살고 있는' 고양이다. 이미 상당히 오랜 기간 동거하고 있는데도 이 고양이는 이름이 없다. 이름이 없으면 아무래도 불편하기 때문에 이름 정도는 적당히 붙여두는 편이 좋다고 나는 늘 생각하고 있다. 물론 선생님은 아랑곳하지 않는다.

"당연히 우리 바보 고양이를 말하는 거지."

선생님은 왜 그렇게 당연한 걸 묻느냐는 식으로 입을 삐죽 거렸다.

"어젯밤에 상당히 소란스러웠을 텐데……."

나는 그제야 선생님이 무슨 말을 하는지 짐작이 갔다.

초봄인 이 시기에는 지붕 위와 마당 안을 붕붕 떠다니듯 걷는 고양이들의 울음소리가 밤마다 그칠 줄을 모른다.

이른바 '고양이의 사랑'이란 녀석 때문이다. 천금 같은 봄밤에는 마음이 잔뜩 들뜬 암고양이와 수고양이가 미쳐 돌아다닌다.

하이카이 세계(익살스러운 내용의 연가─옮긴이)에서 고양이의 사랑은 봄이라는 계절을 상징하는 풍류가 담겨 있는 시어다. 어쨌든 내가 더부살이하는 헛간 지붕 위에서는 마음이 달뜬 고양이들이 매일 밤 아주 생난리를 친다. 그때마다 수면에 방해를 받는 나는 솔직히 성가신 마음까지 든다.

"우리 고양이는 뭐하고 있었지?" 선생님은 고개를 갸우뚱거리며 말했다. "도둑이 들어왔다면 그때 소란을 피웠을 텐데……?"

고양이가 소란을 피운 때가 바로 도둑이 들어온 시각이라는 말일 게다.

선생님의 생각 범위에 속하는 나쁘지 않은 지적이었다. 그러나 안타깝게도 이 질문에는 내가 자신 있게 대답할 수 있다.

"어젯밤에 고양이는 전혀 소란을 피우지 않았어요. 아무래도 쭉 자고 있었던 것 같습니다."

"자고 있었다고?"

"네. 선생님과 함께……."

우물우물 말끝을 흐린 나는 몸을 옆으로 돌려 웃음이 터져 나오려는 걸 가까스로 참았다.

어젯밤, 정확히 초저녁에 고양이들은 몽롱한 기쁨과 어수선한 풍류를 만끽하고 있었다. 하지만 나는 정신없는 고양이들이 너무나도 요란하게 마당을 헤집고 다녀 참을 수가 없었고, 결국 녀석들을 쫓아내려고 찬물을 끼얹는 행동을 하기로 결심했다.

조심스럽게 나와 살며시 안채를 들여다보니 서재 창문은 활짝 열려 있고 선생님의 모습이 보였다.

선생님은…….

늘 그랬듯이 책상에 푹 엎드려서 자고 있었다. 얇은 빨간 책은 정확히 선생님의 수염 끝이 걸쳐진 지점에서 반쯤 펴진 채 나동그라져 있다……. 늘 그랬기 때문에 이 광경은 그다지 놀랍지 않았다. 어쨌든 선생님은 어제도 나를 큰소리로 꾸짖으며 이런 말을 했다.

"책이란 건 읽으라고 있는 게 아냐. 잠을 재촉하는 도구지. 활자판은 수면제야."

생각지도 못한 진리를 듣고 넋이 나간 나에게 선생님은 계속 말했다.

"사치스러운 풍류인이 철병을 두드리는 솔바람 소리를 듣지 못하면 잠을 이룰 수 없었던 것과 마찬가지로 책을 머리맡에 두지 않으면 잠들지 못하는 이가 있다는 것 역시 진실이지."

그래서 선생님은 잘 때 반드시 글씨가 가로로 쓰인 작은 책 두세 권을 지니고 침실에 들어가나 보다. 물론 한 줄도 읽지 않는다. 단지 잠을 자기 위해 필요한 도구일 뿐이다. 최근에는 두꺼운 웹스터 대사전을 껴안고 들어간다. 아무래도 이 사전이 숙면을 취하기에 가장 좋은 듯하다.

그런 까닭에 선생님이 책을 펼치고 잠자는 모습은 매우 익숙한 광경이다. 그런데 그 순간 서재로 고양이가 살금살금 기어들더니 내가 보는 앞에서 책상 위로 훌쩍 뛰어올라 기지개를 한 번 크게 켰다. 그러더니 선생님의 책에 수염 끝이 걸쳐 있는 지점에서 몸을 둥글게 말고 새근새근 잠이 들어버렸다.

나는 내 눈을 의심했다. 말 그대로 코앞 아니 지붕 위에서 동네 고양이들이 모여 한창 사랑의 향연을 벌이는 중인데 한가롭게 잠이나 자고 있을 때인가?

무심코 말을 건네고 싶었지만 펼쳐진 책을 끼고 잠들어 있는 선생님과 고양이가 꼭 닮았다는 걸 새삼 깨달은 나는 웃음을 애써 참으면서 헛간으로 뛰어 들어갔다…….

"시각은 불명이고."

순사는 포기한 듯이 어깨를 움츠리고 마음대로 수첩에 적어 넣었다. 그러고 나서 수첩으로 눈길을 떨어뜨린 채 중요한 질문을 했다.

"그래서 뭐를 잃어버렸습니까?"

'무엇을 잃어버렸을까?'

잠시 어색한 침묵이 흘렀다. 선생님과 사모님은 잠시 얼굴을 마주보더니 아무 말도 없이 고개를 갸웃거렸다.

"뭐라니……." 선생님이 간신히 입을 뗐다.

"그건, 엄청난 손해를 본 게 분명하잖아. 그렇지, 여보?"

"네, 그건, 엄청난 손해죠."

어쩐 일로 부부의 의견이 일치했다. 두 사람은 그렇지, 네, 하며 자꾸만 고개를 주억거렸다.

"엄청난 손해인 건 알고 있습니다만." 순사는 수첩에서 고개를 들고 물었다. "구체적으로 무엇을 잃어버렸는지, 물건으로 말씀해주세요. 예를 들면 '겉옷 몇 점, 돈으로 치면 얼마' 하는 식으로요."

"구체적이라니 뜬금없이 물어도…… 그렇지?"

"네. 그래요. 뜬금없이 그런 걸 물어도, 그쵸?"

순사는 서서히 수상쩍다는 표정을 짓더니 두 사람을 번갈아 바라보았다.

"아아, 그래! 이봐, 저거야, 저거." 선생님은 눈썹을 찡그리며 집게손가락을 들어 얼굴 옆에서 분주하게 흔들어대며 말했다. "저걸 잃어버렸어!"

"맞아요, 맞아. 그렇군요. 저걸 잃어버렸어요."

"저건…… 이름이 뭐지? 순사가 물어보고 있잖아. 당신이 대답해."

"오호호호. 싫어요. 당신이 대답하세요."

"나는…… 음, 오늘은 사양하지."

"그렇게 말씀하지 마시고. 어서."

"당신이 말하라고 했잖아. 남편이 하는 말을 안 들을 셈이야?"

"이럴 때만 남편 노릇을 하고 싶어 하는군요."

"뭐라고! 남편한테 무슨 말버릇이야. 집에서 당장 나가!"

"공교롭게도 이미 나가 있네요. 여기는 집 밖이에요!"

싸움이 크게 번질 기미가 보이자 나는 중간에 끼어들어 어떻게든 두 사람을 진정시켰다. 각각의 이야기를 들어본 결과 잃어버린 물건은 다음과 같았다.

담배 한 갑 : '아사히', 스무 개비, 6전

검정 버선 한 켤레 : 27전

낡은 담요 한 장 : 12년 동안 사용. 가격 및 색깔은 불분명.

참마 한 상자 : ……

"참마?" 순사는 수첩에서 눈길을 떼더니 고개를 갸우뚱하며 물었다. "그럼 도둑이 댁의 부엌에서 참마를 훔쳐간 겁니까?"

"아뇨. 부엌이 아니에요. 제 머리맡에 두었습니다." 사모님은 담담한 얼굴로 대꾸했다.

"머리맡에…… 참마를?"

사정을 모르는 순사는 어리둥절한 표정을 짓고 있었다.

정말이지 참마를 머리맡에 두고 자는 건 희한한 이야기이리라. 하지만 사모님은 예를 들어 조림에 쓰는 하얀 설탕을 머릿장에 넣어둘 정도로 조금 특이한…… 정확히 말하면 남보다 정리 정돈이 무척이나 서투른 사람이다. 참마는 물론이고 머리맡에 단무지를 놓고 잔다고 해도 어색하지 않았다.

"도둑은 제 머리맡에 둔 참마를 상자째 훔쳐갔어요." 사모님은 새침한 얼굴로 확인하듯 말했다. "길이는 약 22센티미터에서 45~50센티미터까지는 되지 않을까요? 어제 받은 거라서 아직 꺼내보지 않았거든요. 상자에 들어있는 채로 가져갔어요." 손으로 크기를 가늠하면서 아쉽다는 듯이 눈썹을 찡그렸다.

그러고 보니 어제 식순이가 불러서 내가 그 무거운 나무 상자를 옮겨놓았다. 가로세로가 각각 22센티미터, 45센티미터 정도의 나무 상자다.

크기도 그렇고 무게도 그렇고 도둑은 설마 참마를 머리맡에 두고 잘 거라고는 생각지 못했을 것이다. 굉장한 귀중품 상자라고 착각하고 훔친 게 분명하다.

　"참마를 머리맡에 말이죠." 순사는 지긋지긋한 기색으로 수첩에 적어 넣었다. "그래서 돈으로 치면 대략 얼마 정도 됩니까?"

　"어머, 망측해라. 참마 가격까지는 모릅니다."

　사모님은 애교가 없다.

　순사는 아무 말도 없이 선생님에게 눈짓으로 물었다.

　"10, 10, 12엔…… 하고도 50전!"

　선생님은 말을 더듬으면서 날카로운 목소리로 답했다.

　"12엔 50전? 그 참마가 말이에요?" 사모님이 눈을 동그랗게 뜨고 선생님에게 물었다.

　"아무렴. 그건 일부러 구루메 산에서 캐온 참마니까. 그 정도는 하지."

　"터무니없네요. 아무리 구루메 산에서 캐왔다고 해도 참마가 12엔 50전이나 한답니까?"

　"그런데 당신, 아까는 값을 모른다고 하지 않았어?"

　"모르기는 하지만 12엔 50전은 너무 터무니없어서요."

　"모르지만 12엔 50전은 터무니없다. 전혀 논리적이지가 않잖아. 그러니까 당신은 '오탄친 팔레오로구스(대머리)'라고 하는 거야."

"뭐라고요?"

"오탄친 팔레오로구스라고."

"뭐에요? 그 오탄친 팔레오로구스는?"

"오탄친 팔레오로구스, 요컨대 당신 같이 공짜를 좋아하는 사람을 말하지."

"기막혀! 내가 영어를 모른다고 아주 바보 취급하는군요. 네네, 알았습니다. 그래요. 이제부터 당신이랑은 말도 하지 않겠어요."

사모님은 몸을 휘익 돌리고 딴 데로 가버렸다.

젊은 순사는 부부가 주고받는 대화를 어처구니없는 표정으로 듣더니 이런, 이런 하고 머리를 절레절레 흔들었다. 순사는 한숨을 푹 내쉬며 다시 한 번 선생님에게 물었다.

"그리고 딴 거는 뭐가 없어졌습니까?"

"딴 거?"

선생님은 고개를 갸웃갸웃하며 잠시 생각한 뒤 떨떠름하게 대답했다.

"뭐, 대충 그 정도야."

2

선생님 부부에게 질린 순사가 돌아간 것과 동시에 한 손님이 현관 앞에 나타났다.

"사모님. 날씨가 참 좋지유."

사투리로 인사를 하고 곧장 마루로 올라선 사람은 다타라 산베 씨였다.

다타라 씨는 내가 오기 전에 선생님 댁에서 서생을 하던 사람으로 지금은 어느 법과대학을 졸업하고 대기업 광산부에서 일하고 있다고 한다. 그런데 하필 화제가 된 그 참마는 다타라 씨가 고향인 치쿠고에서 일부러 보내온 거였다.

"어머나 다타라 씨." 사모님이 손님을 맞이했다. "오늘은 또 웬일이야?"

손님에게 "웬일이야?"라는 말은 너무 심했지만 여기에는 이유가 있다.

다타라 씨의 근무지가 규슈의 탄광으로 결정되었다며 한 달 전에 성대한 송별회를 열었기 때문이다. 따라서 훨씬 전에 탄광에 부임했어야 했다.

"이번에 도쿄 본사로 발령이 났시유."

"어머 어머. 잘 왔어. 상당히 빠르네."

"그만큼 우수한 인재라는 거겠지유." 당사자가 태연하기 그지없는 얼굴로 말했다. "그런데 선생님은 어디 가셨나유?"

"아니, 서재에 있어." 사모님은 새침하게 몸을 옆으로 돌렸다.

"공부하시나유? 선생님이란 직업은 공부해야 하니 불쌍하네유. 모처럼 돌아온 일요일인데유. 그지유?"

"공부하는지 어떤지는 모르지만 내가 말해봤자 아무 소용도 없으니 다타라 씨가 이야기해 봐."

"그럴까유……" 말을 건넨 다타라 씨는 등 뒤를 휙 돌아보며 물었다. "조금 전에 이 집에서 순사가 나가던데 무슨 일이 있었나유?"

"그게 말이지, 다타라 씨. 어젯밤에 우리 집에 도둑이 들어서……."

"네에, 이런 집에 도둑이 들었다구유? 정말 별난 도둑이 다 있네유."

"다타라 씨가 애써 보내준 참마를 몽땅 도둑맞았어."

"참마를? 바보 같은 녀석이네유. 세상에 참마를 좋아하는 도둑도 다 있나유."

다타라 씨는 무척 놀란 듯하다.

"그리고 다른 걸 뭘 훔쳤지유?"

"뭐라니…… 그러니까 엄청난 손해를 봤어."

"아하, 엄청난 손해를 보셨구만유." 다타라 씨는 진지한 얼굴로 턱을 비틀며 말했다. 그런데 이불 위에서 고양이가 웅크리고 앉아서 자는 모습을 보고 문득 깨달은 듯 물었다.

"아무튼 안타깝네유. 이 고양이가 개였다면 참말로 좋았을 텐데 말이지유. 사모님. 커다란 개 두 놈을 꼭 키우세유. 고양이는 안 돼유. 밥만 축내구. 하다못해 쥐라도 잡는가유?"

"한 마리도 잡은 적이 없어. 도둑이 들어왔는데도 세상모르게 잠만 퍼 자고…… 정말로 뻔뻔스러워. 누구랑 아주 꼭 닮았어……."

다타라 씨의 목소리가 들렸던 걸까? 사모님이 이야기하는 등 뒤쪽에서 소매 안에 손을 찔러 넣은 선생님이 느릿느릿 마루로 걸어 나왔다.

"선생님, 도둑을 맞았다면서유. 어리석기 짝이 없네유." 다타라 씨는 인사도 없이 입을 열자마자 선생님을 거침없이 힐난했다.

……아무래도 이런 부분은 같은 서생의 신분이라도 나처럼 평범한 사람은 상상조차 할 수 없는 일이다. 하지만 다타라 씨는 선생님 댁에 더부살이를 하는 동안에 '더부살이는, 만사에 조심조심, 조심해야 함'이 아니라 '더부살이는, 오래되면 막나감, 어쩔 수 없어'를 몸소 실천한 강자다. 요즘 세상에는 사람이 이 정도 배짱은 있어야 대기업 광산부에 취직할 수 있는 걸까?

하지만 선생님도 만만치 않았다.

"뭐야? 들어오는 쪽이 어리석지." 어디까지나 현자라고 스스로 자부하는 선생님은 다타라 씨가 도쿄에 있는 이유조차 묻지 않았다.

"들어오는 쪽도 어리석지만 도난을 당하는 쪽도 그다지 현명하지는 않은 것 같은데유."

"그렇죠. 아무것도 도난당한 게 없는 다타라 씨 같은 사람이 가장 현명하죠." 사모님이 뜬금없이 끼어들더니 무슨 생각인지 선생님의 어깨를 주물렀다.

"그건 그럴지도 모르지만유……." 다타라 씨는 자기편이 하나도 없다는 생각이 들었는지 선선히 고개를 끄덕였다. 그러더니 이번에는 이불 위에서 자고 있는 고양이에게 화살 끝을 돌렸다.

"가장 어리석은 건 이 고양이에유. 정말 꾹꾹 참고 용서해 줘야 하나유? 쥐도 못 잡고 도둑이 들어와도 아무것도 모르는 얼굴을 하고 있구. ……선생님 이 고양이를 저한테 주지 않으실래유? 이렇게 놔두어봤자 아무런 도움도 안 되잖아유."

"줘도 되지. 그런데 어디에 쓰려고?"

"삶아 먹으려구유."

선생님은 이 끔찍한 말에 묘하게도 흥미가 샘솟는 듯했다.

"뭐라고? 이걸 먹을 수 있어?"

"아니, 선생님은 의외로 세상물정에 어둡구만유. 고양이는 육지의 복어로 아주 맛있대유. 고양이는 3년을 길러줘도 사흘만 지나면 은혜를 잊구유. 더구나 금화를 봐도 가치를 모르는 구만유. 양파랑 함께 삶아서 먹어야겠시유.”

양파랑 함께 삶아져 잡아먹힐지도 모르는 일생일대의 위기에 처한 고양이는…….

변함없이 이불 위에서 새근새근 자고 있다. 가만 보니 살짝 벌린 입에서 침이 조금 떨어진 듯하다. ……역시 선생님과 꼭 닮았다.

선생님은 우후, 하며 위가 쓰린 듯 기분 나쁜 웃음을 흘리기만 할 뿐 별다른 반응을 보이지 않았다. 다타라 씨가 꼭 먹고 싶다고 끈덕지게 말하지 않은 건 고양이로서는 예상치 못한 행운이리라.

“그런데 무슨 용무로?” 선생님이 다타라 씨에게 물었다.

“용무가 없으면 오면 안 되나유?”

“오면 안 되는 건 아니지만 대부분 용무가 없으면 안 오지.”

“아하, 맞아유. 그러고 보니 그렇네유.” 다타라 씨는 아무렇지도 않은 얼굴로 고개를 주억거리며 물었다. “오늘은 선생님에게 맥주 12병을 드리려고 왔시유.”

“오오, 구루메 산에서는 참마뿐만 아니라 맥주도 캘 수 있나?”

“아무리 그래도 맥주를 캐다니유. 맥주는 가네다 씨 부탁으로 들고 왔시유.”

"가네다?" 선생님은 고개를 갸웃갸웃했다.

"저기 옆 동네의 2층짜리 아주 커다란 서양식 건물 있잖아유. 거기가 가네다 씨의 저택이에유. 가네다 씨는 훌륭한 실업가로 회사가 둘인가 셋이 있고 거기서 중역으로 일해유. 어쨌든 기업 세계에서는 유명한 사람이지유."

여전히 선생님은 고개를 갸우뚱거린다.

딱히 놀랄 건 없다. 선생님은 얼마 전에도 거실에서 자고 있는 아기를 유심히 바라보며 "여보, 얘가 우리 애기였어?" 하며 사모님을 붙잡고 물어봤다. 저기 옆 동네는커녕 이웃집에 어떤 사람이 사는지 맞히는 편이 오히려 놀라울 것이다.

원래 선생님은 상대가 박사나 대학교수일 때는 재미있을 정도로 쩔쩔매지만 묘하게도 기업가에 대한 존경심은 극히 낮다. 아마도 자기가 기업가와 갑부한테 혜택을 받은 일은 절대로 없다고 믿기 때문이리라. 자신이 신세를 진 일이 없는 사람에게는 대체로 무관심하다. 따라서 어디에 어떤 기업가가 얼마나 잘 살고 있는지 선생님으로서는 달 위에서 토끼가 떡방아를 찧는 이야깃거리와 별반 다를 게 없다.

"선생님은 모르시나유?" 다타라 씨는 그다지 난처한 기색 없이 머리를 긁적거렸다. "지난번에 상당히 신세를 졌다고 하던데유……? 확실히는 모르지만 저쪽 사모님이 선생님 댁으로 미즈시마 간게쓰라는 사람에 대해 물으러 일부러 왔다든가 뭐라든가······."

"아, 그 코!" 선생님은 드디어 뭔가가 떠오른 듯 무릎을 탁
쳤다. "그러고 보니 요전에 간게쓰에 대해 물으러 온 신기한
사람이 있었지."

"'코'라니 무슨 말씀인가유?"

"전에 거기 갔다면 봤겠지, 그 코주부를?"

"아하, 가네다 부인을 말씀하시는 거지유. 그 사모님은 상
당히 서글서글한 사람이에유." 다타라 씨는 변함없이 태평스
러운 얼굴로 고개를 끄덕였다.

"허, 가네다라고. 그 코한테 이름이 있는지 몰랐어. 굉장
해." 선생님은 매우 감탄했다.

선생님 댁에 그 손님이 찾아온 건 지금부터 보름 정도 전
의 일이었다. 갑자기 격자문에 달린 종이 쩌렁쩌렁 울려 퍼
졌다.

"실례합니다!"

여자의 날카로운 목소리가 들렸다. 선생님에게 웬일로 여
자 손님이 찾아왔나 생각하며 나가자 현관 앞에······ 뭐랄까,
몹시도 개성적인 생김새의 여자가 서 있었다.

나이는 마흔을 조금 넘긴 정도로 훤하게 드러난 이마에 앞
머리가 제방공사라도 하듯 높다랗게 솟았고 머리 길이의 반

쯤은 하늘을 향해 솟구쳐 있었다. 눈은 깎아지른 언덕 정도의 기울기에 직선으로 쭉 찢어져 좌우로 대립하고 있었고, 가장 특징적인 건 얼굴 한가운데 자리 잡은 큼지막한 코였다. 일본인에게는 드문 이른바 매부리코로 중간이 우뚝 솟았지만 그러다가 너무나도 겸손해서 끝으로 가면 갈수록 처음의 기세와 다르게 푹 주저앉아 밑에 있는 입술을 위협한다……. 그런 정도다. 다른 부위와 견주어서 코만 터무니없이 크기 때문에 누군가 다른 사람의 코를 훔쳐 와서 얼굴에 붙여 놓은 것처럼 보인다.

이 사람이 바로 선생님이 말하는 '코' 또는 '코주부'이고 다타라 씨가 말하는 '가네다 부인'이다.

가네다 부인이 선생님을 꼭 뵙고 싶다고 해서 내가 다다미 방으로 안내했는데 하필이면 메이테이 씨가 먼저 와있었다. 자칭 '미학자'인 메이테이 씨는 선생님의 얼마 안 되는 친구(?) 가운데 한 사람이다. 다른 사람 집도 제집처럼 편히 여기는 사람이라서 안내해달라는 말은 아예 꺼내지도 않는다. 어떤 때는 부엌문으로 성큼성큼 들어서고, 어떤 때는 하녀 식순이에게 명령해서 자기가 가져온 메밀국수를 삶아달라고 한다. 아무래도 이날도 제멋대로 들어온 것으로 보이는데 그 탓에 손님들끼리 맞닥뜨리는 상황에 놓였다.

물론 메이테이 씨는 다른 손님이 왔다고 제 발로 돌아갈 사람은 아니다. 또 선생님도 메이테이 씨에게 돌아가라고 할 사람이 아니다. 그렇기는커녕 둘이서 새로 온 여자 손님의 얼굴을, 정확히 말하면 코를 조심성 없이 입을 헤 벌리며 놀랍다는 듯 힐끔힐끔 엿보고 있었다.

가네다 부인은 사납게 눈썹을 찌푸리고 엄한 표정으로 선생님과 메이테이 씨를 번갈아 보았다. 하지만 이렇게 있어봤자 언제까지나 시간 낭비만 할 것 같았는지 인사를 하고는 서둘러 용건을 꺼냈다.

용건은 의외의 것이었다. 선생님이 일찍이 가르쳤던 제자이며 지금도 이따금 선생님 댁을 찾는 미즈시마 간게쓰 씨에 대해 물어보러 온 것이다. 가네다 집안의 외동딸인 도미코 양과 간게쓰 씨의 결혼 이야기가 집안끼리 진행되고 있는데 간게쓰 씨에 대해 여러 가지 궁금한 점이 있다고 했다.

들어보니 과연 지당한 이야기다. 선생님은 홀린 듯 손님의 코에서 눈을 떼지 못하고 있었기에 가네다 부인의 질문에 메이테이 씨가 대신 대답했다.

"간게쓰 씨는 물리학사라고 하는데 지금은 어떤 걸 연구하고 있죠?"

"대학원에서 지구의 자기장을 연구하고 있다고 합니다." 메이테이 씨의 대답치고는 웬일로 지극히 평범했다.

"듣기로는 얼마 전에 여기서 어떤 연구 결과를 연설했다면서요?"

"아아, 그거라면 분명 '목매달아 자살하는 역학'일 겁니다."

"엇. 목매달아 자살?" 가네다 부인은 소름이 끼치는 듯 고개를 움츠렸다.

"너무 끔찍하네요. 목매달아 자살. 그런 걸 해서 박사가 되겠어요?"

"그건 음. 본인이 목을 매면 곤란하지만……." 메이테이 씨는 대답을 하고 얼굴을 약간 찡그렸다. "'목매달아 자살하는 역학'은 여간해서 익숙해지지 않을 제목이죠."

"어지간히 괴짜인가 보군요. 그런 사람이 박사가 될 수 있을까요?"

"박사가 되려면 해야 한다고 말했답니다."

"네. 평범한 학사는 얼마든지 있을 테니까요."

이 말에 메이테이 씨는 불쾌한 얼굴로 선생님을 바라보았다. 선생님은……. 변함없이 입을 쩍 벌리고 여전히 코에 흘려있었다.

가네다 부인은 선생님을 싹 무시하고 메이테이 씨에게 다시 질문했다.

"그거 말고도 좀더 이해하기 쉬운 걸 틀림없이 연구하고 있겠죠?"

"그런가요……. 전에는 「도토리의 안정성을 논하고 더불어 천체의 운행을 이야기한다」는 논문을 썼다고 합니다."

"저런 저런. 그 도토리 말인가요!" 가네다 부인은 손뼉을 치며 말했다. "원래 도토리 같은 걸 대학원에서 연구하나요?"

"저기, 저희는 문외한이라 잘 모르지만 간게쓰 군이 손댈 정도라면 연구할 가치가 있지 않을까요. ……음, 그건 그렇고." 메이테이 씨는 고개를 갸웃거리며 말했다. "아까부터 들어보니 우리가 전해줄 필요도 없이 이 집에서 간게쓰 군이 말한 내용을 대충 알고 있는 거 같은데 말이죠."

"그게 말이에요. 워낙 중요한 일이라서요. 행여나 저희 쪽에서 빼먹은 게 없나 하고."

"그렇군요. 빼먹은 건 거의 없는 듯합니다. '목매달아 자살하는 역학'은 물론 '도토리의 안정성……'까지 알고 계셔서 깜짝 놀랐습니다. 도대체 누구한테 들었죠?"

"뒷집의 인력거꾼 안주인한테 들었어요."

"그렇다면 그 검은고양이가 있는 인력거꾼네 말입니까?"

"검은고양이는 잘 모르지만 어쨌든 뒷집의 인력거꾼 말이에요." 가네다 부인이 대답했다. "안주인한테 부탁해서 간게쓰 씨가 여기 올 때마다 어떤 이야기를 하는지 빠짐없이 알려달라고 했거든요."

"……거참 심하다." 메이테이 씨가 눈썹을 찌푸리며 중얼거렸다.

"뭐, 그쪽에서 뭐라고 비난하든 거기에는 신경 쓰지 않겠어요. 간게쓰 씨에 대해서만 관심이 있습니다."

"간게쓰 군에 대해서든 누구에 대해서든 저쪽에서 순순히 부탁을 들어주던가요?"

"네. 부탁을 하려면 공짜로는 안 되죠. 이것저것 여러 가지 물건을 제공했어요."

"그래도 그렇지……. 흠. 애초에 그 인력거꾼 안주인은 영 마음에 안 들었어." 메이테이 씨는 쓸쓸한 표정으로 말했다.

"그러니까 이 집 울타리 바깥에 서 있는 건 저쪽 자유 아닌가요?" 가네다 부인은 전혀 주눅이 들지 않은 기색이다. "들리는 게 언짢으면 더 자그마한 목소리로 이야기하든가 더 커다란 집에서 이야기를 하는 편이 좋지 않을까요? 인력거꾼의 안주인뿐만이 아니에요. 그 밖에도……."

"그 밖에도 또 탐정을 고용한 겁니까?"

"간게쓰 씨에 대한 일이라서 이미 여러 명 고용했죠."

"잠깐 물어보고 싶은 게 있습니다." 메이테이 씨는 진저리가 난다는 얼굴로 물었다. "그쪽에서는 정말로 따님을 간게쓰 군에게 주고 싶은 생각이 있는 겁니까?"

"주고 싶다니 썩 내키지 않는 표현이네요." 가네다 부인은 천연덕스러운 얼굴로 말했다. "다른 곳에도 혼처가 있으니까 무리하게 성사시키지 않아도 저희가 곤란할 건 없죠."

"그렇다면 더는 간게쓰 군에 대해 묻지 않으셔도 되겠죠?"

"이런! 그렇다고 감출 이유도 없잖아요."

……일이 이렇게 되고 보니 꼭 아이들 싸움 같았다. 메이테이 씨도 메이테이 씨지만 이 손님은 도대체 뭐하러 왔는지 모르겠다. 어이없는 와중에 별안간 괴상한 소리가 좁은 집안에 울려 퍼졌다.

"봐라! 메이테이! 나왔어, 나왔어. 마침내 나왔어!"

무슨 일인가 돌아보니 선생님이 이불 위에서 펄쩍펄쩍 뛰며 몸을 흔들다가 여자 손님의 얼굴을 손가락으로 똑바로 가리켰다.

"감춰? 하하, 농담이 아냐. 어떻게 감출 수 있을까? 나쁜 짓을 하면 반드시 천벌을 받지. 나쁜 짓은 금세 세상에 퍼지지, 그치?"

"왜 이래 친구? 혹시 정신이 오락가락하나?" 메이테이 씨가 평소의 모습으로 돌아와 물었다.

"바보. 정신이 아니라 털이야!" 선생님은 기쁨이 가득한 얼굴로 웃음을 머금고 소리쳤다.

"아까부터 이제야 나올까 저제야 나올까 기다리고 있었는데 드디어 나왔어! 보라니까 메이테이. 저 멋진 녀석을!"

선생님이 무엇을 손가락으로 가리키는지 깨달은 순간 나는 하마터면 웃음이 터져 나올 뻔해서 부지런히 맹장지 문

뒤로 내 머리를 숨겼다.

가네다 부인의 얼굴 한가운데 진을 치고 있는 커다란 코 밑으로 검고 굵은, 별로 멋질 것까지는 없는 코털이 비쭉 나와 있었다. 길이도 그렇고 굵기도 그렇고 윤기도 그렇고 참으로 큼지막한 코에 어울리는 대단한 물건이다. 게다가 친절하게도 코끝에서 한 바퀴 빙그르르 원까지 그리고 있었다.

잽싸게 맹장지 문 뒤로 얼굴을 숨긴 나 같은 보통 사람과 달리 선생님과 메이테이 씨는 속세를 벗어나고 평범함을 뛰어넘은 사람들이다. 그들 사전에 '배려'라는 고상한 단어는 실려 있지 않았다. 두 사람은 즉시 여자 손님의 얼굴을 손가락으로 가리키며 호탕하게 껄껄 웃어댔다.

가네다 부인 역시 자신의 몸에 무슨 일이 일어났는지 깨달은 걸까. 두 손으로 자신의 코를 감싸 쥐고 얼굴이 새빨개져서 일어섰다.

"실례잖아요! 내가 누구라고 생각하는 거예요! 가네다 안사람이라고요!"

감싸 쥔 두 손 사이로 분명하지는 않지만 그렇게 중얼거렸다. 조심하려고 했겠지만 확실히 질 나쁜 상대를 만났다. 선생님과 메이테이 씨는 상대의 말을 듣자마자 방석에서 데굴데굴 구르더니 다다미 위에 벌렁 누워서 배를 움켜쥐고 마구 웃어댔다.

가네다 부인은 화가 나서 곧장 돌아가 버렸다.

그 뒤 깜깜무소식이라서 어떻게 되었나 걱정했는데 이렇게 다타라 씨한테 맥주를 보낸 걸 보면 아무래도 일을 원만하게 처리하고 싶었던 모양이다. 무슨 일이 있었던 간에 사람은 도리를 다해야 한다. 남의 집에 이야기를 들으러 왔다가 쌩 하고 가버린 뒤 마냥 시치미 뗀 얼굴을 할 수만은 없었나 보다. 이것이 이 세상 어른의 처세법이다. 그런데 어른이라고 해서 다들 어른처럼 행동하는 건 아니다.

"속이 풀렸는지 어떤지는 모르지만 뭐야, 그 코는 정말이지……." 선생님은 항상 아이처럼 대응한다. 앞으로도 변하지 않을 것이다.

"가네다 부인이 왔을 때 공교롭게도 다른 손님이 있어서 이야기를 제대로 듣지 못했다고 하더라구유. 무지 아쉬웠다고 말하던데유." 아무것도 모르는 다타라 씨는 무심한 얼굴로 말했다.

"흠, 누가 있든 무슨 상관이야. 이야기를 들으러 오면서 그런 코를 버젓이 달고 온 쪽이 나쁘지."

"가져온 맥주는 어디에 두면 좋을까유?"

"그 코한테 맥주 따위 받을 이유가 없어. 갖고 돌아가."

"하지만 받을 수 있을 때 받아두는 편이 좋지 않을까유."

"하지만은 무슨 하지만이야. ……흠. 어차피 인력거꾼 안주인한테 훨씬 많이 줬겠지." 선생님은 비꼬듯 말했다.

그때는 코에 정신이 팔려서 이야기를 듣지 않았지만 나중에 메이테이 씨한테 사정을 듣고 심사가 뒤틀렸나 보다.

"맥주라고? 잼이라면 핥아먹을 수도 있어서 좋지만 맥주같이 쓴 걸 마실지 안 마실지 정도는 조금만 생각하면 알 수 있을 텐데 말이야."

선생님은 투덜투덜 이런저런 불평을 하더니 이윽고 깜짝 놀란 얼굴로 두리번두리번 주위를 둘러보았다.

"에헴, 에헴. ……그래 다타라, 잠깐 산책이나 할까?" 선생님은 정말이지 부자연스럽고 어색한 말투로 이야기했다.

인력거꾼의 안주인이 울타리 너머에서 엿듣고 있을 거라는 게 간신히 떠오른 듯하다.

한편 다타라 씨는…….

막나가는 성격이라 조금도 머뭇거리지 않았다.

"가유. 우에노로 할까유? 이모자카로 가서 경단이라도 먹을까유? 선생님, 거기 경단을 먹은 적이 있나유? 사모님도 한번 가보세유. 살살 녹는데 값도 싸다구유. 술도 마실 수 있어유" 하고 한차례 말하더니 무언가 떠오른 듯 물었다.

"그렇다면 가져온 맥주는 어떻게 할까유?"

그 자리에 있던 사람들이 일제히 나를 바라보았다.

3.

나는 양손으로 맥주를 들고 가네다 저택을 바라보았다.

이것 역시 늘 그렇듯이라고 말해야 할까?

선생님은 뭔가 귀찮은 일이 생기면 반드시 나한테 뒤치다 꺼리를 떠맡긴다. 내가 불평을 하면 선생님은 어김없이 "그러니까 너는 서생이지?"라며 놀란 표정으로 말한다. 선생님이 마음속으로 그리는 서생의 일은 그 범위가 참으로 넓고도 크고도 끝이 없다.

그런 까닭에 결국 늘 그렇듯이 내가 맥주를 돌려주러 가는 처지에 놓였다.

서양식 건물을 모방한 으리으리한 2층집이 저기 옆 동네의 길모퉁이 땅을 우쭐거리며 점령하고 있다. 이 건물과 그 소유자를 모르는 사람은 아무렴, 이 근방에서는 선생님밖에 없을 거다.

더구나 나 역시 몇 번인가 이 앞을 지나간 적이 있다. 하지만 안으로 들어가는 건 이번이 처음이다. 현관에 서서 안내를 청하려고 숨을 들이마시는 순간, 시야 한 구석에 의외의 물체가 튀어나왔다. 살랑, 하고 흔들린 건……

고양이 꼬리?

게다가…… 틀림없이, 선생님 댁 고양이다.

고양이는 좁다란 창틀 위로 훌쩍 뛰어 올라가더니 금세 가네다 저택 안으로 쏙 들어가 모습을 감추었다.

'선생님 댁 고양이가 어째서 이런 곳에 있을까⋯⋯?'

어안이 벙벙해져서 고양이가 사라진 자그마한 창문을 바라보고 있는데 집안에서 갑자기 젊은 여자가 앙칼지게 소리쳤다.

"모르니까 모른다고 하지!"

나는 여전히 숨을 들이마신 채 화들짝 놀라 그 자리에서 폴짝 뛰었다. 그 순간 이번에는 다른 젊은 여자의 목소리가 들렸다.

"하지만 아가씨. 주인님과 주인마님이 아무래도 미즈시마 간게쓰 씨의 일로 용무가 있으신 듯한데요⋯⋯."

"시끄러워. 모른다니까!" '아가씨'라는 호칭으로 미루어 짐작하건대 소리치고 있는 사람은 가네다 집안의 외동딸로 간게쓰 씨와 결혼 이야기가 오가고 있는 도미코 양인 듯하다. 또 한 사람은 이 집에서 잔심부름을 하는 하녀일까?

대화는 현관 근처의 방 안에서 나누는 것 같았다.

"간게쓰인지 미즈게쓰인지 모른다니까. 됐으니까 저쪽으로 가자. 나는 지금부터 전화를 할 테니."

이어서 찌리릭 찌리릭 다이얼을 돌리는 소리가 들렸다.

"야마토야지? 내일 말이야. 갈 테니까. 메추라기 셋(극장에서 제일 비싼 자리로 세 번째 열에 위치한 좌석)을 잡아줘…… 괜찮아…… 알았어……? 뭐야? 모른다고? 너무 싫다. 가부키를 보러 갈 테니까 메추라기 세 좌석을 잡아달라고…… 뭐라고? 지금은 잡을 수 없다고? 그럴 리가. 잡을 수 있어…… 헤헤헤헤, 농담을 하다니…… 뭐가 농담이지……? 도대체 당신 누구야? 초키치라고? 초키치라니 누군지 모르겠군. 주인한테 전화를 받으라고 해. ……뭐라고? 나를 차별하는 거야? ……당신 무례하네. 내가 누구인 줄 알기나 해? 가네다야…… 헤헤헤, 잘 알고 있지…… 뭐라고? 번번히 보살펴줘서 고맙다고? ……도대체 뭐가 고마워? 예의 차리는 말 따위 듣고 싶지 않아…… 어라, 또 웃고 있네. 당신 어지간히도 멍청하네…… 말씀하신 대로라고? ……사람을 바보 취급하면 전화 끊어버릴 테야. 괜찮아? 곤란하지 않아? ……잠자코 있으니까 속을 모르겠네. 무슨 말이든 해봐."

짧은 침묵이 흐르고 수화기를 짜증스럽게 내려놓는 소리가 울려 퍼졌다.

아무래도 초키치라는 사람이 먼저 전화를 끊은 듯하다.

"도미코야, 도미코야!"

그때 우렁찬 목소리가 들렸다. 도미코 양의 이름을 함부로 부르는 사람은 이 집 주인인 가네다 씨 말고는 없을 것이다. 예상대로 도미코 양은 "네에에, 지금 갈게요" 하고 싹 달라진 목소리로 대답을 하고 복도로 나섰다.

나는 그 순간 정신을 가다듬고 맥주를 든 채로 허겁지겁 현관 옆 정원수 그늘에 몸을 숨겼다. 아까 전화로 주고받은 내용을 들은 건 일부러 그런 게 아니다. 하지만 만약에 엿들은 걸 들켰다가는 욕을 얻어먹을 뿐만 아니라 경찰서에 불려갈지도 모른다.

고개를 슬그머니 내밀어 살펴보니 마침 젊은 여자가 복도 모퉁이를 돌아가는 참이었다. 보이는 건 날렵한 등뿐이다. 얼굴을 못 봐서 은근히 아쉬운 마음이 들었다.

정원수 그늘에서 맥주를 든 채로 잠시 곰곰이 생각했다. 이제 와서 현관에서 안내를 청하는 것도 어쩐지 부자연스럽다. 그렇다고 이대로 여기에 맥주를 두고 갈 수도 없다. 어떻게 하면 좋을까 망설이고 있는데 발치에 뭔가가 툭 닿았다. 내려다보니 선생님 댁 고양이다. 꼬리 끝으로 내 다리를 살짝살짝 건드렸다.

'도대체 어디서 나타났을까?'

나는 어이가 없어서 고개를 꺄우뚱거렸다. 고양이의 다리는 번개처럼 날쌔다. 어느 곳을 걸어도 절대로 둔탁한 소리를 내지 않는 걸 보면 대단하다. 가고 싶은 곳으로 가고, 듣고 싶은 이야기를 듣고, 혀를 내밀고 꼬리를 흔들고 수염을 쫑긋 세우고는 유유히 걷는다. 고양이와 견주어보면 도둑은 그 발뒤꿈치도 못 따라간다…….

그런 생각을 하는데 고양이가 걷기 시작했다. 꼬리를 살랑살랑 흔들며 마치 나에게 "따라와" 하고 말하는 듯했다.

　정원을 빠져나와 고양이 뒤에 딱 달라붙어서 가네다 저택 뒤편으로 돌아가자 고양이는 홀연히 모습을 감추었다. 두리번거려도 고양이는 보이지 않고 대신에 가네다 저택의 부엌문이 눈에 확 들어왔다.

　'마침 잘됐다. 여기다 맥주를 두고 가자.'

　가네다 저택은 부엌으로 통하는 길 역시 널찍했다. 선생님 댁 현관 정도의 크기다. 안쪽을 살펴보니 선생님 댁 부엌보다 10배는 더 넓어보였다. 회반죽을 다져서 굳힌 6미터 정도의 바닥에서 두 남자가 이야기에 열중하고 있었다.

　"저기……."

　말을 걸자 두 사람이 동시에 돌아보았다.

　"뭐야? 어디 심부름꾼이냐?" 하고 물은 건 이 집 관리인인 듯하다.

　"어디 심부름꾼은 아닙니다. 저는 이 동네에 사는 영어 교사의……" 하고 말하는 순간 마부로 추정되는 또 한 사람이 손바닥을 탁 치며 말했다.

　"앗! 누군가 했더니 그 교사 집에 사는 심부름꾼이 아닌가."

　"그러니까 저는 심부름꾼이 아니라 서생으로……." 내 말은 아랑곳하지도 않는다.

"알아. 맥주를 돌려주러 왔지? 그 구석에 둬라." 관리인의 말에 나는 그제야 양손으로 들고 있던 맥주를 내려놓았다. 무거운 짐을 놓고 아이고, 하며 한숨을 푹 쉬는데 퍼뜩 이상한 생각이 들었다.

"어째서 제가 맥주를 돌려주러 왔는지 알았죠?"

"어째서라."

"네?"

두 사람은 얼굴을 마주보며 빙그레 웃고는 즉시 내막을 알려주었다.

"아까 인력거꾼의 안주인이 왔거든. 잼이라면 핥아먹어도 좋지만 맥주 같이 쓴 건 도저히 마실 수 없다고 했다면서. 칫, 남한테 뭐를 받아놓고 그게 무슨 말버릇인지."

그렇다면 인력거꾼의 안주인은 오늘도 변함없이 울타리 너머에 바짝 귀를 갖다 대고 대화를 엿듣고 있었던 거다.

"그런데 그 교사 녀석 말이지. 정말로 우리 나리의 이름을 모르나?" 관리인이 신기하다는 듯 고개를 갸웃갸웃했다. "우리 나리는 회사 두세 곳에서 중역으로 있고, 규슈의 탄광 일까지 관여하고 있는데 말이지. ……그런데 자네. 나리한테 그 이야기를 들었나? 요즘에는 어떻게든 돈을 벌기 위해 '삼각술'이라는 걸 사용한다는데?"

"뭐야? 그 삼각술이란 게?" 마부가 물었다.

"그게 재미있는데 말이지. 의리가 없다, 인정이 없다, 창피함이 없다. 이렇게 '세 가지가 없어야지' 돈을 벌 수 있다는데."

"그렇군. 과연 나리답군. 대단하네."

놀랍게도 두 사람은 진심으로 감탄하고 있었다.

"그러니까." 관리인이 이야기를 원점으로 되돌렸다. "그 교사 녀석 말이지. 정말로 우리 나리의 이름을 모를까? 이 근방에서 가네다 씨를 모르다니 거짓말 같은데."

"그런데 그 교사 꽤나 괴상한 녀석이야. 저기, 인력거꾼의 안주인도 말했잖아. 마루에서 자고 있는 아기를 보고 '여보, 얘가 우리 애기였어?' 하고 진지하게 물을 정도래. 나리에 대해 조금이라도 안다면 두려운 마음을 가질지도 모르는데…… 어쩔 수 없지."

"괴팍한 벽창호구만."

"정말이야. '산에서 캐온 참마 가격이 12엔 50전'이라고 말했다면서. 물건 값을 전혀 모르는 모양이야."

"그것도 그렇고 마님 코가 지나치게 큼지막해서 얼굴이 마음에 들지 않는다고 하는 건 아무리 그래도 너무 심했어. 자기야말로 질그릇에 그려진 너구리 같은 낯짝을 해가지고 말이야…… 그런 주제에 어엿한 어른이라며 젠체하다니 정말 어처구니가 없네."

"건방지게 수염 따위나 기르고."

"낯짝뿐만이 아니야. 수건을 허리춤에 매달고 화장실에 들어가는 모습도 오만하기 짝이 없다는데."

"동네에서 자기만큼 대단한 이가 없다고 생각하니 사람들이 싫어하지. 안 그래?"

두 사람은 선생님의 험담을 실컷 늘어놓다가 동시에 나를 돌아다보았다.

"너도 그런 집에서 심부름꾼을 하려면 굉장히 힘들겠구나."

자못 동정하는 투로 말했다. 나로서는…… 쓴웃음을 짓는 수밖에 없다. 어쨌든 선생님의 행동거지를 이 정도로 자세히 알고 있다는 게 놀라웠다.

"당연하지. 인력거꾼 안주인이 쪼르르 달려와서 마님한테 고자질하잖아."

"두 사람 모두 목소리가 커서 어디에 있든 다 들려."

둘은 얼굴을 마주하고 코끝을 벌름거렸다. ……요컨대 몰래 엿들은 걸 또 몰래 엿들은 것이다. 가네다 부인은 "들리는 게 언짢으면 더 자그마한 목소리로 이야기하든가 더 커다란 집에서 이야기를 하는 편이 좋지 않을까요?" 하고 우쭐거리는 표정으로 말했는데 자신의 말도 엿듣는 사람이 있다는 걸 알면 어이가 없어서 아무 말도 못하겠지.

"그런데 너 말이야." 관리인이 돌연 진지한 얼굴로 나에게 물었다. "미즈시마 간게쓰라는 사람을 아니?"

"네, 뭐. 간게쓰 씨라면 선생님 댁에 자주 놀러오거든요."

"어떤 인물이지?"

"굉장히 학식이 뛰어난 사람이라고 해요. 아무튼 대학원에서는……."

"아니 아니. 나는 그런 걸 물은 게 아냐." 관리인이 손사래를 치며 말했다. "그런 건 어느 정도 들어서 이미 알고 있어. 나는 그저 그 사람의 상판이 어떤가 알고 싶을 뿐이야."

"간게쓰 씨의 상판이라고요?"

도대체 무엇을 알고 싶어하는지 몰라 멍하니 있었더니 관리인이 물었다.

"수세미오이가 당황한 듯한 얼굴을 하고 있어?"

"수세미오이? 당황?"

……점점 더 알 수가 없었다.

"도대체 어떤 얼굴이지? 그게?"

"그러니까 나도 그 녀석을 몰라서." 관리인은 가슴께에서 팔짱을 끼고 고개를 꺄우뚱거렸다.

"아가씨가 종종 그렇게 말했어." 마부가 빙글빙글 웃으며 알려주었다. "'괜찮아. 몰라. 수세미오이가 당황한 얼굴로……'라며 말했지. 바로 어제도 전화를 받을 때 큰소리로 떠들었잖아."

"말해두지만 우리는 아무것도 엿듣지 않았어." 관리인이
못을 박았다. "아가씨는 그 전화란 물건을 무척 좋아해. 이
야기를 하고 싶으면 만나러 가면 될 텐데 일부러 대학교에 전
화를 걸어서 간게쓰라는 사람을 불러내 통화하니 그 마음을
도무지 알 수가 없어. 평소에는 딱히 그렇지도 않은데 그 전
화라는 물건으로 이야기를 할 때는 엄청 커다란 목소리로 떠
들어서 듣고 싶지 않아도 다 들린다니까."

"그건 그렇고 앞으로 결혼할지도 모르는 남자한테 그런 말
을 다 했대?"

"수세미오이가 당황한 얼굴이라고 말이야."

"어떤 낯짝인지 한 번 보고 싶구만."

두 사람은 이번에는 간게쓰 씨의 화제로 또 한바탕 지껄여
댔다. 가네다 집의 관리인과 마부가 주절거리는 남의 이야기
는 여기서 그치지 않았다. 잠시 동안 두 사람의 이야기를 들
은 나는 덕분에 여러 가지 사실을 알 수 있었다. 가네다 부인
은 얼굴을 씻을 때마다 정성껏 코만 닦고, 도미코 아가씨는
아베카와에서 만든 찹쌀떡을 좋아해서 닥치는 대로 먹어치
우고, 나리는 마님과 걸맞지 않게 콧대가 푹 꺼진 남자인 데
다 코뿐만이 아니라 얼굴 전체가 펑퍼짐하고, 키도 작아서 턱
없이 길쭉한 모자와 굽이 높은 왜나막신을 신고 다니고, 가
네다 씨는 참치회를 먹고 스스로 자신의 벗겨진 머리를 찰싹

찰싹 때리고…… 음, 그런 이야기를 이것저것 알게 되었다.

듣고 있는 동안 시간 가는 줄을 몰랐다. 무사히 맥주를 돌려준 나는 슬슬 돌아가기로 결정하고 아직도 이야기에 열중하고 있는 두 사람에게 인사를 했다.

그래, 하고 등을 돌린 채로 손을 드는 마부에게 마지막으로 생각난 걸 물어보았다.

"아까 제가 선생님 댁에 있는 걸 바로 알았잖아요. 전에 어디서 만난 적이 있나요?"

"이런. 어제 딱 마주쳤잖아." 마부는 고개만 휙 돌리고 말했다. "너는 알아보지 못했나 본데 어제 네가 있는 곳에 참마를 갖다 준 사람이 나였어."

4

드넓은 교정이었지만 연구실은 금세 찾아냈다.

"이런 이런. 누군가 했더니……."

간게쓰 씨는 불쑥 연구실에 찾아온 나를 보고 다소 의외라는 표정을 지었다.

"미안하지만 이 실험이 곧 마무리되니까 그때까지 조금만 기다려주지 않을래."

연구실 구석에 놓인 의자에 앉아 기다리면서 나는 실험에 열중하는 간게쓰 씨의 모습을 유심히 관찰했다.

간게쓰 씨는 의외로 굉장한 미남이었다. 간게쓰 씨는 선생님 댁에 왔을 때 대략 메이테이 씨가 '하급 무사 같은 옷차림'이라고 평가한 후줄근한 낡은 겉옷을 입고, 물건을 제대로 파는 상점에는 절대로 없을 이상한 보라색 끈을 만지작거리며 방 한 구석에 앉아 빙글빙글 웃고 있었다. 그런 인상이 박혀 있어서 여태 깨닫지 못했는데 이렇게 학교에서 하얀 가운을 걸치고 진지한 표정으로 실험을 계속하는 간게쓰 씨는 마치 딴사람 같았다. 26~7세 정도의 키가 훤칠하고 색깔이 거무스름한 일자 눈썹을 가진 수수하고 야무진 호남으로 어딘가 세련된 분위기마저 느껴졌다.

과연 이 정도라면 가네다 집안의 아가씨는 물론 묘령의 여인이 반하는 것도 무리는 아닐 거라며 감탄했다.

"오늘은…… 이 정도로 할까."

간게쓰 씨는 그렇게 중얼거리고 몸을 홱 돌려 나를 바라보았다.

"그런데 이런 곳까지 일부러 찾아오다니 도대체 무슨 일이지?"

정색을 하고 물으니 어디부터 이야기를 꺼내야 좋을지 망설여졌다.

"사실은…… 저기……." 생각이 정리되지 않아 먼저 다른 이야기부터 물었다. "책상 위의 저 유리구슬은 뭐죠? 지난번에 이야기했던 「도토리의 안정성을 논하고 더불어 천체의 운행을 이야기한다」는 논문과 어떤 관련이 있습니까?"

"언제까지나 도토리만 연구하고 있을 수는 없고." 간게쓰 씨는 나에게 한쪽 눈을 찡긋하더니 책상 위에서 유리구슬을 집어들었다. "이건 다른 논문을 쓰기 위한 거야. 제목은 「개구리 눈알의 전동 작용에 대한 자외선의 영향」이지."

"개구리 눈알의 전동 작용에 대한……?"

"자외선의 영향." 간게쓰 씨는 스스로 논문 제목을 완결하고 어깨를 으쓱했다. "이게 상당히 성가신 문제야."

"성가셔요? 개구리 눈알이 말입니까?"

"개구리 눈알의 렌즈 구조는 그렇게 간단하지가 않아. 그래서 여러 가지 실험을 해야 하지. 먼저 둥근 유리구슬을 만드는 부분부터 시작했어. 그런데 이게 또 굉장히 어려워."

"유리구슬은 유리 집에 가면 간단히 만들 수 있지 않나요?"

"어째서? 어째서? 원래 원이나 직선은 기하학적인 것이라 그 정의에 맞는 이상적인 원이나 직선은 현실 세계에 존재하지 않아. 그 정도는 중학생인 너도 알고 있을 텐데?"

"그건 뭐, 그렇지만요……"

"그래서 나는 일단 실험에 지장을 주지 않을 정도의 구슬을 만들려고 생각하고 얼마 전부터 스스로 유리를 깎기로 했지. 보통은 아침부터 깎기 시작해서 점심 때 잠깐 쉬고 그리고 어두워질 때까지 깎는데 이게 결코 쉬운 일이 아냐."

"그래서…… 완성했어요?"

"아직 못했어." 간게쓰 씨는 언뜻 웃으려는 듯했지만 바로 진지한 얼굴로 되돌아갔다. "아무래도 어려워. 자꾸 깎다보면 이쪽 반지름이 좀더 긴 것 같아서 저쪽을 약간 다듬어. 그럼 또 이번에는 그쪽이 길어진다니까. 근데 그 부분을 간신히 다 깎고 나면 전체 형태가 타원형이 돼. 거기서 다시 동그랗게 다듬어놓으면 이번에는 지름이 어긋나. 처음에는 사과만 했는데 점점 작아져서 딸기가 되고 콩알만 해진다니까. 하지만 콩알만 해져도 완전한 원이라고는 할 수 없어. 요즘 굉장히 열심히 하고 있지만…… 1월부터 크고 작은 유리구슬을 대여섯 개 깎다가 망쳐버렸어."

간게쓰 씨의 얼굴에는 어느덧 늘 보아왔던 웃음이 빙글빙글 피어오르고 있었다.

지금의 이야기도 어디까지가 진짜이고 어디까지가 가짜인지 알 수가 없다.

하지만 이 정도 괴짜여야 선생님 댁의 단골손님에 낄 수 있다. 요컨대 간게쓰 씨는 괴짜이지만 미남이고, 미남이지만 괴짜다. 덕분에 나는 결심하고 용건을 꺼낼 수 있었다.

"사실은 아까 선생님 지시로 가네다 씨 댁에 다녀왔습니다.

그래서 저쪽에서…… 뭐랄까…… 정황상 우연히 탐정 같은 걸 하는 처지가 되어서…… 그것도 사실은 고양이 때문이지만요…….”

“고양이?”

간게쓰 씨는 입을 쩍 벌렸다.

“물론 선생님 댁의 고양이 말입니다.”

간게쓰 씨는 이내 멍한 표정을 지었다. 어쩌면 수세미오이가 당황한 표정이란 이런 건지도 모르겠다. 나는 그런 간게쓰 씨의 얼굴을 똑바로 쳐다보고 물었다.

“어젯밤에 선생님 댁에 도둑이 들었는데 그건 바로 간게쓰 씨 당신이었죠?”

싱글싱글 웃기만 하고 대답을 안 하는 간게쓰 씨를 향해 나는 내 추리의 근거를 이야기했다.

어젯밤에 선생님 댁에 기이한 도둑이 들었다는 사실. 훔쳐 간 건 담배 한 갑과 검정 버선 한 켤레, 낡은 담요 한 장, 참마 한 상자뿐이었다는 사실. 참마는 다타라 씨가 구루메에서 선생님에게 보내왔다는 사실. 그 다타라 씨가 불과 한 달 만에 규슈의 탄광에서 본사 근무로 발령이 났다는 사실. 어제 가네다의 따님이 간게쓰 씨와 전화로 이야기를 하는 것 같았다는 사실. 선생님 댁에 있었던 참마가 사실은 구루메에서 직접 부쳐온 게 아니라 일단 가네다 저택으로 옮겨진 후 나중에 가네다네 마부가 들고 왔다는 사실…….

"물론 각각 따져보면 대수롭지도 않고, 어떤 의미에서는 바보스럽게 여겨지는 사실들뿐입니다. 하지만 아무런 관계도 없어 보이는 이들 사실이 만일 전부 하나의 실로 이어져 있다면 어떨까요? 게다가 관련된 사람들은 그 사실을 모르고 장기짝처럼 사용되었다고 하면요?"

"너, 어쩐지 탐정소설에 나오는 인물의 말투와 비슷한 걸." 간게쓰 씨는 놀리는 듯이 끼어들었다. "아무튼 애썼어. 사람들이 그 사실을 모르고 장기짝처럼 사용되었다는 부분을 좀 더 자세히 설명해줄래?"

"간게쓰 씨는 선생님 댁 하녀 식순이를 알고 있죠?" 나는 물었다. "이 하녀는 지독하게 이를 가는 버릇이 있는데 주위에서 아무리 잔소리를 해도 식순이는 늘 그 사실을 부정해요. '나는 태어나서부터 오늘까지 한 번도 이를 갈아본 기억이 없어' 하고 고집을 부리죠. 고치겠다거나 미안하다는 말은 절대로 하지 않고 그저 그런 기억이 없다고 발뺌을 하더군요. 과연 자고 있는 동안 일어난 일이라 본인의 기억에 없는 건 확실하겠죠. 하지만 이 점에서도 알 수 있듯이 본인의 기억에 없어도 사실이 엄연히 존재하는 경우가 있습니다. 이번에 벌어진 소동들도 내막이 있지 않을까요?"

"그렇군." 간게쓰 씨는 감탄한 듯이 아니 딱히 그렇지도 않은 얼굴로 고개를 끄덕였다.

"이를테면 가네다 집안의 마부는 어제 참마를 선생님 댁에 가져간 걸 태연하게 이야기했습니다." 나는 계속 말했다. "그는 자신이 어떤 나쁜 짓을 했다는 인식이 전혀 없었어요. 한편 다타라 씨 역시 구루메에서 참마를 보내고 오늘은 오늘대로 선생님 댁에 맥주를 갖다 주러 왔지만 자신이 어떤 나쁜 짓에 가담했다는 자각을 조금도 하지 못하고 있었죠."

"요컨대 너는 그들을 조정하는 악인이 어딘가에 있다는 거니?" 간게쓰 씨가 핵심을 찔렀다.

"도대체 그건 누구지?"

"물론 가네다 부부죠." 나는 어깨를 들썩이며 말했다. "그들만이 다타라 씨에게 명령해서 구루메에서 힘들게 참마를 가져오게 할 수 있거든요. 아마 몇 상자 한꺼번에 보내라고 해서 그 가운데 하나를 선생님 댁으로 보냈던 거겠죠. 다타라 씨는 가네다 부부가 말하는 대로 했습니다. 그리고 그것이 바로 불과 한 달 만에 다타라 씨가 도쿄 본사 근무를 발령받게 된 이유에요. 전에 선생님 댁에서 서생을 했던 다타라 씨라면 자유롭게 선생님 댁에 출입할 수가 있겠죠. 오늘 다타라 씨가 가네다 저택에서 들고 온 것도 참마에 걸어놓은 장치가 어떤 성과를 발휘했는지 그를 통해 확인하기 위해서 맥주를 들려 보낸 거예요."

"너는 '참마가 구루메에서 직접 선생님 댁에 부쳐진 게 아니라 일단 가네다 집에 들어갔다가 그 뒤에 선생님 댁에 옮겨졌다'는 걸 마부한테 듣고 사정을 여러모로 따져봐서 추리했구나. 역시 역시." 간게쓰 씨는 변함없이 남의 일처럼 중얼거렸다. 그러더니 말했다.

"네가 좋아하는 탐정소설 분위기로 말하면 '남은 문제는 동기'가 되겠지? 네 생각에 가네다 부부는 도대체 왜 그런 성가신 일을 벌였을까?"

"필시 가네다 부인이 선생님 댁을 방문했을 때 무시당했던 일, 선생님이 자신의 코를 비웃었던 일을 도저히 용서할 수가 없었겠죠. 가네다 씨도 아내가 바보 취급당한 일과 또 같은 동네에 살면서 자신을 모르는 선생님이 용서가 안 되었던 건지도 모르겠고요."

나는 그렇게 말하고 나서 반대로 간게쓰 씨에게 물었다.

"간게쓰 씨는 가네다 부부가 선생님 댁에 보낸 참마에 뭔가 장치를 걸어놓은 걸 어제 그 집 따님과 전화 통화를 하다가 눈치 챘죠? 하지만 선생님한테 그 사실을 직접 알려주면 소동이 일어날지도 모르니까 어젯밤에 살금살금 선생님 댁에 잠입해서 참마를 훔쳐냈던 거고요……. 가네다 부부는 참마에 어떤 장난을 걸어놓았나요?"

간게쓰 씨는 잠깐 망설이는 것 같더니 결국 알려주었다.

"그 나무상자는 뚜껑을 열면 다이너마이트가 폭발하도록 장치되어 있었어."

"다이너마이트라고요!"

설마 거기까지는 생각하지 못했기에 나는 무척 놀랐다.

"폭발이라고 해도 그렇게 대단하지는 않을 거야." 간게쓰 씨는 서둘러 보충 설명을 했다. "그게 말이지. 주위에 있는 참마가 찌그러져서 상자에서 튀어나가는 정도일 거야. 아마도 흐물흐물해진 참마를 온통 뒤집어쓴 선생님의 얼굴을 상상하고 실컷 웃어보자…… 그런 의도가 아니었을까?"

그 말을 듣고 나는 지난번에 탄광에서 커다란 암석이 뚝 떨어지는 사고가 일어났던 걸 새삼 떠올렸다. 아무리 그래도 참마에 다이너마이트라니…….

어른의 처세는커녕 터무니없는 아이의 대응이다. 어떤 의미로는 선생님을 능가하는 행위다.

기가 막혀서 고개를 휘휘 내젓고 있던 나에게 간게쓰 씨는 나긋나긋한 말투로 계속 설명했다.

"그래, 대부분 네가 생각한 대로야. 나는 어제 도미코 씨와 통화를 하다가 가네다 부부의 장난을 알게 되었어. 하지만 그 다이너마이트란 건 문외한이 만지작거리기에는 조금 위험한 물건이란 말이지. 뜻밖의 사태가 일어나지 말라는 법도 없어서 내가 회수하기로 했어. 가네다 씨도 평소에는 그리 나쁜 사람이 아니지만…… 선생님의 행동에 화가 났다고 해도 다이너마이트를 설치하는 건 너무 심했어. 나라에서 애국심을 들먹이며 전쟁을 벌인 탓에 다들 머리가 이상하게 되어버렸는지…….”

간게쓰 씨는 아무래도 도서대여점 아저씨와 의견이 같은 듯하다.

“낡은 담요는 나무상자를 싸서 들고 가려고 선생님 댁에서 함께 가져왔어…… 나무상자가 예상외로 커서 말이지. 담배와 버섯은…… 선생님에게 누를 끼치지 않는 범위에서 진짜 도둑이 들어온 것처럼 꾸미려고 했는데 이렇게 너한테 들켜버렸군. 그다지 잘하지는 못한 것 같지. 어쨌든 나도 도둑은 처음 경험해봤으니…….”

“그래서 이제 어떻게 할 셈이죠?” 나는 말을 중간에서 잘랐다.

“어떻게 하고 말고도 없어.” 간게쓰 씨는 고개를 가로저었다. “이번 사건에 대해서는 내가 기회를 봐서 가네다 부부에게 강력하게 따질 생각이니까 너는 음, 이 일은 모쪼록 덮어두길 바란다.”

간게쓰 씨는 그렇게 말하더니 눈길을 휘익 돌리고 손 안에서 유리구슬을 빙그르르 돌렸다. 나는 문득 짚이는 바가 있었다.

"그럼…… 간게쓰 씨가 일부러 도둑이 되었던 건…… 그 가네다 씨의 따님 때문인가요?"

간게쓰 씨는 유리구슬에 눈길을 떨어뜨린 채 피식 웃었다.

"하지만 설마!" 나는 엉겁결에 소리를 질렀다. "그러니까 선생님과 메이테이 씨는 그 혼담에 크게 반대를……."

"사랑은 어쩔 수 없으니까." 간게쓰 씨는 얼굴을 붉혔다. "최근에 일본 정부는 애국심, 애국심하며 떠들어대지만 사람이든 국가든 애정을 강요받는다고 그렇게 되는 경우는 없지. 거꾸로 반대하면 할수록 정색을 하고 반발하게 돼. 선생님과 메이테이 씨가 우리 사이를 반대하고 있는 건 알고 있어. 얼마 전에도 '그 코주부의 딸과 사랑을 하면 코 사랑 정도가 되겠군' 또 '그렇게 어울리지 않는 여자는 안 돼. 빛 좋은 개살구지. 난 반대야' 또 '가네다 씨는 그저 지폐에 눈코를 붙인, 움직이는 종이에 지나지 않아. 그 딸이라면 움직이는 우표 정도겠군' 하는 말을 된통 들었어. 하지만 도미코 씨는…… 그녀는 뭐랄까…… 아무튼 상당히 귀여운 구석이 있어."

뜻밖의 말에 나는 완전히 혼란스러워졌다.

"요컨대 간게쓰 씨는…… 논문을 쓰고 박사가 되어 정말로 어, 그게……."

'삼각술의 장본인인 가네다 씨의 외동딸, 아베카와에서 만든 찹쌀떡을 좋아하는 도미코 아가씨, 메추라기 셋 이야기는

차마 할 수 없다.'

"그 여자와 정말 결혼할 작정인가요?"

애인을 '수세미오이가 당황한 얼굴'이라고 표현하는 여자
와? 간게쓰 씨는 유리구슬에 한 손을 댄 채 나를 돌아보았다.
유리 저편에 확대된 커다란 눈동자가 보인다.

"어떻게 될지…… 음, 나도 몰라."

유리구슬에 비친 커다란 눈이 깜빡거렸다.

· 그 네 번째 이야기 ·

교풍 발표회

1.

"교-풍- 발표회?"

신발을 채 벗지도 않았는데 집안에서 선생님의 괴상망측한 목소리가 들렸다.

"그러니까 뭐야? 그 모임에 참가하는 사람은 모조리 교토 사투리를 쓴다는 거야? '어서 오세유' 또는 '뭐라구유'라든지?"

"교-풍-은 교토풍이 아니에요. '나쁜 풍속을 바로 잡는다'는 말이에요. 그리고 원래 '……유'는 교토 사투리가 아니랍니다."

진지한 자세로 대답하는 그 목소리는 들어본 기억이 있다.

최근에 간게쓰 씨의 소개로 선생님 댁에 새롭게 드나들게 된 손님이었다. 이름은 오치 도후 씨. 그런데 그 도후 씨가 희한한 이야기를 했다.

"참고로 제 이름도 도-후-가 아니라 고치라고 불러주면 고맙겠습니다."

"오치? 고치?"

"네. 그렇게 하면 오치고치라는 말이 되죠. 전부터 제 이름에 운율이 있는 걸 자랑스러워했답니다. 그런데 세상 사람들이 좀처럼 그렇게 불러주지 않더라고요. 슬픕니다."

도후 씨가 아리송한 푸념을 늘어놓을 때 나는 다다미방으로 얼굴을 내밀었다.

"다녀왔습……."

짧디짧은 그 말을 나는 늘 그렇듯(늘 그렇듯은 종종을 제곱한 정도를 나타내는 말이다) 이번에도 다 할 수 없었다.

"아앗. 자네! 마침 잘 왔어. 저건 뭐라고 하지?"

선생님이 내 얼굴을 보자마자 빠른 말투로 물었다.

나는 슬며시 당황스러웠다. 밑도 끝도 없이 갑자기 물어봐서 당황스러웠던 게 아니다. 그렇게 하나하나 신경 쓰고 놀라다가는 선생님 댁에서 절대로 더부살이를 할 수 없다. 내가 놀란 진짜 원인은 선생님 목소리에 일제히 나를 돌아다본 손님들의 얼굴에 있었다.

결코 넓지 않은 아니 오히려 좁은 선생님 댁 다다미방에 손님이 셋이나 있었다. 평소에는 좀처럼 손님이 찾아오지 않는 선생님 댁인데 이 정도의 사람이 모인 건 극히 드문 일이다. 더구나 그 얼굴들이 대단했다.

가장 가까이에 있는 사람이 자칭 '미학자'인 메이테이 씨다. 배려나 조심성이란 단어는 태어날 때부터 어머니 뱃속에 놓고 왔다는 생각밖에 안 드는 사람이다. 한편 안쪽에서 싱글벙글 웃고 있는 사람은 최근에 「목매달아 자살하는 역학」이라는 논문을 발표해서 단숨에 유명해진(?) 물리학자 미즈시마 간게쓰 씨다. 그 두 사람 사이에 문장이 찍힌 면직물로 된 짧은 겉옷에 폭넓은 바지를 입고 깨끗하게 가른 머리를 반짝거리며 지극히 성실한 얼굴로 앉아 있는 사람이 아까 말한 '오치고치'의 오치 도후 씨다.

잘 보니 방안 구석에 고양이까지 와서 웅크리고 있다.

사람과 동물이 섞여서 더할 나위 없이 혼잡한 상황이다.

고양이는 물론 선생님 댁에 드나드는 괴짜는 이로써 빠짐없이 모두 집합했다……고 말하지는 못해도 거의 다 모인 셈이다.

만일 선생님 댁에서 더부살이를 하지 않았다면 평생 가도 이런 괴짜들…… 아니, 이런 개성적인 분들이 이 넓은 세상에 살아 숨 쉰다는 것을 나는 상상조차 할 수 없었으리라.

'이런 이런. 이 괴짜들을 한꺼번에 만난 날이니 아무래

도 그냥 넘어가지는 않겠군. 과연 오늘은 어떤 일이 일어날지……'

마음속으로 한숨을 쉬고 있는데 선생님의 질문은 아니나 다를까 속세를 벗어나고 평범함을 뛰어넘었다.

"신선이야. 자네, 신선!"

선생님이 앙칼진 목소리로 다급하게 말했다.

"요전에 자네에게 읽어주었던 『열선전』. 거기 나오는 신선 71명 가운데 이상한 녀석이 하나 있었지? 그 신선 이름이 뭐더라? 아까부터 이름이 떠오르지 않아 애먹었어. 저기, 자네도 굉장히 마음에 들어 했지? 코딱지를 둥글게 뭉쳐서 환약을 만드는……."

"……이비제 말인가요?" 나는 조심스럽게 물었다.

"그래, 그 이름!" 선생님은 방석 위에 앉은 상태에서 3센티미터 정도 위로 풀쩍 뛰어올랐다.

"그 뭐라는 신선이 참 이상한 녀석이야." 선생님은 손님들을 향해 고쳐 앉았다. "어쨌든 그 녀석은 자신의 손으로 때와 코딱지를 둥글게 뭉쳐서 환약을 만들고 그걸 사람들에게 나눠주는 게 취미라고 해. 어이없는 신선이지. 그런데 그 약의 효과가 몹시 뛰어나서 '만병통치약'이라는데. 아하하하 정말로 흥미진진하지 않아?"

그렇게 말하고 나서 몹시 재밌다는 듯 웃어댔다.

손님 가운데 단 한 사람, 도후 씨만 은근히 곤란한 표정으로 나를 돌아보았다. 도후 씨는 선생님 댁에 드나든 지 얼마 되지 않았다. 그런 까닭에 뭐가 웃기는 건지 아직은 알 수 없었으리라.

그렇지만 나를 돌아본다고 해도 곤란하다.

선생님은 나에게 기껏 신선의 이름을 확인했으면서도 한 번도 그 이름은 말하지 않았다. 도대체 무엇 때문에 나에게 이름을 물었던 걸까? 전혀 짐작이 안 간다. 그러고 보니 선생님이 나에게 『열선전』을 읽어준 건 사실이었지만 이비제를 몹시 마음에 들어 했던 사람은 내가 아니라 바로 선생님이었다. 그때 선생님이 너무나 집요하게 같은 곳을 여러 번 읽어주었기에 마지막에는 사모님을 비롯해서 나와 세 명의 딸, 하녀 식순이 그리고 고양이까지 선생님이 『열선전』을 한 손에 들고 가까이 다가오는 걸 보면 허둥지둥 몸을 숨길 정도였다. 결국 선생님이 집을 비웠을 때 식구들과 의논해서 책을 헛간에 숨겨놓았고 소동은 간신히 가라앉았다.

"그 책은…… 도대체 어디에 두었지?" 선생님이 중얼거리는 소리를 듣고 나는 화제를 바꾸려고 서둘러 손님들에게 물었다.

"오늘은 웬일로 모두 다 모이셨네요. 세 분이 만나서 함께 오신 건가요?"

"설마!"

"말도 안 돼."

"농담이죠?"

세 사람이 일제히 고개를 가로저었다.

……아무래도 행성이 일렬로 늘어서는 정도의 확률로 우연히 만나서 들어온 듯하다.

"그럼 다들 선생님께 무슨 용무라도 있으세요?"

내가 또 묻자 메이테이 씨와 간게쓰 씨는 '선생님'과 '용무'라는 말 사이에 어떤 관계가 있는지 전혀 짐작도 가지 않는다는 얼굴로 마주보았다. 이때 또 한 사람, 도후 씨만 별안간 떠오른 게 있는 표정이었다. 도후 씨는 눈앞에 놓인 식어버린 차를 꿀꺽 마시고, 『열선전』의 행방에 대해 곰곰이 생각하는 선생님을 향해 말했다.

"그런데 어떠세요? 아까 이야기했듯이 앞으로 우리 동지가 모여서 모임을 조직하고 매달 한 번씩 이 방면의 연구를 할 겁니다. 선생님도 꼭 이 모임에 참가해주십사 하고……."

그 말을 듣고 선생님은 입을 열었다.

"만담은 어때?"

그렇게 말하고 선생님은 자신의 코로 손가락을 가져갔다. 코에서 나온 손가락 끝을 바라보고 얼굴을 찌푸린 까닭은 생각보다 코딱지 크기가 작았기 때문이리라.

"만담을 한다면…… 그렇지…… 뭐, 생각해보겠지만."

선생님은 손가락 끝에 붙은 코딱지를 둥글게 뭉쳐 보더니 슬그머니 실망한 표정을 지었다.

도중에 얼굴을 들이민 나로서는 '코딱지 환약(내가 얼떨결에 기침이라도 한번 했다가는 즉시 선생님이 특별히 만든 환약을 처방받으리라는 건 불 보듯 뻔하다)' 이외에는 무슨 이야기인지 도통 알 수가 없었다.

선생님의 '만담 선호'는 지금 시작된 게 아니라 어린 시절부터 종종 가구라자카 근처의 연예장에 다녀서 그런 듯하다. 연예장뿐만 아니라 선생님은 사람들 사이에서 유명한 건 일단 무엇이든 보고 싶어 하는 성격이라서 지난달에도 「고쿠센야캇센」이란 가부키를 보러 갔다. 요즘 항간에 평판이 자자한 가부키다. 「고쿠센야캇센」을 본 뒤로 선생님은 아무나 붙잡고 그 줄거리를 들려줄 뿐만 아니라 화장실에 갈 때마다 "용맹하기로 유명한 와토나이……" 하고 흥얼거려서 이웃집에서 불만을 터뜨릴 정도였다.

집에서는 늘 위장이 쓰리고 어디가 아프다며 쌉싸래한 벌레라도 씹은 듯한 표정으로 지내는 선생님이 도대체 어떤 얼굴로 가부키를 보러 가고 연예장에서 만담을 들으며 웃을지 살짝 엿보고 싶은 기분도 들었지만…….

이야기를 이해하지 못한 건 아무래도 나만은 아닌 듯하다.

"네? 만담이라고요?"

도후 씨는 허를 찔린 듯 눈을 깜빡거렸다.

"하지만 선생님, 만담은 그건 또 대체 무슨 말씀이신
지……."

도후 씨가 무릎을 앞으로 내밀며 그렇게 말을 건넨 순간
세 방향에서 동시에 목소리가 터져 나왔다.

"쉿, 목소리가 커!"

선생님과 메이테이 씨, 간게쓰 씨, 세 사람은 똑같이 집게
손가락을 입술에 대고 불안한 눈초리로 주위를 둘러보았다.
고양이는…… 잠깐 실눈을 뜨더니 이내 스르르 다시 잠들
었다.

"언제 훔쳐들을지 모르거든." 선생님이 소곤소곤 속삭였다.

"한시도 방심할 수 없는 건가." 메이테이 씨가 말했다.

"정말이지 이 세상에서 고리대금업자와 탐정만큼 비열한
직업은 없다니까요." 간게쓰 씨까지 덩달아 조그마한 목소리
로 말했다.

"이 집을 탐정이…… 말입니까?" 도후 씨는 눈썹을 찌푸리
며 좌우를 두리번거렸다.

"뭐야, 자네. 탐정을 모른다는 건가?" 선생님은 기가 막힌
다는 듯이 콧방귀를 뀌었다. "방심할 때 남의 품속을 파고
는 게 소매치기이고 방심할 때 속마음을 낚아채는 게 탐정이야"

그리고 "남몰래 덧문을 열고 다른 사람의 소유물을 훔치는 게 도둑이고 남몰래 다른 사람의 마음을 읽는 게 탐정이지" 하고 메이테이 씨가 말했다.

그 뒤를 이어서 간게쓰 씨가 말했다.

"칼을 다다미 위에 내리꽂고 무리하게 남의 돈을 뺏는 게 강도이고 듣기 싫게 으름장을 늘어놓아 남의 의지를 꺾는 게 탐정입니다."

"요컨대 말이지." 한 바퀴 돌아 다시 선생님의 차례가 되었다.

"탐정이라는 녀석은 소매치기와 도둑, 강도의 친척으로 도저히 사람이 가까이해서는 안 되는 존재야. 어때, 알겠나?"

"네……."

그 대답만 하고 도후 씨는 멍한 표정을 짓고 있다.

'뭐, 그렇지.'

옆에서 보고 있는 나는 우스워서 견딜 수가 없었다.

선생님과 메이테이 씨와 간게쓰 씨의 행동은…… 아무래도 '괴짜들이 요상한 짓을 하고 있다'라기보다는…… 아니, 꼭 그렇지 않고도 말할 수 없지만…… 아무튼 어떤 사정에서 비롯된 것이었다.

이야기는 보름 전으로 거슬러 올라간다.

저기 옆 동네에 커다란 서양식 건물을 소유한 실업가, 가네다 씨의 부인이 선생님 댁을 방문했다. 방문 목적은 가네다 씨의 따님과 간게쓰 씨의 혼담 때문으로 간게쓰 씨의 사람 됨됨이를 들으러 왔던 것이다. 물어서 캐낼 수 있는 정보이기는 하다. 그런데 이 회담은 보기 좋게 결렬되었다. 원인 중 하나는 가네다 부인의 코가 보통 사람보다 훨씬 커다랗기 때문이고(당시 우연히 마주앉은 메이테이 씨와 선생님, 두 사람은 거침없이 웃어댔다) 다른 하나는 회담 석상에서 가네다 부인이 인력거꾼의 안주인에게 뒷돈을 건네 이 집의 대화를 엿듣게 한 사실이 드러나서이기도 하다.

가네다 부인은 "간게쓰 씨에 대해 알고 싶기 때문에 어쩔 수 없다"고 말했다. 하지만 몰래 엿듣고 있다는 걸 알면 누구든 더는 이야기하고 싶은 마음이 들지 않을 것이다. 예상대로 선생님과 메이테이 씨는 완전히 심사가 뒤틀렸고 그 뒤로 가네다 집안과 일종의 '전쟁 상태'에 놓이게 되었다. 그 탓에 얼마 전에도 기묘한 '참마 도난 사건'이 일어났다. 아직도 인력거꾼의 안주인이 이 집 대화를 엿듣고 있는지는 분명하지 않다.

인력거꾼의 안주인을 추궁해봤자 어차피 진실을 이야기할 리가 없다. 할 수 없이 최근 선생님 댁에서는 '언제 엿들을지 모른다'는 걸 전제로 대화를 나눈다. 한데 아무래도 메이테이 씨는 이 상황을 즐기고 있는 것 같았다.

"그런데 만담 말이지."

선생님은 도후 씨에게 얼굴을 가까이 대고 정말이지 목소리를 부자연스럽게 낮추며 말했다.

"요전에 조금 재미있는 이야기를 들었어. 자네, 알고 있나? '혼합 문답'이라는 건데. ……저기 들어보고 싶어? 그래 자네, 듣고 싶지? 그렇다면 어쩔 수 없군. 오늘은 특별히 하나만 내가 이야기해줄게……."

선생님은 혼자서 빠른 말투로 지껄였다. 어리둥절한 주위 사람들의 반응은 아랑곳하지 않고 희희낙락하게 이야기한 만담의 줄거리는 대충 이랬다.

에도에서 생계가 막막해진 하치고로는 우무묵 집 주인인 로쿠베에의 도움으로 가짜 중이 되어 시골의 빈 절에 숨어들었다.

가짜 중인 하치고로는 날마다 절에서 술만 마시고 있었는데 어느 날 에이헤이지에서 혹독한 수련을 받은 탁발승이 절을 방문해 선문답을 요청했다. 물론 가짜 중인 하치고로는 선문답을 몰라서 당황스러워했고 로쿠베에가 문답을 대신 맡아주기로 했다.

두 사람 사이에 문답이 시작되었다.

그런데 탁발승이 무엇을 물어도 고승으로 가장한 로쿠베에는 담담한 얼굴로 잠자코 있기만 했다. 이것을 '무언 수행'

이라고 해석한 탁발승은 먼저 가슴께에서 손으로 작은 동그라미를 그렸다. 그러자 로쿠베에는 두 손으로 커다란 동그라미를 그렸다.

다음에 탁발승이 손가락 10개를 내밀자 로쿠베에는 손가락 5개로 답했다.

탁발승은 으음, 하고 신음소리를 냈다. 이마에서는 진땀이 배어나왔다.

탁발승이 결심한 듯 손가락 3개를 내미니까 로쿠베에는 즉시 오른쪽 집게손가락을 눈 밑으로 가져갔다. 이 모습을 본 탁발승은 그 자리에서 퍼뜩 정신이 든 듯 허겁지겁 인사를 하고 승복 소맷자락을 펄럭거리며 절에서 걸음아 나 살려라 도망쳤다.

하치고로가 도망치는 탁발승을 붙잡아 사정을 물으니 새파랗게 질려서 대꾸했다.

"정말로 죄송합니다. 고승의 높으신 뜻을 도무지 소승은 따라갈 길이 없어서요."

하치고로가 문답에 대해 거듭 묻자 탁발승은 다음과 같이 설명해주었다.

"처음에 소승이 손가락으로 동그라미를 그려서 '하늘과 땅 사이는 어떤가요?' 하고 묻자 고승은 바로 '드넓은 바다 같다'고 대답했습니다. 그래서 소승이 이번에는 '열 가지 방향의 세계는 어떤가요?' 하고 묻자 '다섯 가지 계율로 유지한다'고 답했어요. 다음에 '삼존인 아미타불은 어디에 있나요?' 하고 묻자 즉시 '눈 밑에 있다'고 대답했습니다."

하치고로가 절에 돌아가니 로쿠베에는 낄낄거리며 웃고 있었다.

"자, 봐라. 저 녀석 나한테 정체가 발각되었다는 걸 깨닫고 도망쳤어. 저깟 녀석, 나는 처음부터 가짜 탁발승라는 걸 알고 있었어. 정말로 훌륭한 스님이라면 그런 누더기를 걸치고 있겠어?"

하치고로가 문답에 대해 물으니 이렇게 대답했다.

"그 녀석 어디서 듣고 왔는지 내가 하는 장사를 알고 있더라고. '네가 파는 우무묵은 이렇게 작지?' 하고 손으로 작은 동그라미를 만들면서 무시하기에 나는 '이렇게 커' 하고 두 손으로 동그라미를 그려서 보여줬지. 그러자 '10개에 얼마냐' 하고 묻잖아. '5백푼'이라고 알려주니까 그 녀석이 '3백 푼으로 깎아줘'라고 말해서 내가 '메롱' 했지."

이른바 비유법을 써서 익살스럽게 마무리한 이야기다.

선생님은 얼마 전에 연예장에서 들었던 이 '우무묵 문답'이 어찌나 마음에 들었는지 집에 돌아와서는 이 사람 저 사람을 붙잡고 '하늘과 땅 사이는 어떤가요?', '드넓은 바다 같다', '10개에 얼마냐', '5백푼', '3백푼으로 깎아달라고 하면 나는 메롱이다' 하고 몇 번이나 앵무새처럼 종알거렸다.

우무묵 문답에는 그 밖에도 여러 가지 재미있는 암호가 나온다. 예를 들면 절에서는 술을 반약탕, 달걀을 어소차(그 뜻은 '안에 노른자위가 들어 있다')라고 한다. 나도 연예장에서 들었을 때는 크게 웃었지만 선생님이 이야기하는 건 솔직히 말해 하나도 재미없다.

그 재미없는 이야기를 하루에도 몇 번이나 되풀이해서 듣는 건 정말이지 고역이다. 그런데 우리가 조금이라도 지루한 표정을 지으면 선생님은 신경질을 벌컥 낸다. 새빨개진 얼굴로 고래고래 소리를 지른 뒤 한동안 서재에 틀어박힌다. 뿌루퉁해서 아무하고도 이야기를 안 하려는 건 어린아이와 똑같다. 최근 선생님에게는 새로운 별명이 은밀하게 붙었다. 이른바…… 우무묵 염라대왕.

얼굴이 새빨개져서 부들부들 떠는 모습은 정말이지 꼭 닮았다.

2

만담 줄거리를 한차례 말하고 나서 선생님은 잠깐 입을 다물더니 의기양양한 표정으로 손님들의 반응을 살폈다.

도후 씨는 얼빠진 얼굴로 눈을 자꾸자꾸 깜빡거렸고, 간게쓰 씨는 색이 바랜 겉옷 끈을 만지작거리며 바닥을 내려다보고 싱글싱글 웃었다. 메이테이 씨는 무릎 위에 펼쳐놓은 장부에 뭔가 낙서를 하고 있었는데 아무래도 중간부터 이야기를 제대로 듣지 않은 듯하다.

"끝났어?" 메이테이 씨가 장부를 옆으로 치우며 선생님에게 물었다.

선생님은 버럭 화를 내지는 않았지만 뿌루퉁해져서 볼을 잔뜩 부풀리고 입술을 삐죽 내밀며 도후 씨에게로 몸을 획 돌렸다.

"그래서 뭐라고?"

"네? 무슨 말씀이신지……."

"그러니까 그 모임의 이름말이야." 선생님은 잔뜩 부은 얼굴로 물었다. "도-후- 발표회? 아니면 오치고치라고 부르는 편이 좋을까?"

"오치고치는 제 이름이고…… 모임은 교-퐁-발표회입니다." 도후 씨는 체념하듯 고개를 절레절레 흔들었다.

"맞아 맞아. '뭐라구유', '어서 오세유' 같은 교-퐁-이었지." 선생님은 끈덕지게 착각하고 있다.

"그래서 지난달 제1회 때는 무엇을 했어?" 간게쓰 씨가 옆에서 도후 씨에게 물었다. "분명 아까는 뭔가를 낭독했다고 말했던 거 같은데……."

"지난달 제1회 모임에서는 어……." 도후 씨는 눈길을 이리
저리 허공으로 움직이며 무언가 골똘히 생각하더니 이윽고
묘하게 으스대는 태도로 말했다.

"요전에는 치카마쓰의 정사 사건을 했지."

"치카마쓰라면 그 샤미센 반주에 맞춰 이야기하는 치카마
쓰 말인가?" 반대쪽에서 메이테이 씨가 몸을 쑥 내밀며 물
었다.

"그 샤미센 반주에 맞춰 이야기하는 치카마쓰입니다." 도
후 씨는 진지하게 대꾸했다.

"그 녀석 또 대단한 공연을 했군."

"뭐, 그렇게 대단하지는 않습니다."

"낭독이라면 혼자 낭독하는 건가?" 선생님이 웬일인지 흥
미 있는 목소리로 물었다. "아니면 몇 사람이 역할을 정해놓
고 하는 건가?"

"지난번에는 몇 사람이 역할을 정해서 돌아가며 했습니다."
도후 씨는 깨끗하게 가른 머리를 선생님 쪽으로 돌리고 역시
나 성실한 태도로 대답했다.

"주된 목적은 최대한 작중 인물에 동정심을 품고 그 성격
을 제대로 표현하는 겁니다. 그리고 거기에 손짓 발짓 몸짓을
더하는 거죠. 대사는 되도록 그 시대의 사람을 반영하는 게

목표입니다. 예를 들어 아가씨든 점원이든 그 인물이 고스란히 드러날 수 있도록 낭독해야죠."

"그럼 뭐 연극 같은 거네." 메이테이 씨가 말했다.

"네. 의상이나 무대장치가 있느냐 없느냐의 차이죠."

"실례지만 그래서 잘했어?"

"그게 말이죠. 제1회치고는 성공한 편이라고 생각합니다."

"치카마쓰의 정사 사건이라고 했는데 구체적으로 어떤 장면을 낭독했지?"

"요전에는……." 도후 씨는 질문자인 선생님 쪽으로 얼굴을 돌렸다. 모두의 질문에 혼자서 대답해야 하기에 상당히 분주하다.

"뱃사공이 손님을 태우고 요시와라로 가는 부분입니다."

"요시와라라고 하면 그 유곽이 있는 요시와라인가?"

"친구, 요시와라는 말이지. 도쿄에 하나밖에 없거든." 메이테이 씨가 옆에서 말참견을 했다.

"그 녀석이……." 선생님은 웬일인지 가슴께에서 팔짱을 끼고 신음소리를 흘렸다.

"왜 그래 친구? 뭐 고민 있어? 도후 군은 친구한테 요시와라로 가라고 말한 게 전혀 아니야."

"하지만 게이게쓰는 가라고 했어."

"게이게쓰? 누구야?"

"몰라? 오오마치 게이게쓰는 요즘 최고로 유명한 비평가잖아." 선생님은 메이테이 씨를 향해 눈썹을 찡그리며 말했다. "그 녀석이 잼만 먹지 말고 술도 마시고 고양이만 상대하지 말고 여자도 상대하고 취미를 넓히라고 말했어."

"게이게쓰인지 바이게쓰인지 모르지만 그런 말을 하는 녀석이 최고로 유명한 비평가라니." 메이테이 씨는 무시하듯 말했다. "그런 녀석은 제멋대로 말하게 내버려두면 안 돼."

"하지만 기껏 한 말인데……."

"이봐, 친구. 요시와라에 갈 마음은 있나?" 메이테이 씨는 금테 안경을 반짝거리며 놀리듯이 물었다. "가는 건 좋지만 길이나 알고 있어?"

"길 같은 거 몰라. 모르지만 차로 가면 수월하지."

"하하하. 친구가 도쿄 지리에 정통한 게 감탄스러워."

"아무렴 감탄스러운 게 좋은 거지."

"그런데 정말로 갈 건가?"

"가고 말고. 꼭 가야지."

"언제 갈 생각인데?"

"내일 간다!"

선생님은 무책임하게 말할 때가 종종 있다. 한 번 내뱉은 말은 주워 담을 수 없는데 말을 함부로 한다. 자신이 지금 무슨 이야기를 하는지 아니, 생각이나 하면서 말을 하는지 의심스럽다.

"내일이라." 메이테이 씨는 자신이 부추겼으면서 슬그머니 난처해하는 기색이었다. "학교는 어떻게 하려고?"

"학교?" 선생님은 한순간 말문이 턱 막혔지만 대뜸 잘라 말했다. "쉬지. 학교 같은 거."

"굉장한 배짱이군. 쉬어도 괜찮아?"

"그렇고말고. 학교는 월급을 주니까 잠깐 쉰다고 치사하게 급료를 깎지는 않아. 괜찮아." 선생님은 이상한 부분에서 우쭐거린다. 이런 면은 교활하기도 교활하지만 솔직하기도 솔직하다.

"뭐, 재밌겠네. 후학을 위해서 한 번 보고 와."

"어. 가고 말고…… 하지만." 선생님의 기세가 순식간에 푹 꺾였다.

"하지만 뭐?"

"가도 되는데 돈이 없어."

"그럼 안 되지."

메이테이 씨는 적당한 시기라고 보고 이 화제를 싹둑 잘라 버렸다.

내가 봐도 선생님에게는 여자와 함께 술을 마시는 것보다 고양이와 함께 잼을 핥아먹는 쪽이 어울린다.

선생님과 메이테이 씨는 마치 아무 일도 없었다는 듯이 원래대로 돌아가 도후 씨에게 물었다.

"그래서 요시와라로 간 다음에 어디로 가는데?"

"그렇게 여기저기는 갈 수 없습니다. 요시와라로 가고 거기서 끝이에요."

"그렇군." 선생님은 슬며시 안타까운 표정을 지었다.

"등장인물은 손님과 뱃사공, 창녀…… 그리고 음, 잔심부름꾼과 거간꾼과 포주 정도로…….."

"잔심부름꾼은 창가의 여자 하녀를 가리키는 말인가?" 선생님이 물었다.

"아직 연구를 많이 하지는 못했지만 잔심부름꾼은 거기서 허드렛일을 하는 사람이고 거간꾼은…… 음, 여자들 방의 조수가 아닐까 합니다."

도후 씨는 여전히 진지한 얼굴로 대답했지만 아까 '그 인물이 드러날 수 있도록 성대모사를 한다'고 말한 데 비해 거간꾼과 잔심부름꾼의 성향을 정확히 파악하지는 못한 듯했다.

"그런데 포주란 사람을 말하는 건가? 아니면 일정한 장소를 가리키는 말인가?"

"포주란 아무래도 기둥서방을 뜻하는 것 같습니다."

"무엇을 담당하는 사람이지?"

"글쎄요. 거기까지는 아직 조사하지 않았습니다. 빠른 시일 내에 조사해볼게요."

도후 씨는 여전히 태연하다. 이렇게 우스꽝스러운 대화를 나눈 날에는 뚱딴지같은 일이 벌어질 게 틀림없다.

"그래서 낭독가는 자네 외에 어떤 사람이 참가하는데?"

"여러 사람이 있는데요. 선생님이 아는 사람이라면 예를 들어 법학사인 K군⋯⋯."

"허참. 그 사람도 참가하는지는 몰랐네."

"요전에는 그 사람이 창녀 역할을 맡았습니다."

"아하, 그 사람이 창녀 역할을⋯⋯ 주연이겠지?" 선생님은 부러운 듯 말했다. 그런데 '법학사인 K군'은 다부진 체격에 까까머리를 하고 수염을 기른 인물이다. 그 사람이 창녀 역할을 맡아 여자의 간드러진 대사를 읊는 모습은⋯⋯ 솔직히 말해서 상상이 안 된다.

"그 창녀가 위경련을 일으키는 부분이 있는데요⋯⋯." 도후 씨의 이야기가 이어졌다.

"낭독인데 꼭 위경련을 일으켜야 하나?" 선생님은 걱정스러운 듯이 물었다.

"네. 어쨌든 표정 연기가 중요하답니다."

"그래서 위경련은 잘 일으켰나?"

"그게 지기⋯⋯ 제1회라서 위경련은 조금 무리가 있었어요."

흐음, 하고 선생님은 팔짱을 끼고 신음하더니 다시 입을 딱 벌리고 도후 씨에게 물었다.

"그런데 자네는 무슨 역할을 맡았지?"

"저 말인가요? 저는 어, 뱃사공입니다."

"뭐라고? 자네가 뱃사공을 맡았다고." 선생님은 그렇게 말하고 손가락 끝으로 콧등을 슬슬 긁었다. 도후 씨가 뱃사공을 맡았다면 자신은 포주 정도는 할 수 있다고 생각하는 것 같았다. 아니나 다를까 즉시 정나미 떨어지는 소리를 내뱉는다.

"자네한테 뱃사공은 무리였지?"

"그게 사실은…… 뱃사공 때문에 모처럼의 행사가 용두사미로 끝나버렸습니다."

도후 씨는 별안간 침통하게 말했다.

"나중에 알았는데요. 회장 근처에서 여학생 너덧 명이 하숙을 하고 있더라고요. 그런데 어디서 어떻게 주워들었는지 그날 낭독회가 있다는 걸 알아내서 회장 창문 밑에서 듣고 있었나 봅니다. K군의 창녀 낭독이 끝나고 다음은 제 차례였어요. 저의 뱃사공 역할이 서서히 자리가 잡혀가고 있어서 이 정도면 괜찮겠다 싶어 우쭐거리며 낭독을 하는데…… 그러니까 몸짓이 너무 지나쳤나 봐요. 그때까지 간신히 참고 있던 여학생들이 한꺼번에 꺄르르 웃어젖혀서 놀라기도 놀랐지만 너무 쑥스럽고 기가 죽어서 도저히 낭독을 계속할 수가 없었어요. 결국 모인 사람들은 뿔뿔이 흩어지고 말았죠."

도후 씨는 진지한 얼굴로 용두사미의 전말을 털어놓았다. '제1회치고는 성공적이다'라고 평가한 낭독회가 이랬다면 실패한 낭독회는 도대체 어떤 모습일까?

방안 구석에서 웅크리고 있던 고양이까지 마치 웃고 있는 듯이 그르렁그르렁 목구멍을 울리고 있다.

"그거 참 안됐군." 메이테이 씨가 심각한 얼굴로 애도의 말을 했다.

"마음 써주셔서 고맙습니다." 도후 씨는 메이테이 씨에게 몸을 돌리더니 고개를 푹 수그렸다. 그리고 몸을 원래대로 되돌리며 말했다.

"제2회부터는 좀더 분발해서 성대하게 치를 계획입니다. 오늘 여기 온 것도 전적으로 그 때문입니다. 그러니까 선생님도 여기에 입회하시면 좋겠습니다. 어떠세요?"

"무리야."

선생님은 딱 잘라 거절하며 고개를 가로저었다.

"신경질이라면 언제든지 부릴 수 있지만 역시 위경련은 무리야."

"아니에요. 위경련도 안 일으키고 신경질도 안 부려도 됩니다. 여기 찬조 출연 명부가……."

도후 씨는 그렇게 말하며 보랏빛 보자기 안에서 자그마한 장부를 조심스레 꺼냈다. "여기에 부디 이름을 쓰고 도장까지 찍어주셨으면 해요." 장부를 펼친 채로 선생님의 무릎 앞으로 바싹 다가갔다.

"뭐야, 위경련을 일으키지 않아도 된다고⋯⋯." 선생님은 장부에 눈길을 힐끗 주더니 슬그머니 안타깝다는 표정으로 고개를 갸웃거렸다.

"잠깐 보여주세요." 간게쓰 씨가 옆에서 들여다본다.

선생님은 장부를 휘익 빼앗더니 얼굴을 찌푸렸다.

"간게쓰 군은 음, 포기하겠지."

"선생님 그건 또 왜죠?"

"그러니까 자네. 자네는 박사가 되어야 하지 않나?" 선생님은 당연하다는 얼굴로 말했다. "이 방면의 이야기는 박사가 되고 나서 진행해도 늦지 않아."

"늦지 않을지도 모르지만 빠르지도 않잖아요." 간게쓰 씨는 의미가 불분명한 대답을 했다. 그러자 메이테이 씨가 말한다.

"간게쓰 군의 논문 제목은 뭐라고 했지?"

"제 논문 말인가요?" 간게쓰 씨는 메이테이 씨를 향해 고개를 돌리며 말했다.

"제목은 「개구리 눈알의 전동 작용에 대한 자외선의 영향」입니다."

"그거 참 희한한 제목이네. 과연 간게쓰 선생이군. 개구리 눈알은 흔들리고 있지. 그렇다면 「목매달아 자살하는 역학」이나 「도토리의 안정성을 논하고 더불어 천체의 운행을 이야기한다」도 질 수 없지."

메이테이 씨는 만족스러운 듯 고개를 끄덕이고 다시 선생님 쪽으로 몸을 돌리고 제안했다.

"어때, 친구. 논문 탈고 전에 그 문제만이라도 가네다에게 알려주는 건?"

"개구리 눈알이 그렇게 힘든 연구인가?" 선생님은 메이테이 씨의 제안은 무시하고 간게쓰 씨에게 물었다.

"상당히 복잡한 문제라서요. 먼저 개구리 눈알 렌즈의 구조가 그렇게 간단한 게 아니랍니다. 여러 가지 실험을 해야 하기 때문에 일단 둥근 렌즈부터 만들려고……."

간게쓰 씨는 얼마 전에 내게 해준 것과 같은 설명을 선생님과 메이테이 씨를 상대로 되풀이했다.

"그래서 뭐야? 자네는 요즘 날마다 유리구슬만 깎고 있다는 건가?"

간게쓰 씨의 이야기를 들은 선생님은 기막혀했지만 묘하게 감탄한 얼굴로 물었다.

"어디서 그렇게 깎고 있는데?"

"당연히 연구실입니다. 좀처럼 잘되지 않아요."

"그럼 자네가 최근에 바쁘다 바쁘다 말하고, 날마다 그러니까 일요일에도 학교에 갔던 건 그 구슬을 깎기 위해서였나?"

"네. 요즘은 아침부터 밤까지 오로지 구슬만 깎고 있습니다."

"'구슬 깎기 박사'라고 말해야겠군." 메이테이 씨가 중얼거렸다.

선생님은 계속 메이테이 씨를 무시하면서 간게쓰 씨에게 물었다.

"그래서 그 구슬은 언제쯤 완성될 예정인데?"

"이 상태로는 10년은 걸릴 듯합니다."

"10년이라…… 좀더 빨리 깎아서 완성하면 좋을 텐데."

"10년도 빠른 편입니다. 까딱하다가는 20년이 걸릴지도 모릅니다."

"그거 참 어렵군. 박사는 쉽게 되는 게 아닌가 보네."

"네. 하루라도 빨리 박사가 되고 싶은 마음은 굴뚝같은데요. 일단 구슬을 깎아서 완성하지 않으면 중요한 실험을 할 수 없기 때문에……."

간게쓰 씨는 과연 선생님의 단골손님답게 속세를 초월한 듯한 모습을 보이며 말했다. "그건 그렇고 선생님은 어떻게 하실 건가요?" 이번에는 역습할 차례다.

"나? 나는 구슬 따위 결단코 깎을 생각이 없어." 선생님은 몸을 살짝 뒤로 젖히고 대답했다.

"구슬 따위." 간게쓰 씨는 웃으며 고개를 휘휘 가로저었다.

"교풍 발표회 말입니다. 선생님은 찬조 회원이 되실 건가요?"

"아하. 교-풍-발표회. 그게 말이지……."

선생님은 변함없이 미적지근한 태도로 대꾸했다.

간게쓰 씨는 잠시 소외된 상태의 도후 씨를 돌아보고 무릎을 앞으로 내밀며 말했다.

"그럼 도후 군, 나의 창작품을 한번 낭독해보지 않겠어?"

3.

"그게 그쪽 창작품이라면 재미는 있겠지만……."

도후 씨는 간게쓰 씨의 난데없는 요청에 어쩔 줄을 몰라 하며 눈을 깜빡거렸다.

"도대체 무슨 창작품인지?"

"각본이야."

간게쓰 씨는 뜻밖이라고 할 만큼 자신만만한 태도로 단언했다. 이 말에 도후 씨 그리고 평소에는 별로 흔들리지 않는 메이테이 씨와 선생님까지 소스라치게 놀라며 어안이 벙벙해진 모습으로 간게쓰 씨의 얼굴을 힐끔힐끔 훔쳐보았다.

"각본이라 그게 또 중요한 거지." 도후 씨가 드디어 입을 열었다. "희극인가? 아니면 비극?"

"희극도 비극도 아냐. 요즘은 신극이다 구극이다 상당히 까다롭기 때문에 나도 하나의 새로운 방법으로 하이게키를 만들어보고 싶어서."

"하이게키라고? 들어본 적이 없어."

"그거야 당연하지. 내가 만든 말이거든." 간게쓰 씨는 천연덕스러운 얼굴로 말한다. "하이쿠 성격의 극이라는 말을 줄여서 하이게키라고 표현한 거야."

언제나 수다스러운 간게쓰 씨의 모습에 웬일인지 선생님도 메이테이 씨도 빨려 들어갈 듯한 태세였다.

"그래서 새로운 방법의 극이란 도대체 어떤 거지?" 물은 사람은 역시나 도후 씨였다.

"응. 하이게키라는 건 원래 그 뿌리가 하이쿠라서 말이지. 너무 장황한 건 좋지 않아. 우선 1막짜리로 만들어봤어."

"과연."

"장치를 설치하는 일부터 이야기할까. 이건 간단한 게 좋아. 그냥 무대 한가운데 커다란 버드나무 한 그루를 갖다놓으면 돼. 그 줄기에서 나뭇가지 하나가 오른쪽으로 쭈욱 늘어지게 하고 그 나뭇가지에 까마귀 한 마리를 올려놓으면 되지."

"까마귀가 꼼짝 않고 있으면 좋겠지만……." 선생님이 혼잣말을 하듯 중얼거렸다.

"뭐, 그럼 좋겠지만요. 까마귀 다리를 나뭇가지에 실로 묶어두는 겁니다. 그리고 그 밑에 커다란 통을 갖다놓는 거예요. 미인이 비스듬히 누워서 몸을 씻을 수 있게 말이죠."

"그 부분은 은근히 퇴폐적이네." 메이테이 씨가 어느 정도 정신이 되돌아왔는지 끼어들었다. "그런데 누가 그 여자가 되느냐가 문제야. 가네다 아가씨라도 끌어들일 셈인가?"

"설마 가네다 아가씨를 끌어들이겠어요……." 간게쓰 씨는 얼굴을 살짝 붉혔다. "뭐, 미술학교의 모델을 고용하는 수밖에 없죠."

"그럼 경찰이 성가시게 굴걸."

"돈을 받지 않고 입장시키면 상관없지 않나요. 이러쿵저러 쿵 말이 많다고는 하지만 학교에서 누드화를 그리는 일은 가능하잖아요."

"그건 그림 연습을 위해서이고 그냥 감상하는 것과는 조금 다르지."

"선생님까지 그런 말씀을 하시는 걸 보면 일본은 아직 멀었네요. 그림도 연극도 똑같은 예술입니다." 간게쓰 씨는 비분 강개하며 말했다.

"토론은 나중에 하고 그래서 어떻게 되는 거지?"

놀랍게도 도후 씨는 토론을 뒤로 미루고 싶어했다. 어쩌면 진심으로 하이게키를 할 생각인지도 모른다.

"응. 그러면 무대 왼편의 통로에서 남자 하나가 지팡이를 들고 나와." 간게쓰 씨는 도후 씨 쪽으로 몸을 돌리고 말을 이었다. "이 남자는 그래 일단 하이쿠 시인 다카하마 기요시라고 하자. 그리고……."

"기요시? 아하 나왔네. 휘파람새의 기요시 녀석!"

돌연 선생님이 기이한 목소리를 내며 그 자리에서 펄쩍펄쩍 뛰었다.

선생님이 다카하마 씨를 '기요시'라고 부르는 걸로 보아 '휘파람새'는 아무래도 다카하마 씨가 주도하는 하이쿠 잡지 〈두견이〉를 가리키는 듯하다. 선생님은 때때로 다카하마 씨에게 독촉을 받아가며 〈두견이〉에 글을 싣고 있는데 그때마다 어김없이 마감이 어떻다, 수정이 어떻다며 꽤나 옥신각신한다. 그 탓에 최근에는 다카하마 씨의 이름을 들으면 선생님은 조건반사적으로 괴성을 지르고 펄떡펄떡 날뛴다. 이따금 눈이 뒤집혀서 흰자위가 고스란히 드러날 때도 있다. 처음 보는 사람은 대부분 화들짝 놀라지만 간게쓰 씨는 평소와 다름없이 아무것도 보이지 않고 아무것도 들리지 않는 듯 선생님을 무시하고 계속 말했다.

"남자는 하얀 심이 들어 있는 모자를 푹 눌러쓰고 얇은 비단 겉옷에 화살깃 모양의 비백 무늬 바지 자락을 걷어서 허리띠에 끼우고 단화를 신은 차림새를 하는 거야. 옷차림은 육군에 물건을 납품하는 상인 같지만 사실은 하이쿠 시인이기 때문에 최대한 천천히 마음속으로 하이쿠를 떠올리며 사심 없는 모습으로 걸어야 해. 그래서 통로를 다 걸어가 마침 내 본무대로 다가갈 때 하이쿠 구절을 문득 떠올리지. 커다 란 버드나무가 있고 그 나무 밑에서 뽀얀 피부의 여자가 목 욕을 하고 있어. 퍼뜩 생각난 듯 위를 쳐다보니 길게 늘어진 버드나무 가지에 까마귀 한 마리가 앉아서 여자가 몸을 씻는 걸 내려다보고 있지. 그때 기요시 선생님은 크게 감동해서 50초 동안 생각에 잠겨.

'목욕을 하는, 여자에게 홀린 건, 까마귀인가.'

우렁찬 목소리로 한 구절을 낭독하는 걸 신호로 나무 딱 따기 소리가 들리고 막이 내려가는데…….

어때, 이런 취향? 마음에 들지 않아? 도후 군도 뱃사공보 다는 기요시 선생님이 되는 편이 훨씬 좋을 듯한데."

도후 씨는 잠시 동안 눈썹을 찡그리고 무언가 골똘히 생각 하는 모습이었다가 이내 진지한 얼굴로 대답했다.

"어쩐지 싱거운데. 좀더 사람의 진심이 많이 담긴 이야기였 으면 좋겠어."

"에헴, 에헴."

이상한 소리가 들려서 고개를 돌려보니 선생님이 아까 그 자리에서 벌떡 일어난 뒤 거드름을 피우며 헛기침을 하고 있 었다.

에헴, 하며 선생님이 다시 한 번 헛기침을 하고 자신에게 다들 주목하고 있다는 걸 확인한 뒤 말을 꺼냈다.

"그럼 다음에는 내가 자네에게 비평을 부탁해야겠군."

이번에는 도후 씨와 메이테이 씨와 간게쓰 씨, 세 사람이 얼굴을 마주보았다.

"친구, 설마라고 생각하지만……." 메이테이 씨가 사람들을 대표해서 조심스레 물었다. "그 가면극 가사를 들려주려는 건 아니지?"

"뭐, 가면극 가사?" 선생님은 이마를 탁 쳤다. "그래, 가면극 가사. 가면극 가사도 있는데……."

끝까지 듣지도 않고 손님들은 부랴부랴 자리에서 일어서려고 했다.

"오늘은 다른 거야."

선생님 말을 듣고 다들 자리에 도로 앉았다.

"가면극 가사가 아니라면 뭐, 못 들을 것도 없지." 메이테이 씨는 안심한 듯 말했다.

"뭐야, 예의 없는 친구군." 선생님은 뿌루퉁해져서 볼을 부풀렸다. 다른 건 몰라도 이 부분만큼은 나도 메이테이 씨 의견에 찬성한다.

며칠 전에도 근방에 사는 사람이 현관으로 와서 이렇게 물었다.

"이 앞을 지나가고 있는데 괴이한 울음소리가 들리네요. 누가 몸이 안 좋습니까?"

나는 차마 선생님이 혼자 가면극 가사를 연습하는 소리라고 대답할 수 없었기에 꽤나 난처했다.

선생님이 화장실에서 가면극 가사를 연습할 때마다 동네 우유보급소 소장은 "최근에 우유가 빨리 부패한다"며 불평을 터트렸다. 또 "할머니의 몸 상태가 나빠졌다", "아기가 경기를 일으킨다"는 등 끊임없이 여러 가지 불평불만이 날아들었다.

가면극 가사가 아니라는 게 판명되었으므로 손님들은 일단 안심했다. 모두 방석 위에 엉덩이를 붙이고 앉자 선생님은 성큼성큼 걸어 서재 안으로 모습을 감추었다. 선생님을 대신해서 방안 구석에 있던 고양이가 느릿느릿 걸어와 빈 방석에 웅크리고 앉았다.

선생님은 곧 종이 반 장을 들고 서재에서 나왔는데 방석 위에 고양이가 웅크리고 있는 걸 보더니 고양이의 목덜미를 움켜쥐고 툇마루로 내팽개쳤다. 숨을 쉬는 것처럼 자연스러운 동작이다.

선생님은 아무 일도 없었던 것처럼 방석에 앉아서 묘하게 목소리를 뒤집고 연극을 하듯 입을 열었다.

"아까는 도후 군이 뱃사람을, 지금은 또 간게쓰 군이 하이게키를 소개했기 때문에 이번에는 내 차례야. 도후 군, 결코 대단하지는 않지만 좌중을 잠깐 흥겹게 하기 위한 것이니 꼭 들어주길 바라네."

"꼭 듣고 싶습니다." 도후 씨는 진지한 얼굴로 무릎을 다시 모았다.

"간게쓰 군도 이 기회에 들어보게."

"이 기회가 아니라도 들을 겁니다." 간게쓰 씨는 빙글빙글 웃으면서 말했다.

"길지는 않겠지?" 혼자 방치되어 있는 메이테이 씨가 속 편한 모습으로 물었다.

"뭐, 겨우 2, 4…… 어, 60자는 넘어." 선생님은 드디어 직접 쓴 명문을 읽기 시작한다.

"야마토의 혼! 하고 외친 일본인이 폐결핵을 앓는 듯한 기침 소리를 냈다."

"이건, 간게쓰 군의 하이게키 그 이상인 걸." 메이테이 씨가 혼잣말을 했다.

"야마토의 혼! 하고 신문인이 말한다." 선생님은 아랑곳하지 않고 말을 이었다.

"야마토의 혼! 하고 소매치기가 말한다. 야마토의 혼이 폴짝 뛰어서 바다를 건넜다. 영국에서 야마토의 혼을 연설한다. 하와이에 가서 야마토의 혼을 연극한다."

"그건 전부 줄을 바꾼 건가요?" 간게쓰 씨가 묻는다.

"물론 전부 줄을 바꿨지." 선생님은 종이에서 잠깐 눈길을 떼고 대답했다.

굳이 묻지 않아도 알 수 있지 않나?

'대략 문장이라는 건 줄을 바꾸면 삼, 사, 오, 육이 된다.'

이것이 선생님의 좌우명이다.

"도고 대장은 야마토의 혼을 지니고 있다. 줄 바꿔서. 생선 가게의 긴 씨도 야마토의 혼을 지니고 있다. 줄 바꿔서. 정치가와 사기꾼, 투기꾼, 살인자도 야마토의 혼을 지니고 있다. 줄 바꿔서."

"선생님, 거기에 간게쓰도 지니고 있다고 덧붙여 주세요."

"간게쓰도 지니고 있다. 줄 바꿔서." 선생님이 덧붙였다.

"야마토의 혼이란 무엇이냐고 물었더니 말 그대로 야마토의 혼이지, 하고 대답하며 지나갔다. 줄 바꿔서."

"한 문단은 완성되었군." 메이테이 씨가 말했다.

"삼각형이 야마토의 혼인가, 사각형이 야모토의 혼인가? 야마토의 혼은 이름에서 나타나듯 말 그대로 혼이다. 혼이기 때문에 언제나 갈팡질팡하고 있다."

"선생님, 상당히 재미있지만 야마토의 혼이 지나치게 많은 것 같지 않나요?" 도후 씨가 말했다.

"찬성!" 말한 사람은 물론 메이테이 씨다.

선생님은 이미 자아도취에 빠져 있다. 주위의 비평에 상관없이 오로지 한마음으로 집중해서 자신의 작품을 낭독한다.

"누구나 입에 올리지만 아무도 본 적은 없다. 누구나 들은 적은 있지만 아무도 만난 적은 없다. 아아, 야마토의 혼! 야마토의 혼은 요물의 일종인가!"

선생님은 여기서 문장을 끝내고 여운을 남기듯 입을 다문 채 청중을 향해 고개를 천천히 돌렸다. 손님들은 아직 뭔가 더 있다고 생각하고 다음 말을 기다렸다.

그런데 선생님은 아무리 기다려도 쓰다 달다 말이 없다.

잠시 뒤에 간게쓰 씨가 "그것뿐입니까?" 하고 묻자 선생님은 가볍게 "응" 하고 대꾸했다. 야마토의 혼이라는 명문(?)에 견주어서 '응'은 약간 싱거운 기분이 들었지만 그렇게 말하면 '흠, 하는 것보다는 낫다'라고 대답할 게 분명하다.

도후 씨는 여전히 진지한 얼굴로 깔끔하게 빗어서 가르마를 탄 머리를 갸웃거리고 있다. 그리고 메이테이 씨는……. 웬일인지 이 명문에 대해서 평소처럼 가타부타 말이 없다. 그 대신에 "친구의 문장을 정리해서 누군가에게 바치면 어떨까?" 하고 물었다.

선생님은 천연덕스럽게 "원한다면 친구에게 바칠까?" 하고 되물었다.

메이테이 씨는 "천만에"라고만 대답하고 다른 곳을 바라보았다.

선생님의 명문 낭독 탓에 모처럼의 화기애애한 모임의 열기가 묘하게 식어버렸다. 그러고 나서 화제는 러일강화조약이 불씨가 되어 히비야에서 파출소가 불타버린 사건과 이토 히로부미가 초대 조선통감으로 취임했던 일로 옮겨갔지만 어느 주제로도 이야기꽃을 활짝 피우지는 못했다.

이래저래 흥이 깨어진 분위기 속에서 도후 씨는 방석 위에서 잠시 엉덩이를 들썩이다가 이윽고 결심한 듯 일어섰다.

"그럼 선생님. 저는 이제 슬슬……."

"아아, 또 언제든지 오게나."

선생님은 도후 씨에게 잠깐 인사를 하더니 이내 메이테이 씨와 마음에도 없는 대화를 이어나갔다.

나는 문 앞까지 도후 씨를 배웅했다. 그리고 좌우를 둘러보고 아무도 엿듣지 않는 걸 확인하고 나서 조그마한 목소리로 도후 씨에게 물었다.

"오늘 선생님에게 진짜로 무슨 이야기를 했나요?"

4

도후 씨는 눈을 가늘게 뜨고 잠시 내 얼굴을 똑바로 들여다보았다. 하지만 바로 빙그레 웃더니 느릿한 말투로 이야기를 꺼냈다.

"잠깐 저기까지 산책이나 할까?"

나는 도후 씨를 좇아 문을 나섰다.

산책을 하자고 했으니 천천히 걸으면서 이야기를 하나 싶었는데 어째서인지 도후 씨는 나를 전혀 신경 쓰지 않고 혼자서 빠른 걸음으로 성큼성큼 걸어갔다. 행인들 사이를 아슬아슬하게 빠져나가며 앞질러 가더니 별안간 큰길에서 직각으로 구부러져 좁은 골목길로 들어갔다. 막다른 벽에 다다르자 또 같은 길을 되돌아가는 식으로 바쁘게 움직였다. 뒤따라가는 나는 도후 씨의 모습을 놓치지 않으려고 바싹 붙어갔다. 그런데 차분하게 이야기를 나눌 만한 장소가 없었다.

그렇게 500미터쯤 걸었을까? 뜻밖에도 강이 보이는 전망 좋은 둑길이 나왔다. 도후 씨는 갑자기 발길을 멈추고 빙그르르 뒤로 돌아 주위를 둘러보더니 그때부터 보통 속도로 걷기 시작했다. 나는 도통 영문을 알 수가 없었지만 일단 휴우, 하고 한숨을 내쉬고 이마의 땀을 닦은 뒤 간신히 도후 씨와 어깨를 나란히 하며 걸었다.

"……어느 부분에서 알았지?"

도후 씨가 앞을 보고 걸으며 물었다. 주위를 둘러보았지만 달리 아무도 없으므로 질문 상대는 나인 듯하다.

'선생님 댁 문 앞에서 나눈 이야기가 이어지나 보다'

나는 잠시 생각하고 입술을 달싹거렸다.

"치카마쓰의 이야기가 조금 알쏭달쏭해서 이리저리 꼼꼼히 따져보는 사이에 음, 저절로……."

"그래. 역시 그게 이상했나? 그렇지……."

도후 씨는 진지한 얼굴로 중얼거리더니 깔끔하게 빗어 넘긴 머리로 손을 가져가며 변명하듯 말했다.

"어쨌든 내가 이야기하려는 순간 모두 다가와서 '이 집에서 나누는 대화를 엿듣는 사람이 있다'고 주의를 주었지. 그리고 바로 다음에 '우무묵 문답'이 나왔어. 그 자리에서 순식간에 떠올린 것치고는 이야기가 잘 진행되었는데……."

"선생님의 이야기가…… 우무묵 문답?" 나는 살짝 고개를 갸웃갸웃했다.

"그래서 너는 그 문답을 어떻게 풀었지? 먼저 너의 해석을 들려주지 않을래?" 도후 씨는 내 대답을 기다리는 기색이었다. 나는 하는 수 없이 생각했던 해석을 먼저 이야기하기로 했다.

"도후 씨의 그 요상한 치카마쓰의 이야기를 듣는 사이에 최근 다른 데서도 치카마쓰 몬자에몬의 이름을 들은 적이 있었다는 게 불현듯 떠올랐습니다. 현재 가부키와 관련이 있으며 항간에 대단한 평가를 얻고 있는 '고쿠센야캇센' 역시 분명 치카마쓰의 대표작 가운데 하나일 겁니다. 그런데……이건 가부키를 보고 온 선생님에게 귀에 못이 박히도록 들어서 알고 있고……. '고쿠센야캇센'의 줄거리는 대충 파악하고 있어요. 명나라 사람인 정지룡과 일본인 사이에 태어난 와토나이(훗날 정성공이라고 함)가 이민족에 의해 멸망한 명나라의 정권을 회복하기 위해 전력을 다했다는 이야기죠.

일본에 망명한 명나라 사람.

이민족에 의해 멸망한 명나라의 정권을 회복하기 위해 전력을 다함.

그렇게 나열해서 생각하는 순간 제 머릿속에는 최근에 눈으로 읽은 어떤 신문기사의 제목이 아주 자연스럽게 떠올랐습니다.

'혁명가 쑨원 씨가 일본을 방문 중이다'

그런 제목이고 기사 내용은 이랬죠.

'이민족이 세운 지금의 청나라 왕조를 쓰러뜨리고 한민족이 새로운 나라를 만들려는 목표를 품고 있다'며 쑨원 씨를 소개하고 있었어요. 그리고 그 기사 옆에는 의도적인지 우연인지는 알 수 없지만 요즘 항간에 화제가 되고 있는 '고쿠센야캇센'의 기사가 나란히 실려 있었습니다. ……추측하건대 아까 도후 씨가 치카마쓰의 이름을 순간적으로 떠올렸다면 같은 기사를 읽은 건 아니었을까 생각합니다."

"그런가? 뭐 좋아. 그래서 또 그래서." 도후 씨는 내 말을 긍정도 부정도 하지 않았다. 아무튼 나는 계속 이야기했다.

"쑨원 씨와 관련 있는 내용이기 때문에 엿듣는 사람이 있다고 주의를 들은 순간 도후 씨는 돌연 우무묵 문답 같이 괴상한 이야기 방식을 시작했던 거죠. 그 이유는 이렇게 설명할 수 있습니다. 신문에 '쑨원 씨의 활동에 청나라가 불쾌감을 표명하고 일본에서 쑨원 씨의 활동을 금지하도록 외무성에 요청을 했다'는 기사가 실려 있었어요. 그리고 '그 요청을 받아들여 일본의 경시청이 혁명을 목적으로 대규모 집회를 여는 걸 금지하는 취지를 알렸다', '최근 쑨원 씨의 혁명운동에 찬성하는 청나라 유학생 및 그들을 지원하는 일본인 단체가 탐정, 즉 청나라와 일본에서 활동하는 비밀경찰의 단속을 피하기 위해 다른 명목으로 모임을 연다'는 기사가 함께 실려 있었습니다."

"다른 명목이라면?"

"예를 들어 발표회 명목으로 혁명 운동의 연설회를 여는 정도겠죠." 나는 어깨를 움츠리며 말했다. "그 하나가 교풍 발표회라고 해도 이상할 게 없어요."

"그렇군." 도후 씨는 마치 다른 사람의 일처럼 내내 이야기를 들었지만 느닷없이 풉, 하고 웃음을 터뜨렸다.

"아하하하, 너는 대단한 명탐정이야. 선생님 댁에서 서생으로 지내기 아까울 정도야."

도후 씨는 내 등을 두드리며 계속 큭큭 웃어댔다.

그렇다면…….

그 뒤는 들을 필요도 없다.

당시 엿듣는 사람이 있다는 주의를 들은 뒤 도후 씨는 그 다음 이야기를…… 선생님의 지시대로 하고 싶어서 우무묵 문답으로 진행했던 거다.

그 만담 속에서 술은 반약탕, 달걀은 어소차라는 암호로 불린다고 했다. 마찬가지로 아까 내 눈앞에서 오고간 기묘한 대화에도 일종의 암호가 모조리 사용되었다.

예를 들어 법학사인 K군은 체격이 다부지고 까까머리에 수염을 기른 인물로 낭독회에서 간드러진 목소리를 내며 창녀 역할을 할 리가 없다. 그는 그날 낭독회의 주역으로서 단상에서 쏜원 씨의 문장을 대독했다.

그때 도후 씨는 "제1회라서 위경련은 조금 무리가 있었죠" 하고 말했다.

하지만 그 말은 "그는 쏜원 씨의 문장에 담긴 뜻을 충분히 해석하고 이해하지 못했다"는 의미였다. 따라서 잔심부름꾼과 거간꾼과 포주의 실태를 도후 씨가 "잘 모른다"고 말한 건 애초에 그런 역할이 존재하지 않았기 때문이다.

또 도후 씨는 풀이 죽은 기색으로 이야기했다.

"뱃사공 탓에 모처럼의 행사가 용두사미로 끝나버렸습니다."

그 이유를 "제가 우쭐거리며 낭독을 하는데…… 여학생들이 한꺼번에 꺄르르 웃어젖혔기 때문에……"라고 했는데 아마도 그 '뱃사공'은 '선동'이고 또 '여학생'은 '탐정'을 의미하는 암호였던 것 같다. 탐정들은 낭독회가 있다는 정보를 어디선가 알아내서 회장의 창문 밑에서 엿듣고 있었다. 발표회 명목으로 열린 모임에서 쑨원 씨의 문서를 낭독하기만 한 게 아니라 도후 씨가 청중을 선동하는 말을 하기 시작하자 비밀경찰이 회장으로 난입해 모임을 강제로 해산시켰던 게 사건의 진상이 아니었을까?

그러나 아무리 그렇다고 해도…….

"그런데 너." 도후 씨는 나를 돌아다보고 익살스러운 표정으로 물었다. "명탐정인 너는 간게쓰 군의 하이게키를 어떻게 해석했지?"

"그건……."

내가 우물거리자 도후 씨는 놀란 듯 눈이 휘둥그레졌다.

"아니, 너는 그 수수께끼는 풀지 못했니? 그럼 이번에는 내가 수수께끼를 풀 차례군. 내 해석이 맞는지 어떤지는 나중에 네 의견을 들려주렴."

도후 씨는 내 대답을 기다리지도 않고 마음대로 이야기를 시작했다.

"간게쓰 군의 하이게키에 등장하는 인물은 '육군에 물건을 납품하는 상인 같은 생김새의 하이쿠 시인'과 '버드나무 아래의 여자' 그리고 '까마귀' 이렇게 셋이야. 나는 '하이쿠 시인'이 일본 정부이고 '버드나무 아래의 여자'가 쑨원 선생님, '까마귀'는 청나라의 관헌을 가리킨다고 해석했어. 왜 그런가 하면 그 하이게키의 절정은 하이쿠 시인이 버드나무를 쳐다 보고 하이쿠를 읊는 장면이거든.

'목욕을 하는, 여자에게 홀린 건, 까마귀인가.'

그건 정말이지 요즘 쑨원 선생님과 관련된 상황을 정확하게 표현하고 있어.

버드나무 아래에서 목욕을 하는 매력적인 여자, 즉 쑨원 선생님을 불길한 까마귀로 비유된 청나라 관헌들이 지그시 내려다보며 호시탐탐 기회를 노리고 있지. 그 사실을 알아차린 일본 정부는 '이제 어떻게 해야 하나' 망설이고 있고.

청나라의 관헌들은 일본 정부에 쑨원 선생님을 넘겨줄 것을 요구하고 있어. 아니, 그뿐만이 아냐. 쑨원 선생님의 목숨을 노리는 청나라의 자객이 쑨원 선생님의 주위를 배회하고 있지. 물론 일본 정부 안에서도 우리와 마찬가지로 쑨원 선생님에게 도움의 손길을 내밀어야 한다고 생각하는 사람도 있어. 하지만 안타깝게도 쑨원 선생님을 청나라 정권에 팔아넘기는 게 일본에 국익이 된다고 생각하는 사람들 역시 존재하지.

간게쓰 군이 그 하이게키 1막에서 그린 내용은 쑨원 선생님과 관련된 오늘날의 상황 그 자체야. 거기에 이르자 선생님이 그 문장을 낭독했지."

도후 씨는 살짝 흥분해서 계속 말했다.

"너는 눈치 챘어? 선생님이 그 짧은 문장 속에 쑨원 선생님을 표현하는 말을 몇 개나 집어넣었다는 걸. 예를 들면 이런 문장이 있었지.

'야마토의 혼이 폴짝 뛰어서 바다를 건넜다. 영국에서 야마토의 혼을 연설한다. 하와이에 가서 야마토의 혼을 연극한다.'

실제로 쑨원 선생님은 젊은 시절부터 영국과 하와이에서 종종 머물렀고 그 지역에서 많은 지지자들에게 도움을 받았어. 음, 선생님이 그 문장에서 쑨원 선생님에 대해 이야기한 건 정말이지 확실해."

"그렇지만 선생님은……."

"그런 거야!" 도후 씨는 내 말을 끝까지 듣지도 않고 하늘을 우러러보더니 한숨을 푹 내쉬었다.

"선생님은 동시에 그 문장으로 우리의 운동을 비판하고 있었어.

'정치가와 사기꾼, 투기꾼, 살인자도 야마토의 혼을 지니고 있다.'

'야마토의 혼은…… 언제나 갈팡질팡하고 있다.'

'야마토의 혼은 요물의 일종인가.'

이렇게 정의를 내렸기 때문이지.

이건 아마도 내가 내민 찬조 회원의 명부를 봤기 때문일 거야. 실제로 우리 모임의 찬조 회원 중에는 마음속 깊이 쑨원 선생님의 활동을 지지하고 있다기보다는 '청나라를 쓰러뜨리는 게 결국 일본을 위해서'라는 눈앞의 목적으로 쑨원 선생님의 활동을 지지하는 사람들도 있거든. 그리고 그들 마음속에는…… 그래, 안타깝지만 확실히 정치가, 사기꾼, 투기꾼 또는 살인자라고 불리는 사람들도 섞여 있어. 무엇보다 우리 역시 현시점에서 그건 어쩔 수 없다며 어느 정도는 체념하고 결론을 내리려고 하지만…….

선생님은 그 짧은 문장으로 그런 하찮은 상황에서 벗어나지 않는 한 우리의 활동은 아무것도 아니라는 깨우침을 주었어. 정말이지 머리를 세게 두들겨 맞은 듯한 기분이야. 그 야마토의 혼이라는 짧은 문장이야말로 선생님의 '메롱'이 아니었을까?"

그렇게 말한 도후 씨는 통쾌하다는 표정을 지었다.

나는 어쩐지 도후 씨의 해석이 '고승 노릇을 한 우무묵 집 주인의 몸짓을 잘못 해석한 에이헤이지의 탁발승' 이야기와 비슷하다는 기분이 들었다. 내가 생각하기에 간게쓰 씨의 하이게키와 나아가서 선생님이 낭독한 야마토의 혼에는 딱히 암호가 들어있는 건 아닌 듯했다. 그 이상도 그 이하도 아니다. 두 사람 모두 평소처럼 의견이 일치하지 않았으며 그저 터무니없는 이야기를 했을 뿐이다.

단골손님이 된 지 아직 얼마 안 된 도후 씨의 눈에는 '기묘한 암호 연극'으로 보였을지도 모른다. 하지만 선생님 댁에서 그 정도 일은 종종 벌어진다.

얼토당토않은 우무묵 문답이었지만 도후 씨가 그런 해석을 원한다면 굳이 내가 이러쿵저러쿵 참견할 필요는 없다. 헤어질 때 나는 딱 하나 신경 쓰이는 게 있어서 도후 씨에게 물어보았다.

"왜 신선이죠?"

"신선? 무슨 소리야?" 도후 씨는 눈썹을 찡그렸다.

"제가 바깥에서 막 돌아왔을 때 신선 이야기를 하던데 왜 그게 화제에 올랐는지 궁금해서요……."

"아아, 코딱지 환약을 만든 그 신선." 도후 씨는 손뼉을 딱 치고 킥킥 웃어댔다. "그러고 보니 그렇네. ……그래, 자네는 그걸 몰랐나……. 만약에 그걸 알면 우리가 무슨 이야기를 하는지 알 수 있었을 텐데."

"무슨 의미입니까?"

"일선逸仙이야."

"네? 그건…… 어떤 신선인가요?"

"신선이 아냐. 쑨원 선생님이 자주 쓰던 아호야."

선생님 댁에 돌아오니 혁명도 자객도 살인자 이야기도 마
치 거짓말인 양 고요했다.

다른 손님들은 훨씬 전에 돌아간 듯하고 선생님은 혼자서
대중목욕탕이라도 갔다 왔는지 깨끗하고 반짝반짝 윤이 나
는 얼굴로 저녁을 먹고 있었다.

선생님의 정면에는 사모님이 앉아 평소처럼 묵묵히 시중
을 드는 중이었다. 밥상 옆에는 늘 그렇듯 고양이가 웅크리고
있다. 그 정도로 지독하게 당했는데도 선생님 가까이에 붙어
있는 걸 보면 특정한 목적이 있는 것이 분명하다. 빈틈이 생
기면 밥상 위의 생선을 어떻게든 뺏어 먹으려고 노리고 있는
것 같다.

'말해두지만 고양이의 이야기다.'

그때까지 무심하게 소반 위의 저녁 식사를 묵묵히 먹고 있
던 선생님이 문득 고개를 들어 사모님에게 말을 건넸다.

"이봐, 고양이 머리를 살짝 때려봐."

"때리라니 어떻게 하라는 거죠?"

"어떻게 해도 괜찮으니까 아무튼 살짝 때려봐."

"이렇게요?" 사모님은 고양이의 머리를 가볍게 탁 쳤다.

"안 울어?"

"네."

"다시 한 번 해봐."

"몇 번을 해도 마찬가지일 텐데요" 사모님은 고양이의 머리를 또 탁 때렸다. 고양이는 역시나 가만히 있다. 그러자 선생님은 슬며시 초조해진 마음으로 말했다.

"이봐. 울도록 좀 때려봐."

"울려서 어떻게 하려고요?" 사모님은 귀찮아하는 표정으로 또다시 찰싹 하고 때렸다.

고양이는 다행스럽게 목적을 이해하고 잠시 뒤에 "야옹" 하고 울었다.

선생님은 사모님에게 물었다.

"지금 울은 야옹이라는 소리가 감탄사인지 부사인지 알아?"

사모님은 '또 시작이다'라고 생각하며 아무 대꾸도 하지 않았다.

그러자 선생님은 소리를 빽 질렀다.

"이봐!"

"네!" 사모님은 깜짝 놀란 듯이 눈을 깜빡거렸다.

"그 네라는 대답은 감탄사야? 부사야? 어느 쪽이야?"

"어느 쪽일까요? 그런 시시한 건 아무래도 괜찮지 않나요?"

"괜찮아? 이건 요즘 일본어 학자의 두뇌를 차지하고 있는 중대한 문제야."

"어머나, 고양이 울음소리가요? 그런데 고양이 울음소리는 일본어가 아니잖아요."

"그러니까 말이야. 그게 어려운 문제라니까. 비평 연구라고 해."

"그래요?" 사모님은 적당히 맞장구를 쳐주고 "그래서 어느 쪽인지 알아냈나요?"

"중대한 문제라서 하루아침에 알 수는 없어."

선생님은 무뚝뚝하게 대꾸하고 사모님의 코앞으로 잔을 쓰윽 내밀었다.

"술 한 잔 더 마시고 싶은데."

"오늘밤에는 꽤 취했는데요. 벌써 얼굴이 아주 시뻘개졌어요."

"마실 거야. 게이게쓰가 마시라고 했어." 선생님은 또 게이게쓰 핑계를 댄다. 아무래도 요시와라로 가는 건 포기하고 그만큼 집에서 술을 더 마시기로 한 듯하다.

"이봐, 신선이 속세에 살면 왜 하늘로 올라갈 수 없는지 알아?" 선생님은 또 새빨간 얼굴로 사모님에게 물었다.

"몰라요…… 술은 이제 됐잖아요. 어서 식사를 마저 드세요." 사모님은 성의껏 상대해주지도 않았다.

"속세의 냄새가 땀구멍으로 배어들어가고 때 묻은 몸뚱이 탓에 무거워서 올라갈 수 없기 때문이지."

"음, 여러 가지를 알고 있네요."

"대부분은 알고 있지." 선생님은 술이 들어 있는 잔을 지그시 바라보며 붉게 달아오른 얼굴로 그 다음 말을 중얼거렸다.

"모르는 건 자신이 바보라는 사실 정도야. 하지만 그 사실도 희미하게 터득하고 있지……."

선생님은 그렇게 말하고 마치 독이라도 마시듯 잔 안에 담긴 술을 단숨에 꿀꺽 비웠다.

'아까 그 문답에서 정말로 누가 탁발승이고 누가 우무묵 집 주인이었을까?

어쩐지 나는 알 수가 없었다.

· 그 다섯 번째 이야기 ·

라쿤운칸 대 전쟁

1.

'동서고금을 막론하고 인간의 역사는 즉 전쟁의 역사다.'

도서대여점 아저씨가 한 말이다.

"서양 고전인 『일리아스』『갈리아 전기』중국 서적인 『삼국지』일본의 『호겐』『헤이지』『헤이케 이야기』……. 예부터 내려오는 이야기는 모두 전쟁에 대해 쓴 것이지. 요컨대 사람이라는 종자는 옛날부터 전쟁만 해왔어."

도서대여점 아저씨는 빈정거리듯 입술을 일그러뜨리며 자신의 설을 주장했다.

과연 이야기를 듣고 보니 내가 어렸을 때 일본은 이웃나라인 청나라와 전쟁을 치렀고 그 전쟁이 끝나자 이번에는 러시아와 전쟁을 벌였다.

전쟁만이라는 게 공감이 되는 걸 보면 뭐, 틀림없다.

그리고 도서대여점의 아저씨 이야기는 계속 이어졌다.

"『일리아스』도 그렇고 『삼국지』도 그렇고 『호겐』『헤이지』
『헤이케 이야기』도 그렇지만 전쟁을 쓴 이야기는 모두 더할
나위 없이 재미있어. 하지만 이건 도대체 뭘까?" 도서대여점
의 아저씨는 그 순간 인기척이 없는 가게 안을 빙그르르 둘
러보더니 어깨를 움츠렸다. "실제로 전쟁이 일어나자 이 사람
저 사람 다 책을 읽지 않게 되었어. ……특히 네가 좋아하는
탐정소설 같은 건 아예 안 읽어. ……이런 이런, 세상이 어떻
게 되려고 이러지."

'별 거 아니잖아.'

장사가 안돼서 불평하고 있을 뿐이다.

그러나 러시아와는 지난 9월에 화평조약이 체결되었다.
승리를 축하하는 도쿄 시민의 제등행렬이 성대하게 벌어지
는 한편, 강화 내용에 불만을 품은 사람들이 마구 날뛰며 파
출소와 신문사에 불을 지르기도 했다. 최근에는 전쟁터에서
돌아온 군인들과 전사한 군인들의 유족을 위한 개선축하모
임이 각지에서 개최되고 있다. 선생님 댁에도 의연금을 내라
는 편지가 이따금 날아든다. 당연히 내가 아는 한, 선생님은
한 번도 낸 적이 없다. 선생님은 군인들을 환영하기보다는
자신이 남에게 환영을 받고 싶어 하는 사람이다.

어쨌든 전쟁은 이미 끝나지 않았나?

그 점을 내가 지적했지만 도서대여점 아저씨의 불쾌한 얼굴은 조금도 펴지지가 않았다. 그렇기는커녕 안경 너머로 눈을 번쩍이며 위험한 이야기를 또 꺼냈다.

"흥. 어차피 또 바로 어느 나라와 전쟁을 시작할 게 분명해."

그리고…….

도서대여점 아저씨의 예언은 기이한 형태로 실현되었다.

선생님이 돌연 전쟁을 선언했다.

적은 '라쿠운칸'이라고 불리는 사립 중학교 중학생 800명이다.

…….

나는 지금 '돌연'이라고 했다.

하지만 국가 간의 전쟁이 그렇듯 훗날 되돌아보면 전쟁의 전조인 작은 사건은 항상 존재한다. 먼저 그것을 이야기하고자 한다.

원래 라쿠운칸은 선생님 댁 뒤편에 약 6~7미터 정도의 공터를 사이에 두고 존재하는 이른바 '이웃'이다. 이 학교에 중학생 800명이 다니고 있다. 수업료는 달마다 2엔을 낸다. 분명 다들 부모님이 학비를 내줄 것이다. 학비는커녕 식비까지 스스로 벌어야 하는 나로서는 참으로 부럽기 짝이 없는 일이다. 아니, 그건 그렇고……

그들은 전부터 선생님 댁 뒤편에 있는 공터에 들어와서 도시락을 까먹거나 잡담을 나누거나 이리저리 뛰어다녔다. 그러고 나서는 도시락의 사체, 즉 대나무 껍데기와 낡은 신문, 낡은 조리, 낡은 왜나막신 등의 '낡은'이 붙은 물건들을 이것저것 버리고 갔다. 이때까지만 해도 선생님은 의외로 가만히 있었다. 그들의 무례한 행동을 너그럽게 봐주고 있거나 알아차리지 못했던 것 같다.

그러나 그 뒤에 라쿠운칸의 중학생들은 점점 영역을 넓혀서 마침내 다다미방의 정면까지 파고들었다. 그 때문에 선생님은 라쿠운칸에 불평을 하고 양쪽이 교섭을 한 결과 쌍방의 영토 경계에 사각형 모양의 울타리를 치기로 했다.

이것이 전쟁의 전조인 작은 사건이다.

한데 울타리가 생김으로써 소동은 마무리되었지만 어느 날 내가 어둑어둑해져서 집에 돌아왔을 때 얼굴이 시뻘게진 선생님이 듬성듬성한 수염을 곤두세우고 노발대발 하늘을 찌를 듯한 기세로 사방을 펄쩍펄쩍 뛰어다니는 게 아닌가.

"어이, 자네. 드디어 돌아왔군. 어디 갔었어! 전쟁이야, 전쟁! 선전포고다! 자네도 어서 준비하게!"

……무슨 말을 하는 건지 도무지 이해가 안 간다.

선생님이 화를 낼 때는 도대체 무슨 말을 하는지 모르겠다. 더구나 선생님은 늘 신경질을 부리기 때문에 여기까지는 별로 신기할 게 없다. 그런데 사방을 둘러보니 이 시간이면 대부분 꼼짝하지 않고 툇마루에서 자고 있어야 할 고양이의 모습이 보이지 않았다.

고양이가 피난을 했다는 건 평소의 신경질과 질이 다르다는 증거다. 나는 발을 동동 구르며 주위를 돌아다니는 선생님을 붙잡아놓고 간신히 달래 사정을 들었다.

"저, 저, 적군은 마침내 무시무시한 덤-덤-탄을 발명해서 이, 이것을 사용하기 시작했네."

선생님은 흥분한 나머지 말까지 더듬거렸다.

"아까 내가 서재에서 낮잠을…… 에헴, 에헴. 책을 보고 있을 때의 일이야. 별안간 집 뒤편에서 와아, 하는 함성이 울려 퍼졌어. 나는 깜짝 놀라서 벌떡 일어나…… 아니, 뛰쳐나갔지. 서둘러 화장실에 들어가 작은 창문으로 뒤쪽을 살그머니 내다보는데 그저 내 눈을 의심할 수밖에 없었네. 도대체 이게 무슨 일이야! 적군이 자기 진영에 일렬로 쭉 늘어서서 위협적으로 커다랗게 소리를 지르며 이쪽을 향해 바로 덤-덤-탄을 발사하고 있는 거야!

이제 누가 뭐라고 해도 전쟁이야, 전쟁! 으음. 아무리 그렇다고 해도 선전포고도 없이 갑자기 총공격을 펼치다니 참으로 비겁한 패거리야. 노기 장군을 발톱의 때만큼이라도 닮으면 좋을 텐데. 여기가 뤼순이나 선양인가? ……도대체 무엇을 하는 거지? 멍하니 넋 놓고 있을 때가 아냐. 자네도 빨랑빨랑 전투준비를 하게."

선생님은 당장이라도 뛰쳐나갈 태세였다.

"잠깐만 기다리세요." 나는 선생님의 소맷자락을 가까스로 부여잡고 물었다. "그렇다면 선생님이 지금 '적'이라고 하는 건 뒤편의 라쿠운칸 학생들입니까? 선생님은 지금부터 중학생을 상대로 '전쟁'을 시작하실 건가요?"

"그래, 바로 그거-야."

선생님은 단호하게 고개를 주억거렸다.

나는 속으로 한숨을 내쉬며 가렵지도 않은 얼굴을 긁어 댔다.

수염을 늘어뜨린 커다란 몸집의 어른이 중학생을 상대로 아주 진지하게 '적'이라고 부르는 건 아무래도 어른답지 못한 행동이 아닐까?

"그들을 상대로 '전쟁'을 벌인다는 건 아무리 그래도 이상하다고 생각하는데요……."

나는 어차피 달걀로 바위치기라고 생각하면서도 일단 하고 싶은 말은 하기로 했다.

"그렇다면 자네는 수염을 기른 자는 중학생에게 무슨 일을 당해도 잠자코 있어야 한다는 건가?" 아니나 다를까 선생님은 볼에 바람을 넣으며 뿌루퉁히 말했다. "그렇다면 고양이처럼 수염이 있는 건 한 마리도 불평을 터뜨리면 안 되겠네. 그런 거야?"

당황스럽기 그지없었다. 나는 한 번도 고양이가 불평을 터뜨리는 모습을 본 적이 없기 때문이다.

잠자코 있자 선생님은 자기가 이겼다고 생각하는지 우쭐거리며 빠른 말투로 이야기했다.

"중학생이든 뭐든 저쪽이 먼저 무서운 덤덤탄(목표물에 맞으면 탄체가 터지면서 납 알갱이가 인체에 퍼지게 만든 탄알)을 사용해서 선제공격을 해왔어. ……분명 덤덤탄은 국제조약으로 사용이 금지된 탄환이 아닌가? 이른바 국제조약 위반이야. 승리의 깃발은 우리 거라고. 대의명분은 우리한테 있어. 전쟁을 일으켜도 아무도 불만을 터뜨릴 수 없다고."

"그런데…… 덤덤탄이란 게 도대체 뭐죠?"

"뭐? 자네 덤덤탄을 몰라?" 선생님은 완전히 무시하듯 말했다.

선생님은 잠깐 생각하는 기색이었다. 하지만 무슨 꿍꿍이인지 책상 위에 종이를 펼쳐놓고 서둘러 도면을 쓱쓱 그리기 시작했다.

"여기가 우리 쪽 진지…… 여기가 국경인 사각형 모양의 울타리. 그러니까…… 이게 적의 영토고…… 음, 대충 이렇겠군."

선생님은 자기가 그린 지도를 바라보며 만족스러운 듯 고개를 끄덕인다. 묘하게 기뻐 보였다. 아무래도 선생님은 '전쟁놀이'가 싫지 않은 듯하다.

"보고에 따르면 덤덤탄의 발사 장소는 적진 깊숙이…… 아마도 그 주변이겠지."

선생님은 완전히 기력을 차린 모습으로 나에게 도면을 보여주었다. '보고'라는 건 아마도 선생님이 화장실의 작은 창문에서 엿본 결과를 스스로 보고한 것이리라. 지도를 보니 선생님이 말하는 '적진 깊숙이'는 라쿠운칸의 건물 쪽, 운동장과 사이에 있는 지점이었다.

"적군의 포병은 전략적 요충지에 진을 치고 있어." 선생님은 어디서 주워들었는지 완벽한 군대 용어로 우쭐거리며 떠들어댔다.

"적군의 포병은 전부 3명이야. 우리 쪽 진지와 마주하고 커다란 절굿공이를 들고 있는 장수가 1명. 이 자와 6~7미터 간격으로 떨어진 곳에 다른 장수 1명이 마주 서 있고, 마지막 1명은 절굿공이를 든 장수의 등 뒤에 있는데 이 자는 대기 중이야.

나머지 적군 몇 명은 우리 진지에서 등을 돌리고 전쟁을 준비하고 있어. 그 밖의 대다수는 절굿공이를 들고 서 있는 자를 중심으로 부채꼴 모양으로 쭉 펼쳐져 서 있지.

또 보고에 따르면 덤덤탄 발사 순서는 다음과 같네.

먼저 우리 진지에서 등을 돌리고 있는 포병이 덤덤탄을 오른손에 쥐고 힘껏 집어던지면 우리 쪽과 마주하고 있던 장수가 절굿공이를 에잇, 하고 치켜들어서 쳐내지. 이따금 헛친 탄환이 뒤쪽으로 빠져나가 대기하고 있던 장수의 손에 잡히지만 대부분은 탁, 하고 커다란 소리를 울리며 튕겨져 나가. 그 기세는 정말 맹렬하다고.

이렇게 발사된 덤덤탄은 적군의 진지에서 공중으로 붕 떠올라 중립지대인 공터를 넘고, 나아가서는 영토 경계선인 사각형 모양의 울타리를 훌쩍 뛰어넘어 우리 쪽 진지에 쾅음과 함께 떨어지게 되는 거야…….

덤덤탄의 제조 성분은 안타깝지만 지금 상태에서는 알 수가 없어. 뭔가 딱딱하고 돌처럼 둥근 물건인데 가죽으로 둘러싸서 세심하게 꿰맸더라고. ……이상의 점으로 미루어 적국의 국제조약 위반은 분명하지. 게다가 녀석들은 비겁하게도 사람들에게 부탁해서 구름처럼 많은 졸병을 모아 우리 쪽에 더 많은 피해를 주려고 시도하고 있네. 덤덤탄이 절굿공이에 맞든 안 맞든 부채꼴로 펼쳐진 졸병들은 일제히 와아, 하고 짝짝짝 손뼉을 치며 울부짖고 야아! 야아! 하고 소리쳤어.

맞았다! 하고 고함을 치기도 했어. 그래도 시원치 않은지 고래고래 소리를 지르더군. 놀랍지 않냐, 항복할거냐 등등 계속해서 질문을 해대고 앙앙, 앙앙 울부짖지…… 성가시기 그지없어. 쉽사리 낮잠도……. 에헴, 에헴, 책도 읽을 수 없어. 적들이 우리의 전력 소모를 노리고 있는 게 분명해. 서둘러 전쟁 준비를 하자. 자네가 앞장서게. 대장이다!"

"네?" 나는 얼떨결에 소리를 질렀다.

"왜 제가 앞장서야 합니까?"

선생님은 왜 그렇게 당연한 걸 묻느냐는 표정으로 말했다.

"그러니까 자네, 이 집 서생이지?"

늘 그랬던 일이지만 정말 기가 막힌다.

선생님은 서생을 도대체 뭐라고 생각하는 걸까?

이대로 가다가는 무슨 일을 시킬지 모른다. 선생님의 이야기를 듣다가 불현듯 떠오른 생각을 말했다.

"어쩌면 라쿠운칸의 학생들은 야구 연습을 하고 있는지도 몰라요."

"야구?" 선생님은 눈이 휘둥그레져서 물었다. "뭐야, 그건 먹는 거야?"

"야구를 모르세요?"

정말이지 놀라운 일이다.

메이지 시대에 미국에서 수입된 야구는 요즘 시민들과 특히 학생들 사이에서 상당히 유행하고 있다. 대학은 물론 각지의 고등학교와 중학교에서도 친선경기가 빈번히 열리고 있을 정도다. 분명히 얼마 전에도 와세다대학이 본고장인 미국으로 원정시합을 하러 가서 완패 당했는데 그 사실이 항간에 크게 화제가 된 적이 있었다.

야구를 모른다고 하고 더구나 '먹는 거?'라고 묻다니 과연 선생님답다. 나는 기막힘을 뛰어넘어 몹시 감탄하면서 선생님에게 야구의 개요를 설명했다.

"선생님이 말씀하시는 '덤덤탄'이란 아마도 야구에서 사용되는 공을 말하는 듯해요. '절굿공이'는 야구방망이, '구름처럼 많은 졸병들'은 응원단을 뜻하는 게 아닐까요? 요컨대 그들은 선생님에게 전쟁을 거는 게 아니라 야구 경기, 즉 시합을 하고 있을 뿐이라고 생각합니다."

선생님은 웬일인지 잠자코 듣고 있었다. 그러나 설명이 끝나자마자 손바닥을 한 번 탁 치더니 펄쩍 뛰어오르며 소리를 질렀다.

"그런가. 그게 미국 것이었나!"

선생님은 눈썹을 찡그리고 중얼중얼 의미를 알 수 없는 소리를 했다.

"흐음. 확실히 미국은 그토록 비인도적인 병기, 덤덤탄의 사용을 금지하는 국제조약을 실천하지 않는 건가…… 그렇

다면 국제조약을 위반했다고 제기할 수는 없나? 흠. 이거 참 곤란하군.'

'사람이 하는 이야기를 전혀 안 듣고 있군.'

"그러니까 선생님. 야구는 병기가 아니라……."

내가 말을 건네는 순간 선생님은 또 뭔가 떠오른 듯 고개를 쳐들었다.

"적을 알고 나를 알면 백전백승이다!"

동작을 멈추고 색다른 표정을 지으며 과장스럽게 탄복하던 선생님은 나를 돌아보고 히죽 웃었다.

"그럼 자네. 일단 적국의 상황을 정찰하도록 하게."

2

이 일 때문에 이튿날은 하루 종일 집에서 선생님을 상대하게 되었다.

완전히 말려들었다.

그래도 설마 아침부터 선생님을 상대해야 하는 건 아니겠지. '적의 포격'이 이루어지는 건 오후라고 들었다.

포격이 시작되기 전까지 집안 청소라도 해야겠다는 생각에 자리에서 일어났다. 잠시 서재를 엿보니 아니나 다를까 선생님은 책상에 엎드려서 한창 낮잠을 자고 있었다.

놀랍게도 엎드린 얼굴 밑에는 변함없이 가로 글자가 써 있는 책이 펼쳐져 있었다. 그렇지만 과연 선생님이 잠들기 전에 세 줄 이상 읽었는지 의심스럽기 짝이 없다. 서재 앞 툇마루에서는 고양이가 낮잠을 자고 있었다.

'어쩐지 많이 닮은 듯하다.'

이런 생각을 하며 보고 있는데 선생님이 책상에 엎드린 채로 빙글빙글 어렴풋이 웃으며 "니시카와의 쇠고기……"라는 뭔지 모를 잠꼬대를 중얼댔다. 그 잠꼬대에 맞춰 고양이가 할짝할짝 입술을 핥는다.

두 마리, 아니 한 사람과 한 마리는 똑같이 맛있는 음식을 먹는 꿈이라도 꾸고 있는 걸까?

일단은 가만히 내버려두기로 하고 나는 그 자리에서 일어나 신발을 신고 마당으로 나갔다.

새롭게 생긴 사각형 모양의 울타리 앞에 섰지만 주위는 거짓말처럼 고요했다. 심지어는 라쿠운칸 운동장 저편에 있는 건물의 한 교실에서 수업하는 소리조차 들릴 정도였다.

"……공중도덕이란 소중한 것으로 외국에 가보면 프랑스도 독일도 영국도 어느 나라를 가도 모두 공중도덕을 잘 지킨다. 또 아무리 신분이 낮은 사람도 다들 공중도덕을 중요하게 여기지……"

아무래도 도덕 수업인 것 같다.

'그래. 학비를 안 내도 여기 있으면 공짜로 수업을 받을 수 있겠다……'

나는 문득 이런 생각을 하며 귀를 기울였다.

"……공중도덕이라고 하면 어쩐지 외국에서 새롭게 들어왔다고 생각하는 학생도 있을지 모르지만…… 일본에도 '공자는 사람을 깊이 배려하고 진심을 다하여 대하라고 가르친다'는 말이 있었고…… 무엇보다도 나 역시 인간이므로 때로는 커다란 소리로 노래를 부르고 싶어질 때도 있지만…… 당나라의 시를 소리 높여 읊으면 기분이 상쾌해지고 좋다고 생각할 때도 있고…… 학생들도 최대한 공중도덕을 지켜서…… 꼭 실천해야 한다……."

목소리는 바람의 상태에 따라 들렸다가 안 들렸다가 했다. 안타깝게도 수업을 받는다는 건 실현되기 어려울 듯하다.

이윽고 수업이 끝났는지 소리가 딱 멈췄다. 다른 교실의 수업도 모조리 끝난 것 같았다. 그러자 방금 전까지 실내에 꼼짝없이 갇혀 있던 라쿠운칸의 학생 800명이 우와, 하고 함성을 지르며 우르르 뛰어나왔다. 흡사 30센티미터 정도의 커다란 벌집을 두들겨서 떨어뜨린 것 같은 기세였다. 학생들은 왁자지껄 떠들며 학교 건물 입구와 창문, 여닫이문 등 열려 있는 모든 곳에서 앞 다투어 뛰어나왔다.

약간 어안이 벙벙해져서 바라보고 있는데 그들은 놀랍게

도 선생님이 말한 그대로 '진을 치기' 시작했다.

우선 적군의 포병이 진을 치고 있는 전략적 요충지이자 적
진 깊숙이 위치한 덤덤탄의 발사 장소는 라쿠운칸의 건물 쪽
에 있는 홈베이스이다.

절굿공이를 들고 있는 장수는 야구방망이를 들고 타석에
서 있는 타자이며, 6~7미터 간격으로 떨어진 다른 장수 1명
은 투수임이 틀림없다. 그리고 절굿공이 장수 뒤에서 전쟁을
준비하고 있는 이는 포수, 나머지 적군 몇 명은 외야수, 부채
꼴 형태로 쭉 펼쳐진 졸병은 응원단을 뜻한다.

과연 선생님이 말한 그대로다. 내심 감탄했다.

이어서 '덤덤탄이 발사'되기 시작했다.

"포병 1명이 덤덤탄을 오른손에 쥐고 절굿공이 장수를 향
해 집어던진다."(투수가 타자에게 공을 던진다)

"덤덤탄이 포병의 손을 떠나 바람을 가르며 날아가자……
이따금 헛친 탄환은 뒤쪽으로 빠져나가 대기하고 있는 장수
의 손에 잡힌다."(타자는 이따금 투수가 던진 공을 헛친다)

"저쪽에 서 있는 장수가 그 절굿공이를 에잇 하고 치켜들어
서 쳐낸다."(타자가 야구방망이를 휘둘러서 공을 받아친다)

"이리하여 발사된 덤덤탄은 적군의 진지에서 훨씬 높은 공
중으로 붕 떠서 우리 쪽 진지로 굉음과 함께 곤두박질한다."
(날아간 타구 몇 개는 외야수의 머리를 넘기거나 그 사이를

빠져나가 선생님 댁 대나무 울타리에 기세 좋게 부딪친다)

그뿐만이 아니다. 야유가 또 굉장하다.

"어-이, 타자 정신 차려! 치지 마, 치지 마!"

"그래, 원 볼. 다음에는 투 볼이다."

"친절한 투수니까 높은 공을 던져 주라고. 오우 오우, 점점 높아지네. 다음에는 사다리를 타고 올라가서 쳐야하나!"

"뭐야, 원 스트라이크야? 폐하, 흥분해서는 아니 되옵니다. 누가 폐하에게 청심환을 한 되만 갖다드려라!"

"허허, 허허. 또 높은 볼이네."

"다음 타자, 유격수의 가랑이 사이를 노리고 쳐라!"

"홈런, 홈런!"

"확 날려버려!"

놀랐다.

예상보다 훨씬 활기 찬 분위기다.

과연 이 정도라면 선생님의 불평도 이해가 간다. 그런데 확실히 얼마 전까지는 이 정도로 소란스럽지는 않았는데⋯⋯. 의아해하던 나는 잠시 후 코앞에서 벌어진 소동의 원인을 알아냈다.

야구를 하고 있는 라쿠운칸 학생들은 다들 진짜 야구방망이와 공, 글러브와 미트까지 사용하고 있었다. 심지어 어떤 아이는 발에 스파이크까지 신었다.

정말이지 깜짝 놀랄 만한 일이 아닌가!

진짜 야구방망이와 공, 글러브, 미트는 대부분 본고장인 미국 수입품으로 매우 고가인 물건이다. 잇코, 게이오, 와세다 야구부원이라면 몰라도 이 지역 중학생이 갖고 있을 만한 물건이 아니다.

실제로 라쿠운칸의 학생들은 전에도 운동장에서 야구 연습이나 시합은 했지만 그때는 직접 천으로 만든 공을 통나무 수제 방망이로 되받아쳤다. 처음에는 진짜 절굿공이를 사용했다. 수비하는 쪽도 맨손 아니면 목장갑이나 삼발이를 이용해서 잡았다. 발도 맨발이었고 기껏해야 작업화를 신는 정도였다.

설마 라쿠운칸의 중학생이 스스로 고가의 야구용품을 샀을 리는 없다. 누군가 부자 학부형이 야구용품 전체를 기부했을까. 그래서 학생들 사이에서 급작스럽게 야구 붐이 일어났나…… . 아마 그럴 것이다. 생각하기에 따라서는 부럽기 짝이 없지만…… .

와아, 하고 귀가 먹먹해질 정도의 환호성이 터져 나오더니 운동장에 있는 학생들이 한꺼번에 발을 동동 굴렀다. 마치 땅이 뒤흔들리는 듯한 소리가 울려 퍼졌다.

엉겁결에 얼굴을 찡그렸다. 아무리 그래도 너무 소란스럽다.

이래서는 선생님의 낮잠은 물론이고 근방에 환자나 아기

가 있는 집은 상당히 괴로울 것이 분명하다. 공격이 시작되었다고 생각하는 건 선생님뿐만이 아닐지도 모른다.

선생님을 옹호하는 건 아니지만 미국은 엉뚱한 것만 생각하는 국민성이 있는지 포병으로 착각할 만큼 이웃에게 피해를 주는 유희를 일본인에게 가르쳐주었다. 단순한 친절일 수도 있지만 이런 억측을 하게 되었다.

또다시 귀가 먹먹해지는 환호성이 들린다.

"케-엑!"

그때 갑작스레 등 뒤에서 사람의 것이라고 생각되지 않는 앙칼진 소리가 터져 나왔다. 깜짝 놀라 어깨를 움츠리며 뒤돌아보니 얼굴이 새빨갛게 물든 선생님이 툇마루에서 자고 있는 고양이 옆구리를 걷어차고 툇마루에서 마당으로 후다닥 뛰어내려왔다. 맨발의 선생님은 듬성듬성한 수염이 온통 곤두서서 왼쪽과 오른쪽이 각기 다른 방향으로 뻗어 있었다. 그런 끔찍한 모습으로 선생님은 지팡이까지 치켜들고 있었다.

선생님은 마당 앞에 무섭게 버티고 서서 두리번두리번 좌우로 고개를 돌렸다. 그리고 부들부들 떨고 있는 나를 발견하고 외쳤다.

"어디 갔어!"

"어디라니. 뭐가…… 말이죠?" 나는 조심스럽게 물었다.

"바보. 당연히 도적놈 말이지!" 선생님은 눈을 번득이며 말했다. "이 새끼, 조금 있으면 입으로 집어넣으려는 찰나에 코 앞에서 낚아채가다니! 자네, 녀석은 어디로 갔지? 냉큼 말해 보게!"

……아무래도 선생님은 막 먹으려던 맛있는 음식을 누군가에게 뺏기는 꿈을 꾼 듯하다.

어떻게 대답해야 하지?

그 순간 귀가 먹먹해질 정도의 환호성이 세 차례 울려 퍼졌고, 이어서 땅이 뒤흔들리는 소리가 났다.

쳐다보니 라쿠운칸의 운동장을 넘어 날아온 대형 홈런이 정확히 선생님을 겨냥해서 곡선을 그리며 곤두박질하는 참이었다.

"위험해요! 선생님, 도망치세요!"

하지만 선생님은 내 말에 귀를 기울이지 않고 겁도 없이 하늘에서 곤두박질하는 공을 때려서 떨어뜨리려고 했다. 눈을 둥그렇게 뜨고 오른손에 든 지팡이를 치켜들었지만…….

지팡이는 허무하게도 허공을 갈랐고 공은 선생님의 머리에 뚝 떨어졌다.

공의 위력은 그다지 강해 보이지 않았지만 선생님은 그 자리에서 나자빠지더니 꽥, 하고 소리를 지르며 눈을 희번덕거렸다.

나는 쓰러진 선생님 옆에 놓인 공을 줍고 나서 이런 이런,

하며 한숨을 내쉬었다.

누가 봐도 패전이었다.

3.

젖은 수건을 서재로 들고 온 나는 안을 한번 힐끗 들여다
보고 화들짝 놀랐다.

선생님이 물구나무서기를 하고 있었다…… 이렇게 말해도
확 와 닿지가 않겠지만.

정확히 말하면 선생님은 털이 복슬복슬한 정강이를 고스
란히 드러내고 기둥에 기대듯이 물구나무서기를 하고 있었다.

아까…….

마당에서 눈길이 마주친 선생님을 차마 그대로 내팽개칠
수는 없었기에 나는 선생님을 짊어지고 툇마루를 올라가 서
재로 옮겼다. 고양이의 모습은 보이지 않았다.

"오리 냄비 요리가 먹고 싶어…… 향기로운 순무랑 간장을
발라 구운 쌀 과자와 함께 먹으면 오리의 풍미가 더욱 진해
지지……."

어쩐지 이해하기 힘든 말이었다.

나는 일단 머리를 식혀주면 정상으로 돌아올 거라고 생각
해서 젖은 수건을 가지러 갔는데 그 사이에 이런 일이 벌어진

것이다.

'그렇다면 머리가 공에 맞아서 정말로 이상해진 게 아닐까?'

그 모습을 어이없어하며 바라보고 있는데 물구나무서기를 하고 있던 선생님은 균형을 잃었는지 허우적허우적 발버둥을 치다가 털썩 요란한 소리를 내며 바닥으로 쓰러졌다.

"……괜찮으세요?"

문지방 위에 선 채로 조심스레 말을 건넸다.

"괜찮아."

선생님은 벌떡 일어나 허리 언저리를 어루만지며 언짢은 목소리로 대답했다.

"자네, 그런 곳에서 무엇을 하고 있나? 빨랑빨랑 이쪽으로 와서 다리를 지탱해주게"

제정신인가? 아닌가? 여전히 판단이 잘 서지 않는다.

언제든 도망칠 수 있게 엉거주춤한 자세로 다가가서 다시 기둥 앞에 손을 짚은 선생님의 엉덩이 언저리를 향해 물었다.

"그런데…… 저기…… 선생님은 무엇을 하고 계시죠?"

"보고도 모르는군. 물구나무서기야, 물구나무서기!"

선생님은 그렇게 말하고 발차기를 하듯 허공에서 발을 버둥버둥했다. 나는 서둘러 선생님의 발을 붙잡고 희망대로 기둥에 기대도록 도와주었다.

"물구나무서기라는 건 알고 있지만." 나는 선생님의 발을 지탱한 채로 발치에서 선생님의 얼굴을 내려다보며 물었다. "어째서 이런 걸 하시죠?"

"영감을 얻기 위해서지." 물구나무서기를 하고 있는 선생님은 약간 얼굴이 붉어져서 대꾸했다. "잘 듣게. 적의 포격은 오늘 우리 쪽에 막대한 피해를 가져왔지. 지난번 러시아와 전쟁을 할 때 일본군이 뤼순 바다 위에서 간접 사격을 실시해서 공을 세웠다는 이야기를 들었네. 그들은 분명 눈살을 찌푸리게 하는 짓거리를 모방하고 있어. 이대로 가다가는 전쟁에서 질 게 뻔해. 여기서 하나, 이 불리한 전국을 타개하기 위해서는 위대한 영감이 꼭 필요해."

"그것도 알겠습니다만." 나는 잠시 생각한 다음에 고개를 갸웃했다. "영감과 물구나무서기가 도대체 어떤 상관관계가 있는 거죠?"

"그거야, 자네!" 선생님은 물구나무서기를 한 채로 나를 올려다보고 있었다. "이를테면 증기선에 석탄이 부족하면 안 되듯이 시인에게 영감이 부족해서는 안 돼. 하숙집의 쇠고기 냄비요리가 사실은 말고기인 것처럼 시인의 영감도 정말이지 피를 거꾸로 솟구치게 만드는 거라고. 시인에게 위대한 시를 쓰게 하는 영감의 정체가 피를 거꾸로 솟구치게 하는 거라면, 반대로 거꾸로 솟구치는 피가 위대한 시를 창조할 수 있지 않을까. 위대한 시를 쓸 수 있다면 우리는 불리한 전국을 쉽게 타개할 수 있을지도 몰라. 요컨대…… 요컨대…….”

말이 급작스레 불분명해져서 이상하게 생각하며 내려다보니 어느새 선생님의 얼굴은 삶은 문어처럼 새빨개져 있었다.

“자네…… 자네…… 미안하지만 잠깐 손을 떼고…… 나 좀 놔봐.”

누르고 있던 발에서 손을 떼자 선생님은 금세 다리를 내리더니 피가 몰려 붉어진 얼굴로 기둥에 등을 기대며 털썩 주저앉았다. 눈을 허옇게 뜨고 괴로운 듯이 숨을 몰아쉬었다.

“영감이란 피를 거꾸로 솟구치게 하는 거다.” 선생님은 잠시 뒤에 입술을 달싹거리며 아까 한 말을 다시 한 번 되풀이했다.

“학창 시절 친구 중에는 이것을 얻기 위해 날마다 떫은 감을 12개씩 먹은 녀석도 있어. 떫은 감을 먹으면 변비에 걸리지. 변비에 걸리면 반드시 피가 거꾸로 솟구친다는 이론을 따른 거야. 또 한번은 따뜻한 술이 든 병을 들고 쇠로 만든 욕조로 뛰어들었어. 이건 ‘뜨거운 물속에서 술을 마시면 틀림없이 피가 거꾸로 솟구친다는 이치 때문이라고 해. 이래도 안 되는 경우 포도주를 데워서 목욕하면 단 번에 효능이 나타난다는 소리도 있었네. 하지만 안타깝게도 돈이 없어서 실행하지는 못했다는군. 그 친구는 그랬지만 나는 최근에 전혀

254

돈이 들지 않고 영감을 얻을 수 있는 아주 간단한 방법이 존재한다는 걸 깨달았어.

피가 거꾸로 솟구친다는 건 말 그대로 피가 거꾸로 올라가서 머리에 고이는 거지. 그런데 만물은 위에서 아래로 떨어지는 성질이 있어. 혈액도 마찬가지고. 그렇다면 머리를 아래로 두면 피가 쏠리겠지? 요컨대 물구나무서기만 하면 영감은 자연히 샘솟을 거라는 원리라네."

선생님은 꽤나 으스대며 설명을 마무리했다.

"이봐, 자네. 한 번 더 하자고. 이번에는 꼭 영감을 얻어야지."

선생님은 기모노 소맷자락을 접고 털이 복슬복슬한 정강이를 고스란히 드러낸 채로 옷의 뒷자락을 허리에 끼운 후 기둥 앞에 손을 가져갔다.

그런데 마당에서 어떤 목소리가 들려왔다.

"여긴가?"

"좀 더 왼쪽 아냐?"

막대기로 조릿대 이파리를 들쑤시는 소리가 났다.

선생님은 한순간 우두커니 서 있더니 눈을 둥그렇게 뜨고 별안간 "케-엑!" 하고 괴상한 새소리를 내며 맹렬한 기세로 마당으로 뛰쳐나갔다.

즉시 마당 쪽에서 "우와-"인지 "끼야-"인지 모를 비명이 터져 나오고 사람들이 허둥지둥 뛰어다니는 소리가 났다.

"잡았다-앗!"

이어서 선생님의 기뻐하는 목소리가 들렸다. 부랴부랴 툇마루로 나서자 선생님은 나를 돌아다보며 히쭉히쭉 웃더니 자랑스럽게 말했다.

"어때, 자네. 보기 좋게 적군 1명을 생포했어. 이것도 영감 덕분인가."

선생님이 생포한 적군 1명을 보니 몸집이 자그마하고 창백한 얼굴을 한 중학생이었다. 앳된 생김새는 아직 어린아이라고해도 좋을 정도였다. 아마도 1학년이겠지. 상급생이 공을 주워오라고 명령해서 울타리를 훌쩍 넘어 이웃집 마당으로 덤덤탄(야구공)을 찾으러 왔다가 운 나쁘게도 선생님의 습격(?)을 받았고 혼자서 미처 도망치지 못한 듯하다.

"용서해주세요. 이제 안 그럴게요."

아까부터 중학생은 울상을 지으며 자꾸자꾸 사과를 했다. 평범하게 생각하면 수염을 기른 몸집이 커다란 어른이 여기서 한차례 잔소리를 늘어놓고 상대를 놓아줄 법도 하지만 선생님은 '비상식적인 적장'이며 '이성을 잃는 데 천재'다. 애써 잡은 '적군'을 상대가 아이라는 시시한 이유로 풀어줄 리가 없다.(물론 평범하게 생각하면 몸집이 커다란 어른이 맨발인 상태로 마당으로 뛰쳐나가지는 않겠지만)

하급생이 '포로'가 되었다는 사실 그리고 선생님이 '포로'

를 석방해주지 않고 있다는 사실이 라쿠운칸의 상급생들에게도 곧바로 전해진 듯하다. 그들은 야구 연습을 당장 중단하고 운동장을 가로질러 사각형 모양의 울타리를 뛰어넘은 뒤 나무로 된 여닫이문을 통해서 마당 안으로 들이닥쳤다.

대충 12명 정도다. 선생님 앞에 쭉 늘어선 아이들은 다들 주먹이 강해 보였다. 얼굴이 새까맣게 탔고 가슴께에 보이는 팔 근육은 꽤나 발달되어 있었다. 중학교에서 공부를 한다기보다는 어부나 뱃사공 아니면 산적이라도 할 것 같은 녀석들이다. 만일 길에서 맞닥뜨린다면 도망치고 싶은 패거리다. 나는 그들의 눈을 피해 몰래 집 안으로 들어가서 앞으로의 흐름을 지켜보기로 했다.

박사나 교수라는 직함에는 재미있을 정도로 황송해하는 선생님이지만 상대가 중학생일 때는 산적이든 어부든 뭐든 태연할 뿐이다.

"네놈들은 도적놈인가!"

선생님은 눈앞에 쭉 늘어선 산적들을 향해 큰소리로 꾸짖었다.

"아뇨. 도둑이 아닙니다. 라쿠운칸의 학생입니다." 상급생 하나가 대표로 대답했다.

"거짓말하지 마라. 라쿠운칸의 학생이 무단으로 남의 집 마당에 침입할 리가 없어. 살그머니 남의 집으로 들어온 걸 보니 도적놈이 분명해!"

"하지만 이렇게 학교 휘장이 달린 모자를 확실히 쓰고 있습니다."

"어차피 가짜잖아."

"가짜가 아니에요."

"진짜 라쿠운칸 학생들이라면 왜 제멋대로 남의 집에 침입했지?"

"공이 여기로 날아들었기 때문입니다."

"왜 공이 날아들었지?"

"왜, 라뇨…… 어쩌다 그만 날아들었답니다."

"그만 날아들었다니 괘씸하군."

"앞으로 조심할 테니까 한 번만 용서해주세요."

"어디 사는 누구인지도 모르는 녀석들이 울타리를 넘어 집 안으로 침입했는데 그렇게 쉽사리 용서가 되겠나?"

"그렇지만 라쿠운칸의 학생들이 분명하다니까요."

"라쿠운칸의 학생이라면 몇 학년이야?"

"3학년입니다."

"틀림없나?"

"네."

선생님은 등 뒤를 돌아보았지만 내 모습이 보이지 않자 약간 의아한 표정을 지었다. 하지만 바로 현관 쪽으로 얼굴을 돌리고 "어이, 여기" 하고 말했다.

훔쳐보니 하녀 식순이가 마침 시장을 봐오는 참이었다.

선생님의 부름에 얼굴을 내민 식순이는 마당 앞에 잔뜩 모여 있는 중학생들을 보고 얼빠진 듯 "헤에" 하고 소리를 냈다.

"라쿠운칸에 가서 아무나 데려와라."

"누구를 데려오나요?"

"누구라도 좋으니까 데려와."

"헤에."

식순이는 또 얼빠진 목소리로 대꾸했지만 자신이 무슨 명령을 받았는지 알지 못하는 기색으로(무리도 아니지만) 그 자리에서 머뭇거리고 있었다.

"누구라도 상관없으니까 불러오라는데 모르겠나? 교장이든 교사든 서무직원이든……."

"교장 선생님을……." 식순이는 송구스럽다는 듯이 눈을 동그랗게 떴다.

"만약에 아무도 없으면 사환이라도 괜찮나요?"

"바보. 사환이 뭐를 알겠니. 빨랑빨랑 가서 데려와라…… 알았어? 사환은 안 돼."

"네에." 식순이는 대답을 하고 고개를 갸우뚱거리며 나가더니 머리가 벗겨지고 수염이 듬성듬성한 사람을 끌고 왔다.

사환…… 이라고 하기에는 옷차림이 단정하다.

"우리 학교 학생이 뭔가 폐를 끼친 듯한데……" 말소리를
들은 나는 이 사람이 누구인지 금세 알아차렸다. 아까 라쿠
운칸에서 도덕 수업을 하던 교사다.

"여기에 쭉 늘어서 있는 아이들은 정말로 그 학교 학생입니
까?" 빈정거리듯 말끝을 조금 올린 건 우리 선생님으로서는
비교적 훌륭한 태도다.

예상대로 도덕 교사는 마당 앞에 쭉 늘어서 있는 산적들
을 한번 쓰윽 둘러보았다.

"네. 모두 저희 학교 학생들입니다……." 대답은 간단했다.

"그 학교에서는 다른 사람 집에 무단으로 침입하는 걸 장
려하고 있습니까?" 선생님은 가차 없이 직격탄을 날렸다.

"그런 건 아닙니다. 그런 건 아니지만…… 평소에 늘 훈계
를 하고 있습니다만…… 아무래도 지도에 어려움이 있어
서…… 어이, 자네들은 왜 울타리를 뛰어넘었나?"

산적들은 마당 한구석에 모여 양떼가 하얀 눈이라도 맞은
듯 얌전하게 기다리고 있었다.

도덕 교사는 선생님과 산적들을 번갈아 바라보며 눈동자
를 이리저리 굴리더니 일방적으로 횡설수설 떠들었다.

"주의를 단단히 주었지만 워낙 인원이 많아서…… 어이,
자네들. 만약에 여기로 공이 또 날아들면 바깥에서 살펴보

다가 양해를 구하고 줍도록 해라. ……학교가 너무 좁아서 만날 피해만 끼치고. 저희도 어찌해야 좋을지 모르겠습니다…… 앞으로는 반드시 문밖에서 살펴보고 양해를 구한 다음에 공을 줍도록 할 테니까요…… 자네들도 앞으로는 더욱 주의하도록…… 지금은 어떻게든 한 번만 용서해주시는 쪽으로…….."

아까 내가 울타리 앞에서 들은 수업은 아무래도 '바람의 상태에 따라 들렸다가 안 들렸다가' 하는 게 아닌 모양이다.

이 사람이 '적의 대장'이라면 어쩐지 믿음직스럽지 못하다는 생각이 들 정도였다.

어쨌든 선생님이 다음에 어떤 공격을 할지 잔뜩 기대하며 보고 있었다.

"아니, 그걸 알면 됐습니다. 공은 아무리 많이 던져도 상관이 없어요. 단지 바깥에서 잠깐 양해를 구하고 들어오면 됩니다. ……그럼 이 학생들을 그쪽한테 인계할 테니 데려가세요. 아이구, 일부러 오시라고 해서 죄송합니다."

선생님은 듣고 있는 쪽이 얼떨결에 앞으로 푹 고꾸라져서 땅에 코끝이 부딪칠 것 같이 맥없이 인사했다.

도대체 어떻게 된 걸까? 뒤에서 고개를 내밀어 상황을 엿보니 선생님의 얼굴은 그 신성한 붉은 기운이 사라지고 평소처럼 생기 없는 밋밋한 흙빛 얼굴이었다.

'아무래도 피가 거꾸로 솟구치는 효과가 사라졌나 보다.'

산적들은 도덕 교사를 뒤쫓아 의기양양하게 물러갔다.

4

"이상하잖아!"

선생님은 서재에 앉아 팔짱을 끼고 뿌루퉁한 얼굴로 말했다. 여전히 잔소리가 심하다……. 아니다, 잔소리가 한층 더 심해졌다.

평화조약(?)이 체결된 결과 이제까지의 야구 연습 및 야유를 하는 소음은 물론 공이 선생님 댁 마당 안으로 날아들어올 때마다 라쿠운칸의 학생이 현관문을 열고 커다란 목소리로 양해를 구하는 소리까지 들어야 했다.

"공이 그만 여기로 날아들었는데요. 주워가게 해주세요!"

"공이 날아들었는데요. 주워가도 될까요!"

쉴 새가 없다.

참고로 오늘은 지금까지 16번째다.

"이상하잖아!" 선생님은 입술을 삐죽 내밀며 다시 한 번 말했다. "이쪽이 전쟁에서 이겼는데 어째서 전보다 상황이 더 나빠졌지?"

그 순간 또 현관문이 쓰윽 열렸다.

"공을 주워가게 해주세요!"

선생님은 작게 신음소리를 흘린 뒤 뿌루퉁한 얼굴로 볼에 바람을 넣고 있었다.

선생님 댁에서 더부살이를 하고 있는 나에게도 이건 바람직한 상황이 아니었다. 집에서 잔소리를 듣는 건 당연히 나이기 때문이다.

"자네, 서생이지. 어떻게든 해봐!"

선생님은 어김없이 고함을 친다. 어떻게든 하고 싶은 건 산더미처럼 쌓여 있지만 선생님 쪽에서 살그머니 남의 집에 들어오는 건 도적놈이야 하고 이미 말을 했기 때문에 양해를 구하지 않아도 괜찮다고 말할 수도 없다……. 도무지 손을 쓸 방법이 없다.

선생님이 잔뜩 부은 얼굴로 몸을 핵 돌려 나를 보았다.

'저런, 때가 왔구나…….'

이런 생각을 하며 고개를 움츠렸지만 선생님이 꺼낸 건 웬일로 다른 이야기였다.

"그런데 자네. 생각해보면 이상하지 않나?"

"이상하죠." 나는 일단 맞장구를 쳤다. 당연히 선생님이 어떤 이상한 걸 말하는지 전혀 짐작조차 가지 않았지만.

"중학교 옆에 사는 사람은 일본 안에 우리 말고 얼마든지 있네. 그런데 나만 늘 신경질을 내는 건 무슨 까닭일까?" 선

생님은 고개를 갸웃거리고 있다. "이건 수상해…… 그렇다
면 이상한 건 저쪽이 아니라 이쪽이 아닐까? 내가 이상한
건가?"

마침내 선생님이 그 사실을 깨달은 게 고맙다. 갸륵한 의
지이며 기특한 마음가짐이다. 현명한지 어리석은지는 별개의
문제다. 이제 앞으로 조금은 편해질지도 모른다는 가당치도
않은 생각을 잠시 했다.

"병인가? 그런가. 나는 병이다! 하하하, 왜 지금까지 그걸
깨닫지 못했을까? 그걸 알았으니 이야기는 쉽지." 선생님은
눈을 반짝반짝 빛내며 방석 위에 앉았다.

"자네, 뭐하고 있어? 의사다, 의사! 어서 가서 아마키 선생
님을 불러오게!"

어쩐지 더더욱 성가시게 될 듯한 말을 꺼냈다.

아마키 선생님은 평소 우리 선생님의 위장병 주치의다. 그
런데 최근에는 고양이도 진찰하는 듯하다. 지금은 어느 쪽이
본업인지 알 수 없을 정도다. 의외로 후자 쪽을 본업으로 삼
았는지도 모른다.

요청에 따라 왕진을 온 아마키 선생님은 우리 선생님 앞에
앉아서 늘 그렇듯 빙그레 웃으며 일단 진정을 시킨 뒤 물었다.

"어때요?"

'소문에 따르면 아마키 선생님은 다른 곳에서도 고양이에게 같은 식으로 질문을 한다고 한다.'

"안 좋아요." 선생님이 무뚝뚝하게 대답했다.

"어, 뭐라고요? 그럴 리가 있습니까?"

"도대체 의사가 처방하는 약은 효과가 있는 겁니까?" 선생님은 느닷없이 솔직한 마음을 슬쩍 내비치며 물었다.

"약은…… 뭐, 효과가 있죠." 아마키 선생님은 쓴웃음을 지었다.

"제 위장병은 아무리 약을 먹어도 조금도 낫지 않았어요."

"절대로 그런 일은 없습니다."

"약간은 좋아집니까?"

"그렇게 갑작스레 좋아지지는 않지만 점점 효과가 있죠. 지금은 전보다 훨씬 좋아졌어요."

"네에? 좋아졌다고요? 이게 말인가요." 선생님은 갸우뚱거렸지만 고개를 번쩍 들고 묘한 질문을 했다.

"신경질에 듣는 약은 없습니까?"

"신경질, 약, 말인가요?" 아마키 선생님도 이 질문에는 아무래도 당황한 기색이 역력하다. "글쎄요…… 뭐, 없는 건 아니지만…… 실제로 위장병에는 신경질이 가장 안 좋습니다. 요즘도 여전히 신경질을 부립니까?"

"요즘도가 아니라 자면서도 심지어는 꿈에서까지 신경질을

265

부립니다."

"아하. 그렇다면 약을 먹는 것보다 운동을 조금이라도 하는 편이 좋겠군요."

"운동을 하면 또 신경질이 납니다."

"곤란하군요."

"네. 곤란합니다. ……아무래도 의사가 처방해준 약은 소용이 없는 거죠?"

선생님은 별로 곤란한 빛도 없이 무덤덤한 얼굴로 엉뚱한 걸 묻는다.

"그런데 최면술을 거는 건 어렵나요?"

"최면술?"

"네. 최면술 말이에요. 얼마 전에 '최면술 덕분에 신경질을 부리지 않게 되었다'는 기사를 신문에서 읽었습니다. 그거 정말인가요?"

아마키 선생님은 한순간 기가 막힌 듯 눈을 깜빡거렸다. 하지만 바로 에헴, 하고 헛기침을 한 번 하며 대답했다.

"뭐, 그거라면 문제없습니다. 실은 저도 치료에 종종 쓸 정도랍니다."

"선생님도 최면술을 씁니까?"

"네. 고양이를 재울 때 종종 최면술을 씁니다."

"사람은 어떤가요?"

"사람도 음, 마찬가지겠죠. 원한다면 해볼까요? 최면술은 과학이라서 고양이든 사람이든 누구든 똑같이 걸린다는 게 정설이죠. 선생님만 좋다면 지금 이 자리에서 최면술을 걸어보겠습니다."

"그거 재밌겠네요. 사실은 전부터 최면술에 걸려보고 싶다고 생각했답니다. 역시 '최면술은 과학이라서 누구든 똑같이 걸린다'는 게 정설이군요. 과학이라니 재밌겠다. 재미있는 건 틀림없지만…… 흠, 너무 세게 걸려서 눈이 떠지지 않으면 조금 곤란한데……." 선생님은 혼자 중얼중얼하더니 재빨리 좌우를 둘러보았다. 그리고 방 한구석에 대기하고 있는 나에게 눈길을 멈추고 손가락으로 딱 가리켰다.

"그래, 자네! 자네가 먼저 걸려보게!"

"제가요?" 놀란 나는 어이가 없다는 듯 물었다. "하지만 저는 신경질 같은 거 부리지 않는데요……?"

"그러니까 자네, 서생이지?" 선생님은 신기하다는 듯이 말한다. 그렇다면 이제 무슨 말을 해도 통하지 않는다.

이리하여 나는 최면술의 대상이 되었다.

아마키 선생님은 마주보고 앉은 나에게 먼저 눈을 감으라고 말했다. 감은 내 두 눈의 눈꺼풀을 위에서 아래로 손가락 끝으로 쓰다듬어 내렸다. 그리고 쓰다듬으며 물었다.

"이렇게 눈꺼풀을 아래로 쓰다듬으니까 자꾸만 눈이 무거워지죠?"

"무거워…… 지고 있습니다." 나는 어쩔 수 없이 대꾸했다.

아마키 선생님은 여전히 눈꺼풀을 아래로 쓰다듬고 또 쓰다듬고 때때로 "자, 점점 점점 더 무거워진다"고 말했다. 이번에는 물어보지 않기에 잠자코 있자 아마키 선생님은 같은 말을 서너 번 되풀이한 다음에 마지막에 선언했다.

"자, 이제 눈이 떠지지 않습니다."

"이제 눈이 떠지지 않나요?" 내가 묻자 아마키 선생님은 이렇게 대답했다.

"네. 떠지지 않습니다. 눈이 떠지면 떠보세요. 도저히 눈꺼풀이 무거워서 떠지지 않을 테니."

나는…….

평소대로 눈을 딱 떴다. 아무런 어려움도 없이.

"최면술에 걸리지 않았던…… 것 같습니다." 나는 은근히 안타깝게 생각하며 말했다.

"그런가 보네요." 아마키 선생님은 빙글빙글 웃었지만 갑자기 옆을 보고 말했다.

"아니, 의외로 잘 되었는지도 몰라요."

쳐다보니 선생님이 방석 위에 앉은 채로 입을 헤, 벌리고 낮잠을 자고 있었다. ……이런, 아마키 선생님의 최면술에 걸렸나? 다정하게도 선생님 무릎 위에서는 고양이까지 배를 드러내고 잠들어 있었다.

아마키 선생님이 잠들어 있는 우리 선생님 앞으로 몸을 들이밀고 얼굴 앞에서 툭, 하고 손가락을 한번 튕겼다. 선생님은 화들짝 놀라서 눈을 확 떴다. 이어서 고양이도 눈을 떴다.

선생님은 눈을 깜빡거리고 "이런, 잘 안 걸리네" 하고 말했다. 고양이가 선생님의 말에 동의하듯 "야옹 야옹" 하며 울었다.

아마키 선생님은 나에게 눈길을 주며 "뭐, 그런 거죠" 하고 말했다. 그러고 나서 아마키 선생님은 잠시 우리 선생님과 잡담을 나누었다.

"그럼, 뭐, 신경질에 효과가 있는 약을 처방해주겠습니다. 나중에 누가 가지러 오세요."

아마키 선생님은 이 말을 하고 돌아갔다. 당연히 내가 가지러 가게 되겠지만……

그런데 신기한 일이 일어났다.

이튿날부터 마당의 소동이 딱 멈춘 것이다!

5.

"어때, 친구. 정말로 대단하지 않나!"

서재에 앉은 선생님은 손님으로 온 메이테이 씨를 상대로 소매 안에 손을 찔러 넣은 채 싱글벙글 웃으며 '대 전쟁'의 전 말을 이야기했다.

"그래서 나는 진작부터 말했어. '병에 걸렸을 때는 의사가 처방하는 약이 최고'라고. 최면술 같은 거 전혀 말도 안 되는 짓이야. 어차피 과학의 이름을 사칭한 사이비거든. 그런 데 의지하는 사람의 마음을 모르겠다니까."

선생님은 어제와 달리 손바닥을 뒤집듯 의사의 약을 칭찬하고 최면술을 헐뜯었다. 그뿐만이 아니라 어제 "역시 약은 소용없어", "전부터 최면술에 걸려보고 싶다고 생각했습니다"라고 말한 사람은 마치 선생님이 아니라 나였던 것 같이 이야기했다.

메이테이 씨가 늘 그렇듯 대화 속에서 농담과 익살을 7~80퍼센트 섞어가며 말하고, 적당히 이야기를 한 귀로 흘려듣자 선생님은 의외라고 할 정도로 정색을 했다.

"원래 신경질을 내는 건."

선생님은 지금도 신경질을 부리는 것 같은 맹렬한 기세로 말을 이었다.

"신경질을 내는 건 대개 자신에게 뭔가 문제가 있어서야. 그것도 정신이 아니라 육체 쪽에 말이지. 예를 들면 악몽을 꾸는 건 정신적인 문제가 아냐. 자기 전에 먹은 밤참이 소화불량을 일으켜서 가위에 눌리는 거지. 가위에 눌리지 않으려면 자기 전에 위장약을 먹어두어야 해."

"너무 또 빠져들었군." 메이테이 씨의 금테 안경에서 번쩍 빛이 났다. "친구 이야기를 들으면 세상의 불평불만은 대부분 위장약으로 해결이 가능할 것 같은데."

"가능하고 말고!" 선생님은 마치 그것이 자신의 업적인 양 가슴을 펴고 "아니, 위장약에 대해서만 이야기하고 있는 게 아냐. 생각해보게. 세상의 불평불만이란 건 자신이 생각하는 대로 세상이 돌아가지 않아서 터져 나오는 거지? 요컨대 세상을 이기려고 하다가 결국 지기 때문에 불평불만이 생기는 거야. 그렇다면 처음부터 이기려고 생각하지 않으면 돼. 세상을 바꾸지 않아도 자신만 바뀐다면 불평불만은 생기지 않아."

메이테이 씨는 고개를 갸웃갸웃하며 선생님의 얼굴을 엿보더니 물었다.

"친구, 최근 어디선가 머리를 부딪치지 않았나?"

"뭐라고? 아니, 어디서도 부딪치지 않았어. ······하기는 내 쪽에서 부딪치지는 않았지만 딱 한 번 공이 마음대로 날아와서 머리에 부딪치더군."

"아하, 과연. 그래서인가."

"뭐가 그래서야?"

"뜬금없이 선승 같은 소리를 늘어놓아서 말이야. 친구한테

설교를 들을 바에야 게이샤에게 돈을 주고 유행가라도 배우는 편이 훨씬 낫지. 더는 나쁜 소리를 하지 않을 테니. 다시 한 번 머리에 공이 부딪치길 바라네. 그런데 원래 어디서 하고 있었는데? 자네가 아까부터 빈번히 화제로 삼은 그 야구라는 건? 근처에서 야구를 하지 않는다면 대신 내가 공을 머리에 부딪쳐줄까?"

"치, 친구가 공을 내 머리에 부딪쳐준다고!" 선생님이 드디어 신경질이 났나보다. 얼굴이 새빨개진 채 말을 더듬으며 고함을 질렀다.

"알겠어, 친구? 첫째, 지금 친구가 야구 때문에 괴로워하지 않는다면 그건 내가 약을 먹었기 때문이야. 둘째, 야구는 친구가 생각하는 것처럼 만만한 상대가 아냐. 어쨌든 그 야구라는 건 말이지……."

잠시 동안 두 사람 사이에서 뚱딴지같은 야구 문답이 이어질 태세여서 나는 살그머니 자리에서 일어나 선생님 댁을 빠져나갔다.

'왜 갑자기 라쿠운칸에서 야구를 하지 않게 된 걸까?'

선생님이 다시 이상한 소동을 일으키기 전에 정확한 이유를 알아둘 필요가 있었다.

집 뒤편으로 돌아가 사각형 모양의 울타리 너머에 있는 라쿠운칸의 운동장을 바라보았다.

운동장 구석에 학생 몇 명이 무료한 듯 옹기종기 모여 있었다. 아무래도 어제 선생님 마당에 침입했던 '산적들'인 듯하다. 나는 마음을 단단히 먹고 가까스로 울타리를 넘어갔다. 운동장을 가로질러 그들에게 다가가 최대한 아무렇지도 않게 인사를 했다.

"안녕?"

대답은 없었다.

아이들은 아무 말도 없이 새카맣게 탄 얼굴에 수상쩍은 표정으로 나를 힐끔힐끔 바라보았다.

"오늘은 야구 연습 안 해?"

그런데 내가 말을 꺼낸 순간 그들의 태도가 확 바뀌었다.

"아아…… 야구…… 우리, 야구…….."

산적들은 한꺼번에 힘없이 고개를 숙이며 한숨을 푹 내쉬었다. 그 가운데 하나가 고개를 쳐들고 흔들흔들 머리를 움직이며 속삭이듯 힘없는 목소리로 대답을 기다리는 나에게 말해주었다.

"오늘은 말이야. 야구 안 해. 학교에서 우리한테 야구를 하지 말라고 했어."

"뭐? 도대체 왜…… 정말 안됐네."

나는 일단 그럴싸한 표정으로 애석함을 표하며 다시 물었다.

"그런데 왜 학교에서 너희한테 야구를 하지 말라고 했지?"

"왜냐면……."

"그건……."

산적들은 한결같이 쑥스러운 듯 눈길을 피했다.

"지난번에 치른 시험 결과가 나왔는데……."

"성적이 조금……."

"하지만 설마 낙제를 한 건 아니지?"

내가 농담처럼 물은 그 질문에 산적 몇 명이 머리를 감싸 쥐었다.

어안이 벙벙한 나에게 아까 대답해준 아이가 새카맣게 탄 얼굴로 복잡한 표정을 지으며 설명했다.

"한동안 우리가 다들 야구에 흠뻑 빠져서…… 그래서 음…… 뭐랄까…… 간단히 말하면 여기에 있는 애들이 전부 낙제했거든."

이 설명을 들은 뒤 묵묵히 고개를 끄덕이는 수밖에 없었다.

그들의 이야기에 따르면 전에는 라쿠운칸에서 야구가 그렇게까지 인기가 높지는 않았다고 했다. 그런데 최근에 미제 야구용품 세트가 라쿠운칸에 기증된 뒤 상황이 싹 달라졌다.

그때까지는 통나무를 깎은 수제 방망이나 절굿공이로 천을 둥글게 감아서 만든 공을 받아쳤다. 진짜 미제 야구용품을 갖추고 경기하는 야구는 참으로 특별했다. 더구나 대학생 팀조차 갖고 있지 않는 새로운 용품을 자신들이 자유롭게 쓸 수 있는 것이다. 이런 상황이라면 오히려 열중하지 않는 게 이상하다. 라쿠운칸의 학생들은 대부분 수업이 끝나면 날마다 운동장에 모여 어두컴컴해질 때까지 야구에 몰두했다…….

요컨대 그게 선생님 댁에 가해진 '덤덤탄 포격'이고 또 선생님의 독서(낮잠?)를 계속 방해한 '야유 전투'의 정체였다. 그런데 진짜 야구용품을 써서 벌인 야구는 지나치게 재미있었다…… 것이다. 상급생들은 시험공부도 내팽개치고 야구에 푹 빠져버렸고 그 결과 보기 좋게 낙제해버린 거다.

그들을 위해 한 마디 변명을 하자면 이런 사태는 비단 라쿠운칸만의 이야기는 아니었다. 요즘에는 신문을 펼치면 '야구에 열중한 나머지 낙제하거나 심지어는 몸을 망가뜨리는 학생들까지 있다'라는 기사가 매일처럼 실린다. 그 사실에 대한 독자의 쓴소리를 담은 투고도 실려 있다. 또 일부에서는 학교 대항 야구 시합 결과를 둘러싸고 두 학교의 학생이 난투극을 벌였다거나 심판을 두들겨 패는 사건도 일어났다고 한다.

며칠 전에는 결국 어느 신문 1면에 '야구 해악론'이라는 사설까지 실려 화제가 되었다.

이런 흐름에 영향을 받아 전국의 중학교와 고등학교에서

는 야구 시합을 제한하거나 심지어는 야구 자체를 금지하는 사태가 벌어졌다. 이런 사회적인 소동은 반대로 오늘날 야구가 얼마나 학생들 사이에서 인기가 높은가를 보여주는 증거이리라.

풀이 죽어 있는 산적들이 불쌍하기는 했지만 라쿠운칸에서 야구를 금지한 건 나에게도 솔직히 고마운 소식이었다. 적어도 이제 한동안은 선생님이 "전쟁이다!" 하며 난리를 치는 일은 없을 테니 말이다.

나는 주위의 기죽은 아이들이 알아차리지 못하도록 가슴을 몰래 쓸어내렸다. 그리고 우연히 떠오른 체하며 정말로 듣고 싶었던 이야기를 마지막으로 물었다.

"그런데 라쿠운칸에 미제 야구용품을 기증해준 은인은 도대체 어디 사는 누구니?"

6

산적들의 대답은 내가 예상했던 대로였다.

그들은 잠시 서로 얼굴을 마주본 뒤 즉시 이렇게 대꾸했다.

"너도 알고 있지 않아? 저기, 저쪽 옆 동네 길모퉁이에 커다란 서양식 2층 저택이 있지. 그 집에 사는 실업가, 이름이 분명……."

"……가네다?"

"그래, 그 가네다 씨!" 산적 하나가 손뼉을 치며 말했다. "어쨌든 친절한 사람이야. 야구용품을 기증해주었을 뿐만 아니라 미국식으로 야유를 퍼붓는 법까지 알려주었어. 그래서 우리는 알려준 대로 야구 시합을 할 때 연습한 야유까지 열심히 퍼부었지. 아무튼 최대한 커다란 목소리로 야유를 해야 했기에 처음 한동안은 목이 막 쉬더라고. 야유도 너무 힘들어……."

듣고 싶었던 이야기는 이게 전부였다.

나는 인사를 하고 운동장을 반대쪽으로 가로질러 선생님 댁 공터로 돌아갔다.

가네다 씨는 라쿠운칸 학생의 학부모도 학교 관계자도 아니다. 그런 가네다 씨가 왜 친절하게도 야구용품 세트를 기증했는지 도저히 이해가 가지 않았다. 순수한 의도였다면 구태여 "최대한 커다란 목소리로 야유를 해야 한다"는 지시는 내릴 필요가 없었을 텐데.

가네다 씨와 선생님은 그 사건 이후로 대단하지는 않지만 전쟁 상태(?)로 지냈다. 그 탓에 이제까지 여러 가지 괴이한 사건이 일어났고 아무래도 이번 사건도 그 연장선상에 놓인 듯했다.

가네다 씨는 선생님 댁 뒤편에 있는 라쿠운칸에 야구용

품을 기증하고 게다가 아리송한 야유를 퍼붓는 방법까지 지도해가며 날마다 소란을 피우도록 조종했다. 목적은…….

선생님을 놀리기 위해서다.

요컨대 라쿠운칸의 학생들은 자신도 모르는 사이에 가네다 씨와 선생님 대신 전쟁을 치른 셈이다. 설상가상 그들은 야구에 너무 몰두해서 낙제까지 당했다. 몹시 애처로운 이야기다.

가네다 씨는 선생님을 놀리기 위해 라쿠운칸의 학생들이 야구에 열중하도록 조종했다. 그 결과 야구는 금지되었다. 어떻게 보면 가네다 씨가 수고와 돈을 들여가며 걸어온 전쟁에서 선생님은 거의 아무것도 하지 않은 상태로 승리했다고…… 말할 수 있다.

너무 얄궂은 이야기다.

그래서 선생님이 정말로 흐뭇해하는가 하면 그렇지도 않다. 선생님은 라쿠운칸과 자신 사이에 소동이 벌어진 것 자체를 깡그리 잊어버린 듯했다. 집으로 돌아가자 서재는 쥐죽은 듯 고요했다.

메이테이 씨는 아까 "지금 좀 볼일이 있어서"라고 말했기 때문에(그렇다면 처음부터 오지 않았으면 좋았을 텐데) 상황을 보고 돌아간 듯하다. 그런데 선생님의 모습까지 보이지 않아서 이상했다. 집안을 둘러보니 선생님은 햇볕이 잘 드는 툇마루에 방석을 꺼내놓고 낮잠을 자고 있었다. 선생님 옆에는 고양이가 역시나 새근새근 낮잠을 자고 있었다. 배를 드러내놓고 툇마루에서 뒹굴뒹굴하는 한 사람과 한 마리, 거의 같은 모습이었다.

'최근에는 시끄러워서 변변히 낮잠(독서?)도 청할 수 없었을 테니 오랜만에 느긋하게 잘 수 있도록 내버려두자.'

그렇게 생각하고 나는 발소리를 죽이며 살금살금 사라졌다. 등 뒤로 선생님이 "도적놈!" 하고 잠꼬대를 했다.

뒤돌아보니 몸을 뒤척이던 선생님이 고양이와 함께 막 바닥으로 굴러 떨어지려는 찰나였다.

봄바람이 부는 달밤에
고양이, 가출하다

1.

마당을 청소하고 있는데 소매 안에 손을 찔러 넣은 선생님이 묘한 얼굴로 나에게 물었다.

"자네, 고양이를 어디에 뒀나?"

"어떤 고양이 말씀이시죠?" 나는 청소하던 손을 멈추고 고개를 들었다.

"어떤 고양이라는 녀석도 있나? 고양이는 한 마리밖에 없잖아. 늘 우리 집에 있는…… 알고 있는…… 이봐…… 그 고양이 말이야." 선생님은 답답하다는 듯 말했다.

나는 맙소사, 하며 선생님이 알아차리지 못할 정도로 어깨를 가볍게 움츠렸다.

그 고양이가 선생님 댁에서 지낸 지 벌써 2년이 넘었다. 그런데 어이없게도 고양이에게는 아직 이름이 없다. 선생님을 비롯해서 식구 가운데 누구 하나 고양이에게 이름을 붙여주지 않았다.

선생님은 "기르고 있는 게 아냐. 마음대로 있을 뿐이야"라고 말하지만 아무리 그래도 이름이 없으니 상당히 불편하다. 이름 정도는 적당히 붙여주는 편이 좋겠다고 진작부터 생각하고 있었지만 선생님은 전혀 아랑곳하지 않았다. 그 때문에 고양이 이야기를 할 때는 언제나 아까처럼 약간 속 터지는 상황에 놓인다.

"고양이 말인가요…… 글쎄요. 여기 안 왔는데요…… 아마 근처로 산책하러 나갔겠죠."

대충 대답하고 청소를 계속하려고 했지만 선생님은 쉽사리 나를 놓아주지 않았다.

"근처에? 산책? 바보 같이, 그럴 리가 없잖아!"

선생님은 내 팔을 붙잡고 강제로 툇마루 앞까지 끌고 갔다.

"늘 이 시간이면 여기에 이렇게 있었어……" 하고 선생님은 툇마루 위에서 낮잠을 자고 있는 고양이의 크기와 형태를 손으로 가늠해보였다. 그리고 다시 나를 돌아보고 말했다.

"어서 자백하게. 고양이를 어디다 두었지?"

'마치 내가 고양이를 유괴라도 했다는 식의 말투잖아.'

자백할 것도 없이 애초에 모르기 때문에 대답하지 못했지만 그 이유가 선생님에게 통할지 의문이다. 몹시 곤혹스러워하고 있는데 집안에서 목소리가 들렸다.

"뭐야, 역시 없어?"

선생님의 어깨 너머로 다다미방을 엿보니 목소리의 주인공은 자칭 미학자인 메이테이 씨였다. 그 옆에는 간게쓰 씨의 모습도 보인다.

메이테이 씨와 간게쓰 씨는 사람들과의 교류가 거의 없는 선생님 댁의 드문 '단골손님'이다. 특히 메이테이 씨는 사흘이 멀다 하고 얼굴을 내민다. 안하무인. 방약무인. 남의 집에 와도 안내를 청하는 경우가 극히 드물다. 대부분 부엌문으로 홀연히 들어와서 어느새 스스로 꺼낸 방석 위에 오도카니 앉아 있다. 요전에도 가족 모두가 외출했다가 집에 돌아오니 메이테이 씨가 고양이를 상대하며 혼자서 집을 지키고 있었던 적도 있다.

그런 까닭에 메이테이 씨의 방문은 늘 그렇듯 별반 다를 게 없었다. 하지만 간게쓰 씨의 얼굴을 보는 건 참으로 오랜만이었다. 듣기로는 일이 있어서 잠시 동안 고향 시즈오카에 돌아가 있었던 모양이다. 가다랑어 세 마리가 다다미 위에 포장되지 않은 채로 널브러져 있는데 아무래도 간게쓰 씨가 고향에서 가져온 선물인 듯하다.

선생님은 툇마루로 올라가더니 다다미방으로 들어가서 낙

심한 표정으로 털썩 주저앉았다.

"친구, 그 녀석은 분명 '봄바람이 부는 달밤에 고양이, 가출하다'를 실천한 거야." 메이테이 씨가 금테 안경을 반짝거리며 놀리는 듯한 말투로 이야기했다.

"걱정되시죠?" 간게쓰 씨가 말했다. 이 사람은 상당히 진지하다.

"바보 같은 소리. 누가 걱정하는데? 걱정 따위 털끝만큼도 하지 않는데……" 선생님은 소매 안에 손을 찔러 넣은 채 눈썹을 찡그리더니 메이테이 씨에게 고개를 불쑥 돌렸다.

"뭐야. 그 봄바람이…… 부는 달밤에…… 라는 건?"

"아니, 자네는 몰라? '봄바람이 부는 달밤에 번개가 친다'고 예전에 어느 선종 스님이 말했다는데."

"몰라." 선생님은 무뚝뚝하게 대답했다.

"도대체 어떤 의미인데요?" 간게쓰 씨가 말했다.

"봄바람을 맞는데 번개가 친다, 그 심정은? 그래 어떨까? 원래 선종 스님의 잠꼬대라서 사치스러운 의미는 없을 테지. 실제로 내가 알고 있는 선종 스님은 한밤중에 쥐에게 콧등을 갉아 먹혀서 크게 난리를 피우는 정도의 인물이야. 그때 어쩔 수 없이 부엌에 가서 종잇조각에 밥풀을 짓이겨 '이건 외국 고약이야. 최근에 독일 명의가 발명한 것으로 독일 사람이 말하기를 독사한테 물렸을 때 사용하면 즉효가 있다고 하니까 이걸 붙이면 괜찮을 거다'라고 적당히 둘러대어 속였지. 하하하하."

메이테이 씨는 자신이 꺼낸 화제에서 벗어난 게 꽤나 우스운 듯이 껄껄 웃고 있다. 그리고 또 속 편하게 말했다.

"기다려. 어쩌면 '번개가 치는 달밤에 봄바람이 분다'였는지도 몰라. 음, 어느 쪽이어도 상관없지만."

"고양이는 왜 가출했을까요? 뭐 짚이는 부분은 없습니까?" 간게쓰 씨는 메이테이 씨와 상대하는 건 포기한 듯 이번에는 선생님을 향해 물었다. 선생님은 잠깐 생각하고 대꾸했다.

"없다고 하면 없고, 있다고 하면 있어."

"이런 이런. 이 친구, 봄바람이 부는 달밤은 별게 아닌데. 대단한 선문답이야." 메이테이 씨는 혼잣말을 하듯 중얼거리더니 담뱃불을 붙였다. "그래서 결국 어느 쪽이지?"

"어제 말인데……" 선생님은 떨떠름한 얼굴로 입을 뗐다. "책상 앞에 앉아 있는데 허리띠가 늘어진 부분에 고양이가 달라붙어 장난을 치길래 머리통을 한 대 후려갈겼지."

"그 정도라면 평소와 다름없잖아." 메이테이 씨는 담배 연기를 세로로 내뿜었다. "고양이도 익숙해졌을 테니 무릎 위로 어슬렁어슬렁 태연하게 올라가지 않았을까? 최근에는 머리통을 한 대 툭 맞은 정도로는 야옹, 하고 울지도 않던데."

"응. 요즘은 야옹, 하고 울게 하는 것도 시간이 굉장히 오래 걸려. 덕분에 야옹이 감탄사인지 부사인지 아직 해결하지 못했어. 난처하군."

"감탄사? 부사?" 간게쓰 씨는 눈썹을 찌푸리며 중얼거리더니 물었다. "그건 또 무슨 이야기입니까?"

"뭔지 모르겠지만 아마도 중요한 문제인 듯해. 그렇게 갑자기 해결할 수는 없어." 메이테이 씨는 무작정 맞장구를 쳤다. "어느 쪽이든 간에 그 정도로는 가출을 하지 않아. 달리 짚이는 부분은 없나?"

"얼마 전에 화장실 거울에 고양이 얼굴을 짓눌러 봤어." 선생님은 아무렇지도 않은 표정으로 말했다.

"그 녀석이 또……."

"어떻게 됐습니까?"

"응. 몹시 놀란 기색으로 화장실을 뛰쳐나가더군. 그대로 집 주변을 세 바퀴 정도 뱅뱅 돌았던 것 같아."

흐음, 하고 메이테이 씨는 담배 연기로 동그라미를 만들며 물었다.

"언제 일이지?"

"그건 그래. ……분명 한 달 정도 전의 일이야."

"그렇다면 그게 원인은 아냐. 고양이는 3년을 길러도 사흘만 지나면 은혜를 잊을 정도라는데, 한 달이나 지났는데 가출할 리가 없지 않나?"

"그래? 그럼 벼룩 사건 때문인지도 모르겠군."

"벼룩이 있습니까?" 간게쓰 씨는 다다미 위를 두리번두리번 살펴보았다.

"얼마 전에 고양이가 사람한테 쓰다듬는 걸 당할 때 내는 소리로 울며 무릎으로 다가와서……."

"잠깐 기다려." 메이테이 씨가 끼어들었다. "고양이가 사람한테 쓰다듬는 걸 당할 때 내는 소리라고? 사람이 고양이를 쓰다듬을 때 내는 소리와 헷갈린 거 아냐?"

"사람이 고양이를 쓰다듬을 때 내는 소리는, 꼭 사람이 고양이한테 내는 소리라는 의미 같잖아. 고양이로서는 사람이 고양이를 쓰다듬을 때 내는 소리라는 표현은 아무래도 이상해. 그래서 나는 고양이가 사람한테 쓰다듬는 걸 당할 때 내는 소리라고 하는데." 선생님은 으스대듯 대답했다.

"과연 친구는 잘도 갖다 붙이는군. 항복 항복. 계속 말해보라고."

"아무튼 고양이가 사람한테 쓰다듬는 걸 당할 때 내는 소리로 울며 무릎으로 다가오기에 고양이가 하고 싶은 대로 내버려두었지…… 게다가 머리까지 어루만져 줬어. 어렵지 않은 일이야. 그런데 고양이가 벼룩에 물린 부분이 가려운지 내 무릎에 자꾸 비벼대더군. 그 탓에 나까지 벼룩에 물려서 그날 밤 여기저기 간지러워서 무척 고생했어."

"아하. 그래서 요즘 고양이가 슬금슬금 다가올 때마다 목덜미를 홱 낚아채서 마당에 내팽개쳤군." 메이테이 씨는 간신히 이해한 듯 중얼거렸다. 하지만 곧이어 말했다.

"아무리 그래도 그렇지. 많아야 벼룩 천 마리나 이천 마리일 텐데. 음, 그런 몰인정한 짓을 용케도 했군. 겨우 눈에 보일 듯 말듯 잡기도 어려운 벼룩 때문에 고양이가 사람한테 쓰다듬는 걸 당할 때 내는 소리로 울며 다가오는데 정이 뚝 떨어지는 짓을 했어. 너무했네. 눈에는 눈, 이에는 이라는 말도 있지."

아무래도 메이테이 씨는 고양이가 사람한테 쓰다듬는 걸 당할 때 내는 소리라는 이상한 부분을 약점으로 잡은 듯하다.

"다른 것도 있어." 선생님은 팔짱을 낀 채로 말했다.

"친구, 정말 대단해." 메이테이 씨가 중얼거렸다.

"얼마 전에 고양이가 다다미 위에서 발톱을 갈고 있는데 우리 집사람이 그 모습을 보고 길길이 날뛰었어. 그 뒤로는 고양이가 다다미방에 들어오려고 할 때마다 자로 볼기를 찰싹찰싹 때리더군."

"사모님도 그랬습니까?" 간게쓰 씨가 눈이 휘둥그레져서 말했다.

"좋은 기회잖아. 간게쓰 군도 들어봤나? 그 유명한 피타고라스가 집사람에게 이런 말을 했어."

"피타고라스라면 고대 그리스의 철학자인 그 피타고라스 말인가요?" 간게쓰 씨는 의외라는 듯 물었다. "그런 옛날 사람이 일찍이 사모님에게 뭔가를 이야기했다는 건 몰랐네요."

"뭐야? 여자에 대해 일반적으로 말한 거야. 우리 집사람도 그 안에 포함되는 거니까 뭐, 마찬가지지."

"그렇군요. 어서 말씀해주세요." 간게쓰 씨는 호기심어린 얼굴로 자세를 고쳐 앉았다.

"피타고라스가 이르기를 세상에는 두려운 게 세 개가 있다. 불, 물 그리고 여자."

"이봐 이봐, 친구. 그렇게 말하면 제수씨가 나중에 기분 나빠하겠는 걸." 메이테이 씨가 자그마한 목소리로 선생님에게 주의를 주었다.

"뭐라고? 괜찮아."

"없어?"

"아이를 데리고 아까 나갔어."

"어쩐지 조용하다고 생각했지. 어디 갔는데?"

"어딘지는 몰라. 제멋대로 나다니거든."

"그리고 제멋대로 들어와?"

"뭐, 그렇지." 선생님은 마치 남의 일처럼 말했다.

메이테이 씨는 안심한 듯 어깨를 살짝 위아래로 들썩이더니 음색을 바꿔 말했다.

"소크라테스가 말하기를 인간에게 처자식을 거느리는 건 가장 어려운 일이다."

선생님은 여기에 이어서 말했다.

"아리스토텔레스가 말하기를 며느리는 몸집이 큰 며느리보다 작은 며느리를 구하는 편이 좋다. 커다란 식충이보다 작은 식충이 쪽이 화가 적기 때문이다."

"이런 이런. 아리스토텔레스 선생님은 하지 않은 말이 없네." 메이테이 씨는 히죽 웃었다. "데모스테네스가 말하기를 사람이 만일 적을 괴롭히고 싶다면 자기 여자를 적에게 주는 것보다 좋은 책략은 없다."

"아우렐리아누스가 말하기를 여자는 제어하기 어렵다는 점이 폭풍을 만난 바다 위에 떠 있는 배와 비슷하다."

"푸라우토스가 말하기를 여자가 아름다운 옷으로 치장하는 성향은 그 추한 천성을 덮으려는 보잘것없는 계략에 근거한다."

"토마스 나슈가 말하기를 여자란 무엇인가. 우애의 적이다. 피해야 할 괴로움이다. 필연적인 해악이다. 꿀과 닮은 독이다."

두 사람이 주고받는 말은 계속될 기세였다. 그때 마루에서 하녀를 부르는 사모님의 목소리가 들려왔다.

"이거. 식순아, 식순아!"

"이런 이 사람. 큰일 났네, 친구. 마나님은 확실히 집에 있는 거 같은데?"

"아무래도 그런 것 같지." 선생님은 여전히 다른 사람 일처럼 말했다.

"농담이 아냐. 친구 집에서 부부싸움에 휘말려서는 안 되겠네." 메이테이 씨는 웬일로 당황한 기색으로 맹장지 너머로 말을 건넸다.

"아주머니. 지금은 말이죠. 우리 생각이 아니었습니다. 둘이서 서양의 옛사람 말을 늘어놓은 것뿐이니 부디 안심하세요."

"저는 없습니다." 사모님이 멀리서 짧게 대답했다.

"저도 없습니다만, 이제 실례하겠습니다. 아하하하하." 메이테이 씨는 자포자기하듯 대놓고 웃었다. 간게쓰 씨는 바닥을 내려다보며 킥킥거렸다.

"셰익스피어가 말하기를 오오, 여자의 가죽을 뒤집어쓴 호랑이의 마음이여!" 선생님은 또 한 문장을 말했다. 조그마한 목소리로 쐐기를 박고 다시 처음 화제로 돌아갔다.

"우리 집사람뿐만이 아냐. 아이들도……."

"자로 고양이의 볼기를 찰싹찰싹 때렸어?"

"아니, 자 같은 거 사용하지 않았어. 그 대신에 여럿이 달라붙어 쫓아다니거나 붙잡아서 거꾸로 들고 대롱대롱 흔들거나 종이봉투를 씌우거나 아궁이 안에 밀어 넣었지."

"세상에는 참으로 갖가지 재난이 있네요." 간게쓰 씨가 말했다.

"설상가상으로 하녀 식순이는 말이지."

"마침내 온 식구가 총출동하는군." 메이테이 씨가 말했다.

"식순이는 아무리 고양이가 사람한테 쓰다듬는 걸 당할 때 내는 소리로 울며 발밑에 바싹 다가와도 일정한 시간에, 일정한 음식 찌꺼기 말고는 절대로 주는 법이 없어. 한밤중에도 고양이가 볼일이 있어서 울어대도 절대로 문을 열어주지 않아. 얼마 전에는 웬일로 내보내주나 했더니 이번에는 안으로 들여보내주지 않아서 바깥에서 야옹 야옹, 울고 있더라고. …… 정말이지 인정머리 없는 짓을 했어."

"거기까지 알았다면 친구가 어떻게 좀 해주지 그랬어." 메이테이 씨가 평소처럼 연기를 뻐끔뻐끔 내뿜으며 말했다.

"나? 글쎄. 내가 무슨 일을 할 수 있을까?"

"뭐, 됐어. 그 다음에는 어떻게 되었는데?"

"그 다음에? 음, 어떻게 됐을까? 집 주위에서 멍멍 개 짖는 소리가 들리더니…… 아마도 지붕 위에라도 올라가서 하룻밤을 지새우지 않았을까?" 선생님은 고개를 갸웃거리며 중얼거리다가 문득 고개를 들었다.

"그래! 생각해보니 너희도 나빠!" 이번에는 손님들을 향해 말했다.

"저희가 도대체 뭐가 나쁘다는 겁니까?" 간게쓰 씨가 알쏭달쏭한 얼굴로 물었다;

"일전에 너희가 고양이 털을 거꾸로 쓰다듬었잖아. 그게 나빴어."

"털을 거꾸로 쓰다듬는 정도는 했는지도 모릅니다만……." 간게쓰 씨는 곤혹스러운 기색이었다. 고양이 털은 물론 무엇이든 거꾸로 쓰다듬고 싶어 하는 메이테이 씨는 시치미를 뚝 뗀 얼굴로 담배 연기로 동그라미를 만들고 있었다.

"그것뿐만이 아냐!" 선생님은 완전히 기세가 등등해져서 말을 이었다. "너희가 전에 고양이 운동을 보고 웃었지. 그것도 나빴어."

"고양이 운동? 우리가 웃었어?" 메이테이 씨가 눈썹을 찡그리며 중얼거렸다.

"울타리 뺑뺑이 말이야. 울타리 뺑뺑이!" 선생님은 툇마루 바깥의 대나무 울타리를 가리켰다.

선생님 댁 마당은 대나무 울타리가 사각형 모양으로 둘러쳐져 있다. 세로는 7미터 정도이고 툇마루와 평행하고 있는 한 변은 14~5미터는 되리라. 생각해 보니 나도 때때로 고양이가 이 대나무 울타리 꼭대기를 이 끝에서 저 끝까지 떨어지지 않도록 신경 쓰면서 살금살금 걸어가는 모습을 본 적이 있다.

아무래도 선생님은 이걸 마음대로 '고양이 운동', 또는 '울타리 뺑뺑이'라고 부르는 것 같다.

"전에 너희가 찾아왔을 때 고양이가 울타리 꼭대기를 살금살금 걸어가고 있었어." 선생님은 답답하다는 표정으로 손님들에게 말했다. "그때도 역시 여기서 보고 있었는데 고양이가 정확히 반쯤 왔을 때 옆집 지붕에서 까마귀 세 마리가 날아와서 고양이와 2미터 정도 떨어진 지점에 내려앉았지. 어떻게 할 셈인가 보고 있는데 까마귀들이 고양이를 무서워하는 기색이 전혀 없더군. 반대로 고양이 쪽이 겁을 먹었는지 울타리 꼭대기를 조심조심 걸어가는데 약 20센티미터를 남기고 까마귀 세 마리가 약속이나 한 것처럼 갑자기 날개를 파닥거렸어. 뜻밖의 상황에 놀란 고양이가 발을 헛디뎌서 갑자기 울타리 꼭대기에서 바닥으로 곤두박질쳤어. 까마귀는 원래 있던 곳으로 날아가서 까악 까악 하고 울더군. ……그때 너희가 그 모습을 보며 깔깔거리며 웃었어. 이 때문에 고양이가 얼굴을 들 수가 없어서 집을 나갔는지도 몰라."

"반년도 더 지난 일이잖습니까!" 간게쓰 씨가 어이없다는 듯이 외쳤다.

"그런데 그때 가장 큰소리로 웃은 사람은 친구잖아." 메이테이 씨는 담배를 손가락 사이에 낀 채로 선생님을 가리켰다.

"큰소리로 웃었어? 내가? 그랬다고?" 선생님은 약간 고개를 갸웃거리더니 금세 자신이 꺼낸 화제를 다른 걸로 바꿨다.

"음, 반년도 더 지난 일을 말해봤자 아무 소용도 없지."

"그리고…… 그래. 나쁜 건 너희뿐만이 아냐. 이따금 우리 집에 놀러오는 다타라도 그 고양이를 볼 때마다 '양파와 함께 삶아 먹게 자기한테 달라'고 성가시게 굴었어. 고양이 녀석은 말이지. 의외로 사람이 하는 말을 잘 알아듣지 않아? 음, 그러고 보니 그게 원인이겠군."

선생님은 고양이가 없어진 이유를 다른 사람의 탓으로 돌리고 완전히 안심한 모습이었지만……. 생각해보면 고양이는 툇마루에서 자고 있다가 흥분한 선생님에게 옆구리를 걷어차인 적도, 이불 위에서 툇마루로 내팽개쳐진 적도, 도둑을 잡으라고 시켜서 지키고 있은 적도, 선생님의 가면극 가사를 억지로 들은 적도, 최면술에 걸린 적도 있다. 그 밖에도 여러 가지 지독한 처사를 당했다.

그러고 보니 고양이가 여태 가출을 하지 않았던 게 오히려 신기할 정도였다.

2

"그래!" 선생님은 별안간 뭔가 생각났는지 괴상한 목소리로 외쳤다. "간게쓰 군, 자네 연구는 어떻게 되었나?"

"제 연구 말입니까?" 간게쓰 씨는 뜬금없는 질문에 어리둥절해하며 눈을 깜빡거렸다.

"저기 그러니까 개구리 눈알 말이야! 자네가 연구하고 있는 그 개구리 눈알인가를 사용해서 고양이가 지금 어디 있는지 잠깐 봐주지 않겠나?"

"안타깝지만 그 연구는 그런 방면에 쓰는 게 아닙니다."

"지금은 어느 방면이든 상관없어." 선생님은 팔짱을 끼고 말했다.

"주인에게 정나미가 떨어져서 가출했는지, 비참한 세상이 허무해서 화엄폭포에서 뛰어내렸는지……. 간게쓰 군 여기서 치사하게 굴지 말고 잠깐만 보여줘." 메이테이 씨도 막무가내로 말했다.

"저는 조금도 치사하게 구는 게 아닙니다." 간게쓰 씨는 황급히 손사래를 쳤다. "그런데 제 연구는…… 뭐라고 할까요……."

"뭐야, 그럼 아직 완성이 안 된 거야?" 선생님은 고개를 쑥 내밀고 아쉽다는 듯이 말했다. "요즘도 학교에서 유리구슬만 깎고 있는 건가? 슬슬 완성되면 좋을 텐데 말이지."

"접때 고향에 돌아가느라 구슬 깎기는 잠시 중지했답니다." 간게쓰 씨는 머리에 손을 대고 있었다. "게다가 구슬도 이제 질려버려서 사실은 그만둘까 생각 중입니다."

"그러니까 자네, 구슬을 깎지 못하면 박사가 될 수 없는 건가?"

"박사라고요? 박사라면 이제 되지 않아도 괜찮습니다."

"그러다가 결혼이 미뤄지면 양쪽 다 곤란해져."

"결혼이라니, 누구랑 결혼한다는 겁니까?"

"자네 말이야."

"제가 누구랑 결혼을 합니까?"

"가네다의 딸과 말이지."

"네에에?"

"자네 약속했잖나? 얼마 전에도 그 코주부가…… 에헴, 아니, 그러니까 가네다 부인이 이웃한테 뭐 그런 소문을 내고 다닌 것 같은데."

"약속 따위 하지 않았습니다. 그런 소문을 내고 다니다니 그쪽이 제멋대로 그랬네요."

"그 사람은 은근히 난폭해. 저기 메이테이, 친구도 그 사건 알고 있지?"

"코 사건 말이지? 그 사건이라면 친구와 나만 알고 있는 게 아냐. 공공연한 비밀로 세상 사람들한테 널리 알려졌거든. 실제로 알고 지내는 신문기자는 신랑 신부의 사진을 신문에 커다랗게 싣는 때는 언제일까, 내가 있는 곳까지 성가시게 물으러 올 정도야. 그뿐만이 아니고 그 '오치고치'의 도후 군

등은 교풍 발표회에서 공연하려고 원앙가를 지어놓고 3개월 전부터 기다리고 있어. 얼마 전에 만났을 때도 '간게쓰 군이 박사가 되지 못하면 모처럼의 걸작도 보석처럼 썩히게 되는 꼴이 될 테니 걱정스럽기 그지없어요. 요즘에는 마음 놓고 잠도 잘 수 없답니다' 하고 투덜거렸어."

메이테이 씨는 여전히 참말인지 거짓말인지 도통 알 수 없는 말을 거침없이 내뱉었다.

"이것 봐. 자네가 박사가 되느냐 마느냐의 문제는 사방팔방에 엄청난 영향을 주고 있어. 좀더 정신을 바짝 차리고 구슬을 깎아보게."

"여러 가지 걱정을 끼쳐드려서 죄송합니다. 하지만 이제 박사가 되지 않아도 좋습니다."

"왜?"

"왜라뇨. 저한테는 엄연히 아내가 있습니다."

이 발언은 그 대단한 선생님과 메이테이 씨 두 괴짜한테도 놀라운 일인 듯했다. 두 사람 모두 두둑한 배짱이 무너진 듯 잠시 동안 서로 얼굴만 바라보았다.

"아니, 이런, 대단해!" 메이테이 씨가 먼저 제정신이 돌아와서 소리를 질렀다. "어느새 비밀 결혼을 했지? 방심할 수 없는 세상이네. 친구 들었지? 방금 들은 대로 간게쓰 군한테는 이미 처자식이 있다는데."

"아이는 아직 없습니다. 결혼해서 한 달도 채 되지 않은 사이인데 아이가 태어난다면 그거 참."

"도대체 언제 어디서 결혼했지?" 선생님은 아직도 여우에 홀린 듯한 모습으로 물었다.

"언제냐면요. 고향에 돌아갔더니 집에서 얌전히 기다리고 있더군요. 오늘 선생님 댁에 가져온 이 가다랑어는 결혼 축하 선물로 친척한테 받은 겁니다." ·

"겨우 축하 선물이 가다랑어 세 마리라니 인색하군."

"수많은 가다랑어 가운데 세 마리만 가져온 거예요."

"가네다 쪽은 어떻게 할 생각인데?"

"어떻게 할 생각은 없어요."

"그럼 의리를 저버리는 셈인데."

"의리를 저버린 게 절대로 아닙니다." 간게쓰 씨는 천연덕스러운 얼굴로 말했다. "그런데 도후 군이 벌써 원앙가를 만들었는지는 몰랐습니다. 도후 군한테는 미안하네요."

"뭐야, 그건 괜찮아. 원앙가는 다음 교풍 발표회에서 진짜로 선보일 텐데." 메이테이 씨가 조금 당황스러워하는 걸 보면 원앙가는 아무래도 허풍이었나 보다.

"그래서 가네다 쪽에 거절은 했나?"

"아뇨. 거절할 것도 없습니다. 제가 먼저 한 번도 따님을 달라고도, 데려오고 싶다고도 그쪽에 청한 적이 없기 때문이죠. 가만히 있어도 괜찮습니다…… 암요, 잠자코 있어도 되죠. 탐정 10명에서 20명이 동원되었을 테니 지금은 처음부터 끝까지 남김없이 저쪽에 알려졌겠죠. 전에도 여기서 이야기한 그 하이게키에 대해 제가 아무 말도 안 했는데 그쪽에서 전부 다 알고 있더라고요. 나중에 얼굴을 잠깐 비쳤을 때 엄청 비웃더군요."

그렇게 말하는 순간에 간게쓰 씨의 눈썹 사이에 불쾌한 빛이 언뜻 스치는 걸 보고 나는 문득 생각했다.

'어쩌면 간게쓰 씨가 다른 여자와 결혼하기로 한 건 어쩌면 그 부분이 문제가 되었는지도 모르겠다.'

선생님과 메이테이 씨가 아무리 반대했어도, 또 '수세미 오이가 당황한 얼굴'이라는 말을 들었어도, 약혼자의 어머니 코가 아무리 큼지막해도, 심지어는 약혼자의 아버지인 가네다 씨가 돈을 이용해서 선생님에게 질 나쁜 장난질을 치려고 했어도 여전히 식지 않았던 애인에 대한 애정이 그 황당무계한 하이게키가 비웃음거리가 되자 완전히 싸늘하게 식어버렸다고 하면…….

애정이란 알 수 없는 것이다.

세상에는 나 같은 사람은 상상도 할 수 없는 일이 아직도 많이 벌어지나 보다.

어른의 세계라는 기이한 단면을 훔쳐본 것 같은 기분이 들

어서 간게쓰 씨의 얼굴을 슬며시 바라보니 망설임에서 깨어
난 것 같은 상쾌한 빛이 감돌고 있었다.

한편 선생님은 '탐정'이라는 말을 듣는 순간 급작스럽게
쓸쓸한 표정을 지었다.

"흠, 그렇다면 가네다한테는 잠자코 있도록 해." 뿌루퉁한
얼굴은 뭔가 흡족하지 않은 듯 보였다. 선생님은 이어서 이런
말을 했다.

"최근에 경시청 탐정 가운데 사실이 아닌 일을 꾸며내서
죄 없는 사람에게 죄를 뒤집어씌우는 자가 있다는 소리를 들
었어. 하지만 생각해보면 말이지 그들이 받는 급료는 세금에
서 지불되는 거라고. 세금은 도쿄 시민이…… 나아가서는 일
본 국민이 내는 거고. 요컨대 경시청 탐정은 국민이 자신들의
용무를 처리하기 위해 돈을 내서 고용한 사람들이지. 이른바
시민의 머슴이야. 그 머슴이 자신을 고용한 사람에게 죄를
뒤집어씌우는 건 도대체 무슨 조화일까?"

"은행가가 날마다 다른 사람의 돈을 만지작거리는 사이에
그 돈을 자신의 돈처럼 착각하는 것과 같은 원리지." 메이테
이 씨가 바로 설명을 덧붙였다. "탐정뿐만이 아냐. 공무원들
도 마찬가지야. 그들은 시민에게 위탁받아 권력을 휘두르며
날마다 일을 처리하는 사이에 이건 자신이 소유한 권력이고

시민은 여기에 대해 이러쿵저러쿵 간섭할 까닭이 없다고 착각하기 시작하는 거지."

"남이 맡긴 걸 제멋대로 자기 소유로 삼아버리는 거야?" 선생님이 기가 막히다는 듯 말했다. "그렇다면 도둑이나 마찬가지잖아?"

"그렇게 말하면 뭐 그렇지."

"요컨대 우리는 피 같은 돈을 내서 소매치기와 도둑, 강도의 무리를 고용하고 있는 셈인가……." 선생님은 팔짱을 끼고 생각에 잠겼다. "그런데 잠깐. 도둑을 잡아야 하는 탐정이 도둑이라면 그 도둑은 누가 잡아야 하지?"

"그게 말이지. 그러기 위해서는 다른 탐정을 고용하는 수밖에 없지."

"하지만 그 다른 탐정 역시 도둑이라면? 그 녀석은 누가 잡아?"

"또 다른 탐정을 고용해야지."

"그 탐정이 또 도둑이라면 그 녀석은 누가 잡아?"

"또 또 다른 탐정이지."

"하지만 그 탐정이 또 또 또 도둑이라면?"

"또 또 또 다른 탐정이 필요하지."

"하지만 그 탐정이 또 또 또 또……."

"오늘은 말이지. 음, 이 정도로만 해두자고." 메이테이 씨가 웃으며 말했다. "언제까지 말해도 끝이 안 나겠어. 도둑은 도둑, 탐정은 탐정이야. 예를 들면 그렇다는 거지. 전에 친구 집에서 참마를 훔쳐낸 게 도둑이고 지금 그 도둑을 찾고 있는 사람이 탐정이야. ……그러니까 일단은 그렇게 해두자고."

이 설명에 선생님은 이해가 가지 않는 듯 눈썹을 찌푸렸다. 하지만 바로 또 뭔가 짚이는 데가 있는 듯한 얼굴로 말했다.

"역시 그런 건가! 그래서 참마를 훔친 도둑이 한참이나 시간이 흘렀는데도 잡히지 않은 거였군. 어쨌든 도둑이, 같은 도둑을 잡을 리가 없지……."

선생님은 간게쓰 씨의 얼굴을 바라보며 말했다.

"탐정인지 도둑인지 모르지만 그런 녀석들이 하는 말을 듣다보면 나쁜 습관이 생겨. 절대로 지면 안 돼!" 묘하게 잔뜩 힘이 들어가서 격려했다.

간게쓰 씨는…… '참마 도난 사건'이 화제로 떠올랐을 때 조금 당황한 것 같았다. 그러더니 뒷이야기를 아는 나에게 잠깐 눈길을 준 뒤 말했다.

"괜찮습니다. 탐정이나 도둑 천 명, 이천 명이 바람을 타고 대열을 갖춘 상태에서 습격을 해도 두렵지 않습니다. 저는 이래 봬어도 구슬 깎기의 명인, 물리학 학사 미즈시마 간게쓰이니까요."

간게쓰 씨는 과장스럽게 자신의 가슴을 탁탁 두드려보였

다. 그러자 메이테이 씨도 크게 기뻐하며 치켜세웠다.

"이런 이런. 우러러봐야겠군. 정말이지 갓 결혼한 신혼 학사님이라서 원기가 왕성해."

정신을 차리고 보니 고양이 이야기가 아니다. 고양이에 대한 화제는 늘 그렇듯 어느덧 어디론가 행방이 묘연했다. 세 사람의 이야기를 듣고 있던 나는 불현듯 어떤 가능성을 떠올렸다.

아가씨와 혼약을 파기한(?) 간게쓰 씨, 어쩌면 그것을 부추긴(?) 선생님에 대한 보복으로 가네다 씨가 고용한 탐정이 고양이를 납치한 건 아닐까?

3.

하지만 고양이를 납치하는 게 무슨 보복이 될 수 있을까?

그 점을 곰곰이 되짚어보는데 실례합니다, 미안합니다, 하는 말도 없이 대문이 우악스럽게 열리고 커다란 발소리가 났다. 화려한 무늬의 맹장지를 바른 다다미방의 문이 난폭하게 드르륵 열리고 오늘의 세 번째 손님인 다타라 산베이 씨가 얼굴을 들이밀었다.

선생님이 언젠가 한 번 다타라 씨에 대해 이렇게 평했다.

"저리 보여도 저 나름으로 상당히 쓸 만한 녀석이야."

감탄스럽다는 듯 말했지만 '상당히 쓸 만한 녀석'이란 게 상당히 미묘한 표현이다. 상당히 현명하다든지 상당히 훌륭하다든지 상당히 의리가 두텁다든지 그렇지 않으면 상당히 뻔뻔스럽다든지……. 다타라 씨는 선생님 댁에서 더부살이를 하는 동안 그 유명한 단시 '더부살이는, 오래 되면 막나감, 어쩔 수 없어'라는 구절을 몸소 실천한 강인한 사람이다. 또는 몸이 상당히 튼튼하다든지 상당히 촌스럽다든지 상당히 싫은 녀석이라든지 상당히 바보스럽다든지 상당히 발 냄새가 심하다든지…… 선생님의 인물평인 만큼 좀처럼 짐작이 안 간다. 하지만 이렇게 때때로 선생님 댁에 드나드는 걸 보면 상당히 괴짜인 것만은 분명하다.

상당히 쓸 만한 다타라 씨는 오늘은 어쩐 일인지 평소의 서생 복장이 아니라 새하얀 셔츠에 프록코트를 걸치고 있었다. 그것만으로도 이미 평소와 많이 달라보였는데 오른손에 병 네 개를 새끼줄로 묶어서 무거운 듯 축 늘어뜨리고 들고 있다가 가다랑어 옆에 내려놓고 인사도 하지 않은 채 털썩 자리에 앉았다. 무릎을 꿇지는 않았는데 어쩐지 그 모습이 꽤나 호쾌해보였다.

"선생님, 위장병은 요즘 어떠세유? 이렇게 집에만 계시기 때문에 안 낫는 거예유."

"아직은 나쁘다고도 좋다고도 할 수 없어." 선생님은 아이처럼 두 볼을 뿌루퉁하게 만들었다.

"아하하하, 말씀하지 않아도 얼굴색이 좋아졌구만유. 선생님은 얼굴이 샛노랬잖유." 다타라 씨는 이번에도 평소와 달리 호탕하게 웃어젖혔다.

"위장병은 뭐니 뭐니 해도 낚시가 최고예요. 시나가와에서 배를 한 척 띄우고…… 저는 지난 일요일에 다녀왔구만유."

"뭐라도 잡았습니까?" 간게쓰 씨가 무뚝뚝한 얼굴로 외면하는 선생님을 대신해서 물었다.

"아무것도 못 잡았어유."

"못 잡아도 재밌나요?"

"호연지기를 기르는 거지유. 어때유? 그쪽도 낚시를 하러 간 적이 있나유? 재밌어유, 낚시는 말이지유. 드넓은 바다 위를 자그마한 배를 타고 돌아다니는 거지유."

"이왕이면 좁다란 바다 위를 큼지막한 배를 타고 돌아다니고 싶군요." 간게쓰 씨는 다소 모호한 답변을 했다. "게다가 어차피 낚시를 하러 갈 거라면 고래나 인어를 잡아야지 안 그러면 시시하죠."

"그런 걸 잡을 수가 있나유, 그쪽은?" 다타라 씨는 어이없다는 듯이 말했다. "이러니까 문학사가 상식이 없다고 하는 거지유."

"저는 거지유도 아니고 문학사도 아닙니다."

"그런가유? 그럼 뭔가유?" 다타라 씨는 그제야 비로소 상대와 첫 대면이라는 걸 깨달은 듯하다. 간게쓰 씨가 싱글벙글 웃기만 할 뿐 가만히 있자 다타라 씨는 어깨를 살그머니 움츠리며 말했다.

"나 같은 비즈니스맨한테는 아무래도 상식이 가장 중요한 거지유. 선생님, 저는 요즘에 상식이 굉장히 풍부해졌어유. 실업계에 있으면서 직업이 직업인만큼 저절로 그렇게 되어버렸지유."

"흠, 저절로…… 어떻게 되었는데?" 선생님은 딴 곳으로 몸을 향한 채 곁눈질하며 물었다.

"담배도 그래유. 아사히나 시키시마를 피워서는 위세를 떨수 없다구유." 다타라 씨는 그렇게 말하고는 빠는 곳에 금박이 붙은 고가의 이집트 담배를 꺼내 뻐끔거렸다.

"그렇게 사치를 부릴 돈이 있어?" 선생님은 살짝 부러운 듯한 얼굴로 물었다.

"돈 같은 건 없지만유. 뭐, 지금은 그럭저럭 살만 해유." 다타라 씨는 태연하게 대답했다. "먼저, 이 담배를 피우고 있으면 세상에서 평가하는 신용도가 상당히 달라지거든유."

"그거 괜찮군. 구슬을 깎는 것보다는 훨씬 신용이 좋겠어. 힘이 들지 않잖아? 간편한 신용이야."

그때까지 가만히 기색을 살피던 메이테이 씨가 손뼉을 쳤다. 그러고 나서 메이테이 씨가 간게쓰 씨를 돌아보고 말했다.

"간게쓰 군. 이 기회에 자네도 이쪽으로 바꾸면 어떨까?"

다타라 씨가 화들짝 놀란 듯 별안간 소리를 빽 질렀다.

"우와, 그쪽이 간게쓰 씨인가유! 이제 박사는 안 되는 건가유? 그쪽이 박사가 안 되었기 때문에 제가 받기로 했시유."

"박사를 말인가요?"

"아니유. 가네다의 따님이유."

그 대답을 듣고 선생님과 메이테이 씨, 간게쓰 씨, 세 사람 모두 멍한 얼굴로 마주보았다.

"안됐다고 생각해유. 아무튼 그쪽에서 꼭 받아달라 받아 달라고 자꾸 그래서유. 어쩔 수 없이 받기로 했시유. 하지만 간게쓰 씨한테 미안한 일을 했다고 생각해서 걱정하고 있었시유."

"부디 걱정하지 말고." 가장 먼저 정신을 차린 간게쓰 씨가 더할 나위 없이 진지한 얼굴로 말했다.

"그래. 받고 싶으면 뭐 받는 게 좋지." 이어서 선생님도 마치 새끼 고양이나 새끼 거북이를 받는 이야기를 하듯 말했다. 마지막에 남은 메이테이 씨도 말했다.

"이건 축하해야 할 이야기야! 만사해결. 세상이 이렇게 돌아가기 때문에 어떤 딸을 두어도 부모가 걱정할 필요가 없는 거지." 새삼스레 다타라 씨를 머리끝부터 가부좌를 튼 발끝까지 유심히 살펴보았다.

"과연 이 사람은 상당히 훌륭한 신랑이야. 재빨리 도후 군에게 말해서 원앙가 하나를 만들어달라고 해야겠군."

"그거 참 좋은 생각이네유!" 다타라 씨는 천진난만하게 손바닥을 치며 말했다.

"그 원앙가는 야구의 응원가 같은 건가요?" 상식이 있는 그 모습에 자리에 모여 있던 사람들은 실소를 터뜨렸다.

어쨌든 축하할 만한 이야기다.

아까 나는 '선생님 때문에 딸의 결혼이 틀어졌다고 믿은 가네다 씨가 탐정에게 고양이를 납치해오라고 시킨 건 아닐까?' 의심했지만 이렇게 다타라 씨와 아가씨의 결혼이 결정되었다면 아무리 가네다 씨라고 해도 경사스러운 일에 재를 뿌리는 짓거리는 하지 않을 거라고 생각했다.

그렇다면 고양이는 도대체 어디로 사라진 걸까? 거기에는 뭔가 다른 속사정이 있을 것이다.

나는 다른 가능성을 생각하며 고개를 갸웃갸웃 움직였다. 한편 선생님은 고양이의 일 따위 깡그리 잊어버린 듯했다.

주위 상황과 상관없이 다타라 씨는 매우 기분이 좋아보였다.

"모처럼 왔으니까 말씀드릴게유. 여러분을 피로연에 초대해서 음식을 대접하고 싶구만유. 샴페인도 마실 수 있어유.

혹시 샴페인을 마신 적이 있나유? 샴페인은 맛있어유. 여러분 와주세유. 꼭 와주실 거지유?"

"나는 싫어." 선생님은, 이건 아마도 반사적으로 대꾸한 것 같다.

"왜 그러세유? 일생일대의 중요한 의식인데유. 나와주시지 않겠어유? 선생님은 은근히 매정하시구만유."

"매정하지는 않지만 나는 안 가." 선생님은 완강하게 고개를 가로저었다.

"하하하, 행여나 입을 옷이 없어서 그러시나유? 겉옷이랑 바지는 어떻게 입어도 상관없잖아유. 사람들이랑도 좀 어울리는 게 좋아유. 선생님. 유명한 사람을 소개해드릴게유."

"딱 질색이야. 미안."

"샴페인을 마시면 위장병이 곧 나을 거예유."

"낫지 않아도 괜찮아."

이렇게 되면 이제 선생님의 심술은 멈출 줄을 모른다.

"워낙 고집불통이시니 할 수 없지유." 다타라 씨는 포기한 듯 고개를 움츠리고 메이테이 씨를 돌아다보았다.

"메이테이 씨는 어때유? 와주실 건가유?"

"나? 초대? 요컨대 그냥 말이지? 그렇다면 꼭 가겠어. 가능하다면 들러리라는 영광을 얻고 싶은데. 샴페인을 각각 세 잔씩 아홉 번 마시고, 봄밤이라. ……뭐야, 들러리가 벌써 정해졌어? 엄청나게 준비성이 좋네. 그럼 안타깝지만 어쩔 수 없지. 정말로 그냥 보통 사람으로서 출석하기로 하지."

메이테이 씨는 가벼운 농담을 언제까지나 늘어놓았다.

"그럼 부탁드려유." 다타라 씨는 살짝 질려버린 듯 간살스러운 웃음을 짓고 이번에는 간게쓰 씨에게 고개를 돌렸다.

"그쪽은 어떤가유? 그쪽은 지금까지의 관계도 있고 와줄 수 있지유?"

"그게 이제, 아마도, 꼭 가겠습니다." 간게쓰 씨는 변함없이 빙글빙글 웃으며 의미가 불분명한 대답을 했다.

"그런가유? 간게쓰 씨는 와줄 수 있구만유. 더구나 저쪽의 그냥 보통 사람도 와주실 거구유. 이거 참 유쾌하네유. 선생님, 저는 태어나서 이렇게 마음이 유쾌한 적이 없었어유."

"나는 불쾌해."

"그건 분명 위장병 탓이지유. 선생님, 낚시하러 갈까유? 시나가와에서 배를 한 척 빌려서…… 저는 얼마 전 일요일에 갔다 왔어유."

이야기가 한 바퀴 돌아 원래대로 돌아온 지점에서 선생님이 다다미 위에 놓인 병에 눈길을 주며 물었다.

"그런데 다타라. 뭐냐, 그 병은? 오늘은 또 무엇을 가져왔지?"

"이건 선물로 드리는 맥주예유. 미리 축하하려고 모퉁이의 술집에서 사왔어유. 모두 한 잔씩 마셔주세유."

"뭔가 했더니 또 맥주냐?"

"또, 가져온 건 아니에유."

"그럼 또 또다." 선생님은 입술을 삐죽거렸다. "얼마 전에도 분명 맥주를 가져왔잖아."

"그랬나유……."

"그뿐만이 아냐. 오늘 웬일로 메이테이가 선물을 가져왔는 데 뭔가 했더니 그게 맥주야. 어쩔 수가 없이 아까 한 모금 마셔봤는데 역시 써서 도저히 다 마실 수가 없더군."

"좋은 약은 입에 쓴 법이에유."

"바보 같은 소리. 저런 걸 마시고 뱃속까지 씁쓸해지면 어쩌려고." 선생님은 얼굴을 잔뜩 찌푸리며 말했다. "앞으로 가져오려면 달콤한 맥주로 해."

"달콤한 맥주는 없시유."

"그럼 잼을 가져와."

나는 쓴웃음을 지으며 이런 뚱딴지같은 대화를 듣다가 어떤 생각이 번쩍 떠올랐다.

뭔가를 잊어버리지 않았나? 그것도 뭔가 중요한 걸…….

그것이 떠오른 순간 나는 엉겁결에 "앗!"하고 커다랗게 소리 질렀다.

4

선생님…… 그리고 손님들 모두가 깜짝 놀란 얼굴로 나를 돌아다보았다.

나는 다다미방 안으로 들어가서 선생님에게 머릿속에 떠오른 광경을 빠른 말투로 설명했다.

"방금 생각이 났는데…… 저는 아까 부엌에서 마당으로 나왔습니다…… 그때 고양이가 스쳐 지나가면서 제 다리를 꼬리 끝으로 살랑살랑 건드리더니 부엌으로 쏙 들어갔어요……."

"고양이?" 선생님은 넋이 나간 듯 눈을 깜빡거렸다. "뜬금없이 무슨 이야기야? 자네, 머리는 괜찮은가?"

"그러니까 저기 고양이 말이에요!"

이번에는 내가 초조해졌다. 이럴 때 이름이 없으니 불편하기 짝이 없다.

"늘 집에 있는…… 바로…… 그 고양이요!"

"아아, 고양이 말이지." 선생님은 자신의 이마를 탁 쳤다. "그러고 보니 아까부터 고양이를 찾고 있었잖아."

"무슨 이야기예유?" 다타라 씨가 머리를 좌우로 흔들며 물었다.

"이 집 고양이가 없어졌습니다." 나는 간단하게 대답했다.

"아하. 드디어 냄비 요리로 만들어 먹었나유?"

"먹는 건가?" 선생님이 말했다.

"아닌가유? 먹지도 않았는데 없어졌다니 요상하네유. 왜 없어졌나유?"

"봄바람이 부는 달밤에 고양이가 가출을 했답니다." 간게쓰 씨가 대신 대꾸해주었다.

"뭐라구유? 그건 당나라 시인의 시구 아닌가유?"

"뭔지 저도 모릅니다."

"봄바람이 부는 달밤이란 무슨 의미인가유?"

"봄바람이 부는 달밤에는…… 특별한 의미는 없는 듯합니다. 아무래도 선종에서 사용하는 그냥 말인 것 같습니다."

"그렇다면 그냥 말 때문에 고양이가 가출을 했다는 건가유?"

"요컨대 그것이 선문답입니다."

"선문답이라구유?" 다타라 씨는 점점 더 영문을 모르겠다는 표정을 지었다.

"그러니까 말이죠……."

이야기가 자꾸자꾸 복잡한 방향으로 나아가는 듯해서 다타라 씨한테 하는 설명은 간게쓰 씨에게 맡기기로 하고 나는 다시 선생님을 향해 고쳐 앉았다.

"죄송합니다. 아까 물으셨을 때는 부엌에서 고양이를 본 것을 까맣게 잊고 있었어요."

"부엌이라면 자네한테 묻기 전에 이미 들여다봤네." 선생님은 입술을 삐죽거리며 말했다. "부엌에도 고양이는 없었어."

"네, 그건 그렇습니다만……."

'내가 본 건 고양이뿐만이 아니었다.'

부엌 선반 위에 올려놓은 붉은 칠을 한 쟁반. 그 쟁반 위에 컵 세 개가 나란히 놓여 있고 그 가운데 두 개의 컵에 갈색 액체가 반 정도 채워져 있는 걸 나는 이 눈으로 똑똑히 보았다. 당연히 그때는 대수롭지 않게 지나쳤다. 컵 안의 액체가 뭔지 몰랐기 때문이다…….

"아까 선생님의 이야기를 듣고 생각했는데요. 그 컵 안에는 선생님이 마시다 남긴 맥주가 들어있지 않았나요? 어쩌면 부엌에 들어간 고양이가 컵 안의 맥주를 마셨을 가능성이 있습니다. 그렇다면……."

"잠깐 잠깐." 메이테이 씨는 조금 어이가 없다는 듯 옆에서 끼어들었다. "고양이가 맥주 같은 것도 마셔?"

"다른 집 고양이는 모릅니다만." 나는 일단 말을 자르고 뒷말을 조그마한 목소리로 덧붙였다. "어쨌든 고양이는 기르는 사람과 닮아가기 때문에……."

'꼼짝하기를 싫어하는 주제에 걸신이 들렸지.'

말해두지만 고양이 이야기다.

인력거꾼의 깜장이처럼 옆 동네의 생선가게까지 원정하러

가기도 귀찮고, 그렇다고 신작로의 이현금의 예인 댁에서 기르던 얼룩고양이처럼 귀여움을 받지도 못하는 이상 먹을 것이 풍족할 리가 없다…… 이런 게 원래 이유지만 내가 관찰한 바에 따르면 우리 고양이는 선생님을 비롯해 식구들이 먹다 남긴 거라면 뭐든지 입에 넣기를 주저하지 않는다.

아까도 나는 어떤 잡지에 실린 카테르 물(독일의 소설가 호프만이 쓴 소설 『수고양이 물의 인생관』의 주인공)이라는 독일 수고양이의 일화를 읽었다. 아무튼 이 고양이가 어미고양이를 만나러 가면서 선물로 줄 물고기 한 마리를 입에 물고 갔는데 도중에 도저히 참을 수가 없어서 자기가 먹어치웠다는 이야기다. 이 기사를 읽고 나는 큰소리로 깔깔 웃었다. 하지만 골똘히 생각해보니 우리 고양이도 그 정도는 아무렇지도 않게 할 것 같다.

예를 들어 선생님이 만찬을 할 때는 언제나 가까이에 찰싹 달라붙어 선생님이 먹다 남긴 연어 대가리나 돼지고기 살점, 어묵 같은 걸 받아서는 그 자리에서 냠냠 맛있게 먹는다.

선생님의 어린 딸들이 밥이나 간식을 먹을 때는 소반 밑에 웅크리고 있다가 아이들이 먹다 흘린 밥알이나 빵 조각, 고구마, 찹쌀과자에 묻은 엿 등 소반에서 떨어진 건 무엇이든 고맙게 받아먹는다.

한번은 부엌에서 식순이가 먹던 꽁치를 중간에 실례한 적도 있다. 그 이후로 고양이와 식순이는 '견원지간'이 되었다.

또 집이 빈 사이에 사모님이 소중하게 보관해둔 과자가 없어져서 크게 소동이 일어나기도 했다. 하마터면 고양이가 뒤집어쓸 뻔했지만 결국 식순이의 소행이라는 게 판명이 났다. 식순이가 시도한 완전범죄는 얄궂게도 그녀가 평소 습관대로 찬장 문을 꼭 닫아둠으로써 진상이 드러났다. 고양이가 찬장 문을 열고 그 안의 과자를 훔쳐 먹을 수는 있겠지만 그다음에 문까지 꼭 닫아두었을 리가 없기 때문이다. 식순이는 그 뒤에도 변함없이 사모님이 없을 때 과자를 슬쩍해서는 실례하고, 실례하고는 또 슬쩍했다.

그 밖에도 나는 고양이가 단무지를 두 번이나 베어 먹는 걸 본 적이 있다. 사탕과 잼을 특히 즐겨 먹고 심지어는, 사실 약간 복잡한 사정이 있기는 하지만, 선생님이 먹다 남긴 떡국 떡을 먹고 '고양이야 고양이야'에 맞춰 춤까지 출 정도였다.

그런 고양이니 선생님이 마시다 남긴 맥주 컵을 발견한 경우 '조금 마셔볼까?' 하고 생각하는 건 오히려 당연하지 않을까…….

나의 추리에 손님들은 다들 반신반의하는 얼굴이었다. 하지만 모두 다 들은 뒤 메이테이 씨가 어깨를 움츠리며 말했다.

"어쨌든 가서 확인해보자."

그 말을 기점으로 마침내 다들 무거운 엉덩이를 들썩거렸다.

앞장서서 복도를 걸어가는 내 뒤를 선생님과 메이테이 씨, 간게쓰 씨, 다타라 씨가 한 줄로 서서 졸졸 따라오는 모습은 바깥에서 보면 굉장히 기이한 광경일 것이다.

그러나 그때 나는 그런 걸 생각할 형편이 아니었다. 심장이 불길하게 마구 쿵쾅거렸다. 한시라도 빨리 고양이를 찾아야 한다는 예감이 들었다. 부엌 입구에서 발을 멈추고 뒤를 돌아보았다.

"여러 사람이 현장을 엉망으로 짓밟아버리면 남아 있는 흔적이 사라질 가능성이 있습니다. 제가 증거를 발견할 때까지 다들 여기서 잠시 기다려주지 않겠습니까?"

다른 사람들이 멍한 얼굴로 눈을 깜빡거리거나 어깨를 움츠리는 가운데 내가 열렬한 '탐정소설 팬(항상 도서대여점에서 탐정소설을 빌려 열심히 읽고 있다)'이라는 걸 알고 있는 간게쓰 씨만 빙그레 웃으면서 대답했다.

"좋아. 탐정 씨. 그럼 우리는 여기서 기다릴 테니 빨랑빨랑 조사를 끝내도록."

나는 조심스레 부엌에 발을 들여놓고 조사를 시작했다.

먼저 쟁반 위에 놓인 컵 세 개를 조사해보았다. 그러자……아니나 다를까 유리잔이 텅 비어 있었다.

내가 마지막으로 보았을 때 컵 세 개 가운데 두 개는 각각 반 정도의 갈색 액체, 요컨대 맥주가 남아 있었다. 그런데 그 맥주가 사라져버렸다.

다음에 조사한 쟁반은 마치 표면을 행주로 닦은 것처럼 액체가 한 방울도 떨어져 있지 않았다. 분명 쟁반 위에도 맥주가 떨어졌을 것이다. 고양이는 떨어진 맥주까지 남김없이 깨끗하게 핥아 먹었던 건가……?

나는 허리를 구부리고 선반 구석에 얼굴을 갖다 대고 표면을 비쳐보았다.

얇게 덮인 먼지 위에 쟁반을 에워싸듯 찍힌 매화 꽃모양의 고양이 발자국이 확인되었다.

적어도 고양이가 선반 위로 올라간 건 분명하다. 그리고 쟁반 위에 놓인 유리잔 속의 맥주를 마셨을 가능성도 높아졌다. ……오늘만은 식순이가 대강대강 청소를 한 것에 감사하고 싶은 심정이었다.

먼지 위에 찍힌 발자국으로, 즉 발톱과 발바닥에 볼록 튀어나온 부분의 형태를 보고 고양이가 어느 쪽으로 갔는지를 판단할 수 있었다. 쟁반에서 내려와 선반 위를 걸었는지 고양이의 발자국은 마치 술에 취한 물떼새의 발자국처럼 좌우로 이리저리 어지럽게 찍혀 있었다.

나는 발자국을 더듬어가며 고양이가 선반 위에서 바닥으로 뛰어내린 지점을 몇 군데 확인했다. 그리고 이번에는 그 주변을 엉금엉금 기어가다가 한쪽 뺨을 바닥에 찰싹 붙이고 마루의 표면을 관찰했다. 여기서도 역시 먼지 위에, 식순이의 맨발 자국 외에 고양이의 발자국이 찍혀 있는 걸 확인했다.

나는 윗몸을 일으키고 어깨 너머로 고개를 돌려 부엌 입구를 바라보았다.

"예상했던 대로 맥주를 마신 고양이는 술에 취해서 비틀거리며…… 저곳을 통해 바깥으로 나간 듯합니다."

나는 살짝 열린 뒷문을 손가락으로 가리켰다.

"그래서 명탐정 씨. 지금부터 어떻게 할 셈인가?" 하품을 하며 말하는 메이테이 씨는 내 얼굴을 보고 갑작스레 뭔가 알아차린 듯 눈을 둥그렇게 뜨고 중얼거렸다.

"아니 아니. 설마……."

"이래서 탐정은 싫어!" 선생님이 외치는 소리가 등 뒤에서 들렸다.

"이런 이런. 설마 하고 생각했는데." 메이테이 씨가 조금 떨어진 장소에서 투덜거렸다. "탐정이 도둑과 같은지 어떤지는 모르지만 적어도 진흙과 관련된 직업인 것만은 분명해."

고개를 들고 주변을 둘러보았다.

온통 진흙투성이였다.

나는 부엌에서 고양이 발자국을 확인한 뒤 그 자리에서 모두에게 "어서 마당으로 나가세요. 그리고 각자 분담해서 고양이의 발자국을 찾아주십시오" 하고 부탁했다.

여기서 문제가 하나 더 있다.

부엌문 바로 바깥쪽에는 자갈이 쭉 깔려 있어서 발자국을 더듬어가기가 어려웠다. 밖으로 나간 고양이가 그 뒤에 어느 쪽으로 향했는지를 알기 위해서는 마당 땅바닥에 코끝이 닿을 정도로 허리를 구부려서 희미한 흔적을 찾는 수밖에 없다.

다행히(어쩌면 불행인지도?) 어젯밤에는 비가 내려서 땅바닥이 질퍽거렸기에 모래밭에 떨어진 바늘 한 개를 찾는 것보다는 조금 나은 정도였다…….

내 설명을 듣고 선생님 그리고 손님들은 다들 이런저런 불만을 터트리면서도 협력해주었다. 평소에 "자네, 서생이지?"하며 궂은 일만 전부 떠맡긴다고 생각했는데 솔직히 의외였다.

지금까지 그렇게 고양이를 함부로 다루고 내팽개치고 발로 차고 털을 거꾸로 쓰다듬고 무시하고 냄비 요리를 만들어 먹자고 하던 사람들이 기모노와 바지 밑단을 걷어 올리고 마당을 엉금엉금 기어 다니고 손발이 진흙투성이가 되어 눈에 불을 켜고 이 잡듯이 고양이의 행방을 찾고 있었다. 자세한 사정은 나 역시 알 수 없지만 울타리 너머로 엿보는 이웃집 사람들의 눈이 휘둥그레져서 혹은 겁먹은 듯이 슬금슬금 사라진 건 뭐 당연하다면 당연한 일이다.

나는 고개를 움츠리다가 다시 진흙바닥에 얼굴을 갖다 댔다. 그 순간 간게쓰 씨가 소리를 질렀다.

"찾았다!"

사람들이 순식간에 간게쓰 씨의 근처로 모여들었다. 코끝에 진흙이 묻어 까맣게 더러워진 간게쓰 씨가 의기양양하게 가리킨 땅바닥의 한 구석을 보니 과연 어젯밤 내린 비로 질퍽거리는 지면에 내가 부엌에서 발견한 것과 똑같은 매화 꽃 모양의 발자국이 찍혀 있었다.

"자, 서생 씨…… 이게 아니군. 탐정 씨. 여기서부터는 자네의 일이야."

간게쓰 씨는 그렇게 말하고 나에게 자리를 양보했다.

그리하여 나는 축축한 진흙 위에 희미하게 찍힌 고양이의 발자국을 뒤쫓기 시작했지만…….

실제로 해보니 상당히 성가신, 웬만한 방법으로는 해결할 수 없는 작업이었다.

고양이는 술에 취했는지(?) 발자국이 여기저기 제멋대로 찍혀 있었다. 저쪽으로 갔는가 생각했더니 이쪽에서 비틀거리고, 어정어정 걷는가 싶더니 느닷없이 폴짝 뛰어오른 듯하고 뭔가 쿵쿵 냄새가 난다고 생각했더니 징검돌에 오줌을 지려놓았다…….

사건이 정리되지는 않았지만 생각해보니 사람도 술에 취하면 대부분 같은 행동을 할 듯하다.

나는 땅바닥에 배를 갖다 붙이고 진흙에 얼굴을 대고 엄청나게 고생을 하면서(말해두는데 얼굴에 '새까맣게 흙칠을 하는 건' 쉬운 놀이가 아니다) 한 걸음 한 걸음 고양이의 발자국을 더듬어갔다. 그리고 마당 안을 기어서 돌아다니는 내 뒤를 역시 진흙으로 얼굴이 새까매진 어른 넷이 아무 말도 하지 않은 채 졸졸 줄지어서 쫓아다니고 있었다…….

마당을 거의 한 바퀴 돌았을 무렵 갑자기 나는 발자국을 잃어버렸다. 다음에 있어야 할 장소를 아무리 찾아도 '다음 발자국'이 발견되지 않았다.

'이상하잖아? 아무리 술에 취해 마음이 들떴다고 해도 설마 그대로 걷다가 허공으로 사라지지는 않았겠지……'

멍하니 좌우를 둘러보던 내 눈동자에 불길한 물건이 홀연히 들어왔다.

물독이었다.

5.

그 물독은 사람들의 기억 속에서 사라진 듯 정원수 그늘 아래 고즈넉이 놓여 있었다.

어중간한 장소에 있는 어중간한 크기의 물독으로 나는 전에 마당 청소를 할 때 이 물독에서 까마귀가 미역을 감는 모습을 본 적이 있다. 하지만 그 이외의 목적으로 사용될 거라고는 도무지 생각하기 어려운 물건이다. 선생님은 물론 식구들에게 물어보아도 누구 하나 그런 장소에 물독이 있는 것조차 기억하지 못하리라.

그런데 만약 이 물독에 고양이가 술에 흠뻑 취해 비틀거리다 빠졌다면……?

불길한 가능성을 입안에서 우물거리며 나는 물독을 향해 빠르게 돌진했다.

정원수 사이로 머리를 처박고 물독 안을 들여다보았다.

정말로 있었다!

부초 하나를 머리에 인 채로 고양이가 물 위에 둥둥 떠 있었다. 나는 허겁지겁 고양이를 물에서 꺼내고 허리띠에 찔러두었던 수건을 펼쳐서 그 위에 눕혔다.

얼마나 긴 시간 동안 물속에서 허우적거리고 있었던 걸까? 고양이는 물에 빠진 쥐가 아니라 말 그대로 물에 빠진 고양이였다. 눈을 감은 채 축 늘어져서 꼼짝도 하지 못했다.

"찾아내기는 찾아냈지만 아무래도 한발 늦어서 목숨을 잃은 듯하군." 메이테이 씨가 말했다.

"항아리 가장자리에서 수면까지 약 16센티미터입니다." 간게쓰 씨가 물독 안을 측정하고 있다. "고양이 다리는 10센티미터 정도이니까 계산상으로는 조금 모자랐군요."

"이럴 거라면 먹어치울 걸 그랬어유. 아까운 짓을 했구만 유." 다타라 씨가 말했다.

"아아, 천지를 산산조각으로 부수고 불가사의한 평안함으로 들어가다. 죽어서 이 평안함을 얻도다. 이런 평안함은 죽지 않으면 손에 넣을 수 없다." 메이테이 씨가 아무렇게나 지껄였다.

"나무아미타불 나무아미타불." 간게쓰 씨가 고양이를 향해 합장했다.

"고맙구만유 고맙구만유." 다타라 씨가 말했다.

"선생님!"

나는 그 이상의 말은 할 수 없었다. 아까부터 아무 말도 없이 뒤로 물러나서 물끄러미 서 있는 선생을 돌아보았다.

선생님은 평소처럼 소매 안에 손을 찔러 넣은 채 묘한 얼굴로 고개를 갸웃거리고 있다가 돌연 몸을 날려 수건 위에 눕힌 고양이에게 얼굴을 가까이 댔다…….

다음 순간 기적이 일어났다.

고양이가 눈을 가늘게 뜨며 야옹, 하고 조그맣게 울음소리를 냈다. 모든 사람이 얼굴을 마주보더니 아주 난리가 났다.

"살아 있었어!"

"불가사의한 평안함은…… 애석하지만 일단 보류해야겠군."

"어서 집으로 옮기자. 마른 수건으로 물기를 닦아주고 나서 몸을 따스하게 해줘야 해!"

다타라 씨와 메이테이 씨, 간게쓰 씨, 세 사람이 서로 낚아 채듯 고양이를 허둥지둥 옮기는 모습을 나는 그 자리에 꼼짝 않고 서서 넋을 잃고 바라보았다.

정신을 차리고 보니 선생님이 여전히 소매 안에 손을 찔러 넣은 채로 내 옆에 서 있었다.

나는 선생님을 돌아다보며 물었다.

"선생님, 도대체 아까 뭐라고 하셨어요?"

"뭐라니, 무슨 말인가?" 선생님은 웬일인지 뿌루퉁한 얼굴 로 나를 쳐다보지도 않고 되물었다.

"아까 선생님이 고양이 귓가에 뭐라고 한 마디를 속삭였더 니 갑자기 고양이가 되살아났어요…… 이건 정말로 기적입 니다! 도대체 고양이한테 무슨 말을 했죠?"

선생님은 나를 힐끗 보더니 "대단한 건 아냐. 나는 그저 이 름을 불렀을 뿐이네."

"이름이요? 저 고양이한테 이름이 있었습니까?" 나는 다 른 의미에서 화들짝 놀라서 물었다. "이름이 뭐죠?"

"응? 이름이라……."

선생님은 살짝 쑥스러운 듯 어렴풋이 웃더니 바로 예전의 뿌루퉁한 얼굴로 돌아가서는 딴 데를 쳐다보며 말했다.

"……잊어버렸어."

여섯 가지 사건의 진실은 무엇일까

나는 고양이다. 이름은 아직 없다.

이 문장은 누구나 한 번쯤 어떤 기회로 읽거나 듣거나 어쩌면 스스로 입 밖에 내본 적이 있을 것이다. 일본어로 쓰인 작품 가운데 가장 유명한 서두를 지닌 이 소설의 이름은 『나는 고양이로소이다』이며, 저자는 '문호' 나쓰메 소세키다.

1905년부터 1906년 사이에 그러니까 지금부터 100년 정도 전에 〈두견이〉라는 잡지에 발표된 이 작품은 소설가 나쓰메 소세키의 데뷔작이다.

『나는 고양이로소이다』는 발표와 동시에 전 세계에서 호평을 받았다. 처음에는 1회로 끝낼 예정이었던 이 작품은 결국 모두 11회에 걸쳐 연재되었다. 100년 전인 메이지 시대 사람들이 지금의 우리와 마찬가지 말을 했을 걸 상상하니 어쩐지 야릇한 기분이 들기도 한다.

"나는 고양이다. 이름은 아직 없다."

참고로 말하면 이 서두는 너무나 유명하기 때문에 지금까지도 '나만의 책'이라는 모방작이 수없이 많이 발표되고 있다.

그런데 이 『나는 고양이로소이다』는 발표 당시부터 수상한 소문이 끊이지 않았다.

'뭔가 이야기 속에 장치를 걸어놓은 건 아닐까?'

이 소설은 유명하기 그지없는데도 서두 외에 책의 내용을 세세히 기억하고 있는 사람이 놀랄 만큼 드물다. 이른바 복잡한 사건으로 얽혀 있는 수수께끼 같은 소설이다.

『나는 고양이로소이다』 속에는 선생님 댁에서 기르고 있는 이름 없는 '고양이'의 눈을 통해 선생님과 그 친구들이 나누는 기묘한 대화, 그들이 되풀이해서 벌이는 소동과 그 전말이 소개되어 있다. 흥미롭고 재미있게 읽지만 막상 책을 덮으면 도대체 무슨 이야기였는지 전혀 떠오르지 않는 희한한 책이다.

만일 그 점이 바로 나쓰메 소세키가 이 소설에 걸어놓은 장치라면 어떨까?

작품 속에서는 '고양이'가 말을 하고 밑도 끝도 없는 일이 일어난다. 마치 해삼 같이 흐느적거리는 신기하고 알쏭달쏭한 에피소드가 가득 나열되어 있다. 그런 까닭에 독자의 기억에 남아 있기 어려운 사태가 벌어지는 것이다. 하지만 그 이면에 문자로 기록되지 않은 몇 가지 수수께끼가 교묘하게 숨겨져 있다면? 그리고 나쓰메 소세키가 걸어놓은 장치를 해결함으로써 언뜻 보기에 따로따로 떨어져 보이는 에피소드의 배후에서 생각지도 못한 진상이 드러난다면……?

나쓰메 소세키가 『나는 고양이로소이다』에 걸어놓은 장치를 풀어내기 위해 태어난 소설이 바로 『소세키 선생의 사건일지 – 고양이 이야기』다.

이 책에서는 이름 없는 '고양이'가 아니라 예기치 못한 일로 선생님 댁에 더부살이로 들어간 탐정소설을 좋아하는 소년인 '나'의 눈을 통해 여섯 가지 사건이 전개된다.

'나'의 눈앞에서 쥐가 사라지고 고양이가 춤을 추고 도둑이 참마를 훔치고 선생님 댁에서 기묘한 발표회가 열리고 뒤편에 있는 중학생들과 싸움을 벌인다. 『나는 고양이로소이다』를 이미 읽은 사람이라면 알겠지만 이 책에 나온 에피소드는 전부 나쓰메 소세키의 작품에 실제로 등장한다. 다시 한 번 말하지만 이 책은 나쓰메 소세키의 『나는 고양이로소이다』를 바탕으로 썼였다. 나쓰메 소세키의 작품을 읽지 않은, 또는 내용을 완전히 잊어버린 사람이 오히려 나쓰메 소세키가 걸어놓은 장치에 현혹되지 않고 수수께끼를 풀어가며 훨씬 더 잘 즐길 수 있을지도 모른다.

여섯 가지 사건의 뒤편에 숨어 있는 몹시 놀랍고 포복절도하는 진상은 무엇일까? 아직 나쓰메 소세키의 『나는 고양이로소이다』를 접하지 않은 사람은 먼저 이 책을 읽어보기를 바란다.

나쓰메 소세키는 '고양이'의 입을 빌려 이런 말을 하고 있다.

우리의 평가는 시간과 장소에 따라 나의 눈동자처럼 변화한다. 나의 눈동자는 그저 작아졌다가 커졌다가 하지만 인간의 품격은 완전히 거꾸로 뒤집어진다. 뒤집어져도 지장은 없다. (중략)

아마노하시다테(교토의 관광지)를 가랑이 사이로 엿보면 각별한 정취를 맛볼 수 있다. 셰익스피어도 천년만년 셰익스피어라면 지루하다. 때때로 가랑이 사이로 『햄릿』을 읽고 "자네, 이럼 안 돼" 정도의 말을 할 수 있는 이가 있어야 문학계도 발전하지 않을까…….

이 작품은 문호 나쓰메 소세키의 명작 『나는 고양이로소이다』를 가랑이 사이로 엿보고 있다. 여기서 '각별한 정취'를 느낄 수 있다면 좋겠다. 그리고 만일 이 책을 먼저 읽게 된 사람이 이 기회에 나쓰메 소세키의 『나는 고양이로소이다』를 읽고 싶다는 마음이 든다면 작가로서 이보다 더한 기쁨은 없으리라.

4월의 어느 길일
야나기 코지